호모 콰트로스

호모 콰트로스

내전편

우석훈 장편소설

해피북스
투유

차례

1장 두 살이 되었을 때

2장 엇갈리는 운명

3장 부패 그리고 혁신파

4장 공화국의 대통령

5장 컨틴전시 플랜

6장 내전

7장 인투 더 타이푼

두 살이 되었을 때

#1
마지막 호모 사피엔스의 죽음,
공식적으로

"우리 대부분이 55세와 75세 사이의 어느 시점부터 점차 백발이 되고 몸이 굳어서 삐걱거리며 귀가 멀게 되는 것은 전혀 놀랄 일이 아니다. 디트로이트의 한 자동차 제조 업체에서는 차의 어느 부분이 잘 고장 나지 않는지 폐차장을 돌아다니며 조사하는 사람을 고용하였다. 그러고는 이들의 조사 결과를 바탕으로 가장 먼저 망가지는 부분의 수준에 맞추어 부품을 제조하려고 했다. 그리하여 모든 시스템은 한꺼번에 망가지기 시작한다. 우리도 마찬가지다. 자연선택의 결과로 우리 몸의 각 부분은 우리의 자식들이 스스로 살아가기에 충분하고 그 이상도 그 이하도 아닌 정도로만 오래 지탱할 수 있도록 디자인되었다."

_《생명 설계도, 게놈》중에서, 매트 리들리

호모 사피엔스 이전에 등장했던 호모 에렉투스의 멸종에 대해서는 거의 알려진 바가 없다. 마지막 호모 에렉투스가 누구였는지에 대해서도 전혀 알 수 없다.

호모 사피엔스와 호모 콰트로스 사이의 관계도 그와 비슷했다. 워낙 혼돈기였고, 울산 게토를 중심으로 극소수의 호모 콰트로스가 겨우겨우 생존하던 시기였다. 초기에 서로 연락하고 지내던 파리 게토나 베를린 게토 등 많은 4년생의 공동체가 붕괴한 이후, 한반도 남쪽의 어느 공업도시에서 다시 문명을 시작한 이들은 고립되어 있었고, 자신들과 떨어진 곳에서 어떠한 일이 벌어지고 있는지 전혀 알 수 없었다.

수명이 아주 길었던 과거의 인류, 장생종이 이룬 물질적 성과와, 고작 4년을 사는 단생종으로의 전환과 호모 에렉투스에서 호모 사피엔스로의 전환 사이에 결정적으로 다른 차이는 인공지능, 즉 AI의 존재다. 호모 에렉투스가 이루어 낸 성과들은 유전자에 새겨져 정보로 계승되었다. 그렇지만 호모 사피엔스가 만들어 낸 지식적 성과들은 데이터베이스에 담겼고, 그 데이터베이스를 관리하고 전달하는 역할은 AI가 맡았다. 전체적으로나 개인적으로, 호모 콰트로스의 삶에서 AI를 떼고 생각하기는 어려웠다. 캐릭터 AI로서 메인 AI는 호모 콰트로스 사회에서 유일한 호모 사피엔스 생존자였던 오현아가 디자인한 것이었다.

호모 콰트로스가 게토 단계를 넘어 정부를 가진 국가로 전환

된 후 어느 정도 안정기에 들어선 2086년, 유일한 장생종이자 오랫동안 문명의 멘토 역할을 했던 오현아가 노환으로 임종을 맞이했다. 공식적으로는 호모 콰트로스와 공존하던, 아니 그들을 정신적으로 혹은 정서적으로 이끌어 주던 마지막 호모 사피엔스가 역사 속으로 사라지는 순간이었다.

호모 콰트로스의 유일한 국가인 울산공화국에서 가장 큰 병원인 울산병원 앞에는 수많은 취재진이 모여있었다. 여러 사람의 호위를 받으면서 40대 중년으로 보이는 한 남자가 나타났다. 공화국의 대통령 안우현이다. 그는 지금 네 살, 즉 3년을 꽉 채웠다. 이제 수명이 1년 남았다.

"네, 지금 안우현 대통령이 공화국의 대모이자 우리 모두가 도움을 받고 있는 AI 현아의 캐릭터 모델인 오현아 박사의 임종을 지켜보기 위해 지금 울산병원 입구로 들어가고 있습니다."

취재진들은 긴박하게 안우현 대통령의 등장 소식을 알렸다. 대통령 일행은 잠시도 지체하지 않고 건물 안으로 들어가 엘리베이터 쪽을 향해 걸었다.

건물 맨 위층의 VIP 병동 문이 열리자, 안우현이 안으로 들어갔다. 병상에는 80대 고령인 오현아가 호흡기에 의존한 채 힘들게 누워있었다.

"대통령 도착하셨습니다."

누워있던 오현아가 옆으로 손짓을 보내자, 호흡기 안의 마이크가 켜졌다. 외장 스피커를 통해서 오현아의 목소리가 흘러나왔다.

"우현, 와줘서 고마워. 대통령 임기 마무리하려면 바쁠 텐데 말이야."

안우현이 오현아의 손을 잡았다. 다시 스피커에서 목소리가 흘러나왔다. 느리고 낮지만 권위가 있는 목소리였다.

"AI 현아 잠시 좀 나와줘. 그리고 게토재단 이사장님만 남고 다른 분들은 잠시 자리 좀 비켜주시면 고맙겠네요."

50대 초반 여성으로 보이는 AI가 홀로그램을 통해 오현아의 병상 옆에 나타났다. 오현아가 한창 열심히 일하던 시절의 모습이었다. 뇌 스캔을 통해 특정 인간의 개성을 탑재한 AI 캐릭터인 AI 현아는 울산공화국의 메인 AI다. 정부의 주요 기능과 개개인의 교육 등 중요한 일들을 직접 처리한다.

"대통령, 게토재단 이사장 그리고 AI 현아, 내 이야기 잘 들어요. 우리 문명이 이제 국가가 될 정도니까 많이 안정된 겁니다. 그렇지만 AI의 시뮬레이션 결과대로라면, 울산공화국도 결국은 내전이 일어나고 과거처럼 몇 개의 나라로 나누어지게 된답니다. 모두에게 불행한 일이에요. AI 현아가 몇 가지 조치를 준비했는데, 두 사람 역할이 절대적이에요."

"네, 필요한 일들은 뭐든지 하겠습니다. 약속드립니다."

안우현과 게토재단 이사장이 대답을 했다. 오현아가 두 사람의 손을 잡았다.

"모두 고마워. 기술적인 것들은 AI 현아가 알려줄 거야. 우현, 난 당신들과 달리 쉽게 잠이 들지 않네. 이럴 때면 내가 다른 인종인 게 실감이 나. 자기가 생명유지 장치 좀 꺼주면 고맙겠어. 난 그만 좀 누울게."

오현아가 침대에 길게 누웠다. 이제는 영원한 잠을 잘 시간이다. 잠시 주저하던 안우현이 침상 위의 스위치를 껐다. 오현아의 호흡기로 수면액이 분사되었고, 그녀는 깊고 깊은 잠으로 들어갔다.

60년의 설계수명을 가지고 있는 장년생으로 태어난 오현아는 어느 날 갑자기 등장한 뮤턴트들인 4년생의 삶을 연구하다가 결국 그들의 후원자이자 강력한 조력자가 되었다.

정신적 지도자로 살아간 오현아의 울산 게토 이전의 삶은 거의 알려져 있지 않다. 그렇지만 그녀가 가지고 있던 지식과 합리성 그리고 온화함 등은, 울산 게토가 유일하게 살아남게 된 호모 콰트로스의 거주지가 되는데 결정적인 기여를 하였다. 무엇보다 그녀가 주도해서 자신의 뇌 스캔으로 만들어낸 AI 현아의 원 모델로, 호모 콰트로스에게 절대적 신뢰를 얻게 되었다.

60년의 수명이 4년으로 줄어든 새로운 인류는, 줄어든 수명의 대가로 인류를 괴롭히던 사포엔치와 같은 치명적 바이러스는 물론 유년기에는 호흡이 거의 곤란해질 정도로 심각해진 미세먼지 등 대기오염으로부터 스스로를 치유할 능력을 가지게 되었다. 또한 신체는 폭발적으로 성장하고, 세포는 강력한 치유력을 지니게 되었으며, 임신 기간은 두 달로 줄어들었다. 아이는 생후 한 달이면 혼자서 밥을 찾아 먹을 수 있고, 좀 빠른 아이들은 컵라면 정도는 끓여 먹을 수 있다. 물론, 그렇다고 그들이 모든 외부 충격에 대해 만능인 것은 아니다. 세포 내에서 변이가 일어나는 암세포는 종종 더 강력한 슈퍼 암세포로 자라났다. 그리고 방사능에 대한 세포 변이 반응이 너무 강하기 때문에, 방사능에 대해서는 오히려 더 취약했다.

#2
물고기가 많아진 동해 바다

　최후의 호모 사피엔스 오현아가 죽은 뒤 60여 년이 지나고 난 후의 울산공화국, 이제 단일 문명으로는 절정에 달하고 있었다. 몇 년째 기계적으로 일상이 반복되었고, 겉으로는 크게 문제가 없는 듯했다. 모두가 울산공화국의 모토인 '영광과 번영'이 실현됐음을 믿어 의심치 않았다.

　하지만 재활용으로만 생산을 할 수 있는 자원 수급이 어느덧 한계에 이르렀고, 이제 한반도 바깥으로 진출을 할지, 아니면 규모로의 성장을 어느 정도 제어해야 할지 판단을 내려야 하는 시점이 점점 다가오고 있었다. 그리고 길게 번영이 이어지다 보니까, 내부에서는 시스템이 조금씩 부패하고 있었다. AI 현아에 대해서도 도와주는 존재가 아니라 감시하는 존재라고 주장하는 학자와 전문가들이 등장했다.

공화국의 불안이 현실로 드러나기 직전인 2150년 5월, 울산 앞바다에는 배 한 척이 항해를 하고 있었다.

50톤급의 평범한 어선처럼 보이는 배에 20명의 학생이 연습 항해에 올랐다. 한 살 생일을 막 앞두고 있는 이 또래 학생들은 호모 사피엔스로 치면 열여섯 살 내외 정도다. 울산공화국에서 학생들의 연습 항해에 사용하는 50톤급 배는 표준형 어선 성도의 크기다. 배 측면에 '연습선 045'라고 쓴 글자가 선명했다. 갑판 위에는 파란색 교복 스타일의 유니폼을 입은 몇 명의 소년이 릴낚싯대를 들고 한참 낚시를 하고 있었다. 두 명의 학생이 든 낚싯대가 팽팽하게 휘어져 있었고, 다른 학생들은 잠시 두 소년의 낚시를 구경하는 중이었다.

대형 낚싯대를 들고 끊어질 정도로 팽팽해진 줄을 당기는 김다익과 피천수. 한 살 생일이 막 지난 이들은 10대 중후반으로 보였다. 학교를 떠나 이제 곧 사회로 나오기 직전인 시기였다. 먼저 낚시에 걸린 거대한 물고기가 수면 위로 보이기 시작한 것은 피천수였다.

"피천수! 피천수!"

열광적인 친구들의 응원 속에 마지막으로 숨을 한번 고른 피천수가 물고기를 낚아 올렸다. 1미터가 넘는 참치가 올라왔다. 열광적인 환호가 터져 나왔다.

"헉헉, 역시 피천수야. 난 참치는 처음 봐. 힘들기도 하고, 이 걸로 저녁 식사는 충분해졌으니까 나는 이제 그만할까 봐."

퍼떡이는 참치를 붙들고 좋아하던 피천수가 김다익을 잠시 쳐다봤다.

"그만한다는 말 한번만 더 해봐라. 기왕 잡는 김에 조금만 더 잡자. 항해는 길어, 아직도 일주일이나 남았어."

잠시 후 김다익의 물고기도 검은 모습을 수면 근처에 드러냈다. 숨을 한 번 길게 내쉰 김다익이 물고기를 수면 위로 끌어올렸다.

"상어다. 청상어야."

뒤에 서있던 약간 통통해 보이는 또래 소년인 이민영이 외쳤다. 2미터에 가까운 청상어가 김다익의 낚싯줄에 매달려 갑판 위로 올라왔다. 힘이 빠져서 축 늘어진 채 갑판으로 올라왔던 상어는 등에 바닥이 닿자마자 마치 용수철이 튕기듯 거대한 입을 벌린 채로 펄떡이며 날뛰기 시작했다. 태어나서 처음으로 상어를, 그것도 2미터에 가까운 대형 상어를 본 소년들은 상어가 내뿜는 기세에 눌려 혼비백산한 채 뒤로 넘어졌다. 팽팽하게 당겨진 낚싯줄에서 결국 낚싯바늘이 빠졌고, 마지막까지 낚싯대를 들고 사태를 수습하려던 김다익이 뒤로 크게 넘어졌다. 상어가 쓰러진 김다익의 다리 방향으로 점점 향했다.

이민영이 어느새 큰 망치를 들고 와서 상어의 머리를 때렸다. 상어의 움직임이 잠잠해졌다.

"상어 잡이는 금지되어 있어. 좀 도와줘."

피천수와 몇 명의 소년은 상어를 들어 난간이 없는 쪽으로 밀어서 바다에 빠뜨렸다. 상어가 떨어진 자리에는 물결의 일렁임만이 남았다. 잠시 후, 몇 미터 떨어진 곳에서 상어의 모습이 다시 보였다. 물속에서 정신을 차리고 균형을 잡은 상어는 연습선과 점점 더 멀어졌다.

"친구들, 미안하게 되었네. 내가 괜히 상어를 끌어 올려서."

김다익이 겸연쩍은 웃음으로 친구들에게 사과했다.

"낚싯대에 눈이 달린 것도 아니고, 니가 사과할 게 뭐 있냐. 아직 시간 남았으니까 더 잡을 수 있어, 다익아. 자, 한번 더 해 볼까?"

피천수가 분위기를 수습했다.

조타실에 있던 선장 이소영이 어수선한 갑판으로 천천히 다가왔다. 또래 소녀보다 조금 더 성숙한 표정을 짓고 있는 이소영 역시 다른 학생들과 같은 학교, 같은 반이다.

"어이, 학생들. 여기서 낚시는 30분 남았어. 이제 어수선 그만 떨고, 어지간히 잡았으면 슬슬 정리할 준비들 하시길. 우리 일정은 다 알겠지만, 저녁부터는 원거리 항해야. 태평양까지 갈 거니까, 마음 단단히 먹으시길. 참고로 나도 항해는 처음이고, 당연히 원거리 항해도 처음입니다."

피천수가 참치를 가리키며 씩 웃는 얼굴로 이소영에게 큰 소리로 외쳤다.

"선장, 그래도 먹을 건 충분할 거 같은데."

"피크닉 나온 거 아냐. 적당히들 해."

돌아서서 다시 조타실로 가던 이소영이 덧붙였다.

"워낙 큰 물고기들이 많아서 낚시가 어렵지는 않겠지만, 상어 같은 보호종은 절대 잡으면 안 된다, 제군들."

"네, 선장님!"

돌아서는 이소영의 등 뒤로 김다익이 공손하게 외쳤다.

역대로 가장 강력했던 바이러스인 4세대 사포엔치는 2045년에 처음 발견되었다. 4세대 사포엔치는 기존의 바이러스와는 달리 인간의 생식능력을 직접 공격하였고, 바이러스의 공격을 피하는 과정에서 생식세포에서 돌연변이가 발생했다. 사포엔치의 포위망을 뚫고 활동을 하기 위해서 생식세포들은 자신이 가진 힘을 폭발적으로 사용해 바이러스의 포위망을 무력으로 뚫고 나갔지만, 그 과정에서 수명을 대가로 지불하게 되었다. 이 과정에서 매우 빠르게 성장하고 성숙하는 인간, 4년밖에 살지 못하는 호모 콰트로스가 등장했다.

1세대 호모 콰트로스는 부모들에게 버림받고 일찍 죽거나 집밖으로 나가지 못한 채 고립되어 별다른 존재감이 없었다. 그렇지만 4년생 변종은 지구 곳곳에서 동시다발적으로 출현했고, 2세대 호모 콰트로스 중에는 쇼 비즈니스와 창작 분야 등에서 매우 큰 성공을 거둔 존재들이 등장했다. 게다가 IT 개발 기업 등 경제적으로 부를 축적하는 경우도 생겨났다. 이를 통해 인간 사이에서 고립된 호모 콰트로스 공동체들이 생겨났고, 그들은 이 공동체를 게토라고 불렀다. 울산 게토도 그렇게 탄생

한 세계 전역의 게토 중 하나였다.

　2060년, 5세대 사포엔치가 등장했다. 새로운 바이러스 변종은 60세 이상 노인들에게 극도로 치명적이었다. 국가 지도부들이 급작스럽게 사망하고, 중앙정부가 붕괴되었다. 중앙정부가 붕괴하면서 전력 공급 또한 끊겼다. 그리고 외부 전기로 냉각을 하던 원전들이 폭발을 하면서 원전 지역에 엄청난 방사능이 퍼져나가는 수소폭발이 잇달아 발생했지만, 무정부 상태에서 호모 사피엔스는 이 재앙을 통제할 물리적 방법이 없었다. 게다가 인간의 재출산 메커니즘을 공격하는 사포엔치의 특징이 결합하여 호모 사피엔스의 숫자는 급격히 줄어들었고, 결국 멸종하게 되었다. 그리고 그 빈자리를 변종인 호모 콰트로스가 채우게 되었다. 그렇지만 무정부 상태에서 남은 인간과의 격렬한 전투 끝에 살아남은 것은 울산 게토밖에 없었다.

　호모 사피엔스가 사라진 뒤에 가장 큰 변화는 바다에서 나타났다. 인간 활동의 감소로 해양 산성화가 pH8.2 수준으로 완화되었다. 대기 중 이산화탄소가 비정상적으로 늘면서 바닷물이 더 많이 녹아들었고, 결국 산성도가 높아졌다. 무엇보다도 어류에 대한 남획이 사라지면서 태평양, 특히 북태평양의 해양 생태계가 빠르게 회복되었다. 1947년 노르웨이 과학자인 토흐 헤이에르달이 발사나무로 만든 뗏목인 콘티키를 타고 태평양을 횡단하였는데, 태평양에는 물고기가 가득했고, 낚시만으로도 그들의 식량은 결코 부족한 적이 없었다. 2010년 금융재벌

가의 막내아들 데이비드 드 로스차일드가 플라스틱 페트병으로 만든 플라스티키를 타고 다시 태평양을 횡단했을 때, 태평양에는 아무것도 없었다. 4개월의 긴 항해 동안에 계속 낚시를 했던 로스차일드 일행이 실제로 잡은 물고기는 단 세 마리에 불과했다.

이제는 동해 바다에도 손을 담그면 물고기가 잡힐 정도로 수산자원이 풍부해졌다. 호모 콰트로스가 울산 게토에서 울산공화국으로 안정적인 문명을 만들어 낸 물질적 기반 중에 우선적으로 가장 중요한 것은 다시 풍부해진 동해 바다였다. 2150년경에는 동해의 어류가 줄어들지 않게 하기 위해 정부가 어부들에게 좀 더 원거리 항해를 유도하기 시작하던 시기였다. 어선이 보다 먼 거리를 가기 위해서는 크기도 커져야 하고, 더 고급 장비가 필요해진다. 결국은 돈의 문제이고, 누가 돈을 부담할 것인가, 이 문제에 대한 결정이 내려져야 한다. 개개인의 거래를 뛰어넘는 돈의 문제는 결국 정치가 결정하게 된다.

#3
바다 위, 커피 타임

늦은 밤, 연습선 045호는 제주도와 일본 열도 사이의 좁은 해협을 지나고 있었다. 과거, 대한해협이라고 불리던 곳이다. 현재 이곳은 울산을 중심으로 공화국 경제에서 바다가 워낙 중요한 역할을 하고 있기 때문에 울산해협이라 부른다. 그 아래 수산자원이 풍부해진 필리핀해가 펼쳐져 있다. 울산에서 출발해 울산해협을 거쳐 필리핀해로 내려가는 항해 루트는 공화국 단백질 공급에서 점점 중요한 비중을 차지하고 있었다.

울산학교에 입학한 이후 계속 친구로 지냈던 김다익과 피천수 그리고 이소영이 대한해협 아니, 울산해협의 검은 바다를 바라보며 갑판 위에서 스테인리스 컵에 커피 한잔을 마시고 있었다. 김다익이 담담하게 자신의 이야기를 시작했다.

"일주일 후면 우리 연습 항해도 끝나고 졸업이야. 며칠 계속 고민했는데, 난 공화당 당직자 코스에 지원해 볼까 해. 선거에 나서는 건 좀 그렇지만, 당직자는 굳이 선거에 안 나서도 된다는 것 같더라고."

가만히 듣던 이소영이 웃으면서 말했다.

"김다익이 공화당 당직자? 전에 우리가 바보들만 공화당 당직자가 되는 것 같다고 놀렸던 게 기억나네. 그냥 공무원 돼서 교과서처럼 살 것 같더니, 자식. 기왕 정치할 거면 화끈하게 국회의원도 하고 그런다고 하지, 이 자식 살짝 빼는 거 봐. 얄팍해! 나는 아빠가 병원에 계시니까 울산에서 멀리 떨어지는 직업은 선택하기 어려워. 나는 그냥 공무원 할래. 배랑 항해를 워낙 좋아하니까, 해양농림부 공무원 지원할 거야."

피천수가 피식거리며 웃었다.

"공무원? 이소영, 공무원만 하기에는 너무 아깝다. 그리고 기왕 공무원 할 거면 문화 행정이나 스포츠 행정, 그런 재밌는 거라도 하는 낫지 않아? 해양농림부 공무원? 재능 낭비야. 게다가 넌 바다는 잘 알아도 농업은 모르잖아?"

"모르는 건 배우면 돼. 문화나 스포츠는 초급 공무원 시절, 출장이 아주 많대. 잘 알지도 못하고, 출장 다니기도 쉽지 않아."

김다익이 잔에 커피를 채우며 말했다.

"소영이는 바다가 더 좋은 거야. 동아리도 해전사연구회잖아."

"아빠 때문에 가입만 해놓고, 생각만큼 활동도 못 했어."

"그래도 회장님 아냐. 다익아, 그거 알아? 나, 거기 가입하려고 면접 봤는데, 쟤가 떨어뜨렸어."

"이소영, 성격 한번 칼이지. 그러니까 맨날 반장하고 그랬겠지. 피천수, 너는 뭐 할 건데? 너도 소영이 따라서 공무원 하게?"

피천수가 커피 잔을 비우면서 말했다.

"난 비즈니스 할 거야. 정치, 공무원, 다 너무 무거워. 난 장사에 마음이 뛰어."

이소영이 의아한 표정을 지었다.

"장사? 그건 서울 것들이나 하는 거 아냐? 뜻밖이네. 김다익, 피천수, 둘 다 모범생 스타일이라서 공무원 할 줄 알았는데."

호모 사피엔스 이후 새로 등장한 호모 콰트로스는 수명이 4년으로 줄어든 대신, 성장 과정은 매우 빠르게 진행됐다. 생후 한 달이면 컵라면을 혼자 끓여서 먹을 정도다. 그리고 이즈음 어린이집에 가기 시작하고, 어린이집 생활은 생후 6개월까지 이어진다. 어린이집 교육의 목표는 자기가 먹을 간단한 식사를 스스로 만들어서, 개체로서 살아남을 수 있는 능력을 만들어 주는 것이다. 어린이집을 졸업하면 학교에 입학하고 6개월간의 집중 교육을 진행한다. 이 기간에 많은 독서가 이루어지고, AI의 도움을 받아 개성과 보편성을 동시에 갖출 수 있게 최선을 다한다. 대학 과정은 별도로 없고, 취업 후 2주 정도의 직업 교육을 받는다. 대학과 같은 기관을 만들어서 별도로 직업 교육을 시키기보다 해당 기관에서 직접 교육하는 것은 게토 시절부터 공화국 시기까지 계속 이어진 일종의 전통이다. 게토 이전이나 게토 시절, 대학을 가본 4년생은 존재하지 않았다. 능력을 엄청나게 발휘해서 두각을 내고 큰 성과를 거둔 존재는 있었지만, 두 살의 나이에 대학을 갈 수는 없었다. 당연히 대학 교수를 해본 4년생도 없었다. 전혀 경험해 보지 않은 대학을 만들어야겠다고 생각하는 호모 콰트로스는 존재하지 않았다.

교육 과정은 개인별 맞춤 코스를 지향하지만, 대체적으로 평등하다. 다만, 건국 이후 시간이 흐르면서 울산학교와 같이 대통령, 총리, 장관 등 유명 정치인을 다수 배출한 전통적 학교들이 명문이 되는 것은 피하기가 어려웠다. 교육부는 학교 서열을 만들지 않으려고 노력했지만, 그래도 부모들이 선호하는 학교가 생겨나는 것은 어쩔 수 없었다. 졸업을 앞두고 학생들은 졸업 미션을 하나씩 완료해야 한다. 어려운 미션을 선택하면 취업에서 약간의 가점을 받지만, 실패하면 졸업이 늦춰진다. 연습선 045호의 학생들은 원거리 항해를 졸업 미션으로 선택했다. 서울 지역의 학생들은 팀 단위로 회사에서 단기 프로젝트 미션을 수행하는 것을 선호하였다. 울산 지역의 학생들은 아무래도 바다와 관련된 미션을 선호하는 경향이 있었다. 그로 인해 자연스럽게 지역적 편차가 존재하게 되었다.

#4
바다 토네이도

울산해협이 끝나는 곳, 연습선 045호는 필리핀해로 진입하고 있었다. 북태평양이 시작되는 곳, 학생들의 미션 지역이다. 선장을 맡고 있는 이소영이 이 지역의 해양 생태계에 대한 기초 자료를 조사하는 것을 제안하였고, 이 제안이 수용되면서 울산에서 필리핀해까지의 연습 항해 미션이 만들어졌다.

맑은 하늘의 한쪽으로 갑자기 검은 먹구름이 몰려오기 시작했다. 해가 쨍쨍 비치는 밝은 바다와 먹구름에 가득한 바다가 갈렸다. 아주 낮아진 구름들 사이로 번개가 번쩍이기 시작했다. 조타실에서 하늘을 살피던 이소영이 급하게 자리에 앉았다.

"연경아, 저쪽 모니터 좀 확대해 줘."

모니터 앞에 앉아있던 하연경이 선상 카메라를 조작하자 모니터가 좀더 가까운 검은 바다 한쪽을 비추었다. 모니터에는 바다에서 하늘까지 거대하게 기둥을 만들고 있는 물줄기가 보였다.

"저거 토네이도 맞지? 바다 토네이도네. 방금 세 개가 된 거지?"

"세 개, 아니 다섯 개로 늘어났습니다. 방향도 우리 배 쪽을 향하고 있습니다."

"연습선 045호 정지."

배가 정지하자 이소영이 마이크를 들고 다급한 목소리로 외쳤다.

"비상, 비상. 조타실과 엔진실을 제외한 전원, 지금 갑판 위로 모여주세요. 이건 훈련 상황이 아니라 실제 상황입니다."

선실에서 휴식을 취하고 있던 학생들이 급하게 갑판 위로 뛰어나왔다. 조타실에서 뛰쳐나온 이소영이 숨을 돌리면서 학생들에게 차분하게 상황을 설명했다.

"바다 토네이도야. 지금 우리 쪽으로 오고 있고, 벌써 다섯 개가 생겼어. 몇 개가 더 생길지, 얼마나 커질지 아직은 몰라. 우리에게는 5분 정도 여유가 있어. 그냥 교육 모드로 두고 회피 항해를 수동으로 계속할지, 아니면 항해 모드는 종료하고 AI 모드로 들어갈지 결정해야 해."

"회피 항해의 위험은 어느 정도나 돼?"

김다익이 질문을 했다.

"우린 위성이 없고, 여긴 GPS 드론도 없는 원양이야. 토네이도는 레이더에 안 잡혀. 정확한 속도나 데이터가 없어. 구름이 지금 우리 방향으로 오는 데다가, 지금 같은 불안전한 기상이면 잠시 후 바로 배 옆에서 새로운 토네이도가 생길 수도 있어. 구름 확산 속도보다 회피 항해가 빠르기는 어렵지."

"그래도 이건 연습선이라도 꽤 큰 배인데, 그냥 버티면 안 돼?"

피천수가 아쉬운 목소리로 말하자, 이소영이 차분하게 대답했다.

"시속 300킬로미터는 족히 넘을 토네이도 중심에 걸리면 이런 50톤짜리 배는 그냥 하늘로 빨려 올라가겠지. 태풍 같은 경우는 바람 방향으로 직진해서 배 복원력을 유지하는 항해도 가능하지만, 해상 토네이도에서는 불가능해."

"교육 모드 취소하면 미션 실패인 게 우리의 유일한 리스크인 거지?"

김다익이 간결하게 질문했다.

"그게 문제지. 선장으로서 항해 논리로만 보면 무조건 교육 모드 취소지. 다만 졸업 미션 실패면 포인트 획득 실패는 물론이고, 제때 졸업도 못 할 위험이 있어서 이렇게 다들 모이라고 한 거야. 귀하들 인생 진로에 영향이 있을 수도 있어서, 동의가 필요해."

"자, 여기서 죽을지도 모르는 거랑, 학교 조금 더 다니는 것 사이의 선택인데, 당연히 안전이 최고지. 난 이런 의견이야. 미션,

포인트, 그게 뭐 중요해, 지금! 자, 다른 의견 가진 사람 있어?"

김다익이 주변을 돌아봤다.

"선장이 결정해. 아마 이 배에 목숨보다 점수가 중요하다고 할 정신 나간 학생은 없을걸. 4년 인생, 값지게 살아야지!"

상어가 낚시에 걸려 올라왔을 때, 상어 머리를 망치로 내리쳤던 이민영이 말했다. 딱히 반대하는 분위기가 아니었다. 이민영은 나중에 의사 그것도 별로 인기 없는 외과 의사를 직업으로 선택하게 된다. 그리고 국가유공훈장도 받게 된다. 물론 그날 연습선 위에서 그런 사실을 알고 있을 사람은 없었다.

"난 민간 기업에 취업할 생각이라 점수가 아쉽기는 하지만, 점수보다는 목숨이 중요하다는 것 정도는 알아. 나도 동의. 나보다 더 반대할 사람은 없지?"

잠시 주변을 살피던 피천수가 입을 열었다. 이소영이 마음을 먹은 듯, 무겁게 입을 열었다.

"자, 그럼 교육 모드 해제에 모두 동의한 걸로 알아도 되겠지? 각자 선실로 들어가서 최대한 안전하게 대기. 잠시 배가 흔들릴 수도 있어."

그사이 검은 먹구름들이 연습선 045호 3킬로미터 인근까지 다가왔다. 새로운 토네이도가 바다에서 위로 솟구쳤다. 배에서 보이는 토네이도는 이제 열 개가 넘었다. 아마 기압 조건이 맞으면 더 늘어날 수도 있을 것 같다.

#5
딥 다이브

이소영이 다시 조타실로 뛰어 들어왔다. 그사이 바다 토네이
도는 더 가깝게 다가왔다. 이소영은 바로 무전기를 집어 들었다.

"울산학교 미션 상황실 나오세요, 미션 상황실 나오세요. 여
기는 연습선 045호, 저는 선장 이소영입니다."

"네, 수신 감도 좋습니다. 말씀하세요."

상황실의 답변이 나왔다.

"현재 필리핀해 초입입니다만, 바다 토네이도가 다수 발생,
항해 곤란 상황입니다. 현재는 아무 문제 없지만, 곧 문제가 발
생할 것으로 예상됩니다. 수동 항해가 불가능한 상황이라, 교
육 모드 종료하고 AI 모드로 전환하겠습니다. 이상."

"네, 알겠습니다. 전적으로 학생들 자율 판단이지만, AI가 개
입하면 미션 종료라는 것만 환기시켜 드립니다. 최종 판단은

위원회에서 하겠지만, 저에게는 학생들에게 규정을 고지할 의무가 있습니다."

스피커에서 답답하게 하는 관료적 목소리가 흘러나왔다.

"잘 인지하고 있습니다. 여기 상황이 워낙 긴급이라, 무선 그만 종료하겠습니다. 선내 데이터 전송해드리겠습니다."

서둘러 학교에 무선 보고를 마친 이소영은 잠시 조타실 창문으로 바다를 살펴보았다. 그사이 토네이도는 더욱 가까이 배에 접근해 있었다.

"연경아, 연습선 교육 모드 정지하고, 딥 다이브 모드로 전환해야겠다."

"네, 선장님. AI 현아, 연습선 045호 교육 모드 해제하고 딥 다이브 모드로 전환해 줘."

조타실 콘솔 박스 앞에 홀로그램으로 구현한 인간 오현아의 40대 모습이 나타났다. 한참 호모 콰트로스의 생존을 위해서 그녀가 최선을 다하던 시절의 모습이었다.

"안녕, 소영. 잘 생각했어. 연습선 045호, 딥 다이브 모드 개시."

AI 현아는 마치 지휘자가 오케스트라를 조율하는 것처럼 두 손을 우아하게 움직였다. 갑판 위에 있던 조타실이 천천히 갑판 아래로 내려갔다. 바로 그 아래에 있던 회의실 위치로 갑판이 내려가면서, 갑판은 평평해졌다. 안테나 등 선체에 돌출된 부위들이 접혀서 선체 안으로 들어갔다. 그리고 선체 윗부분과 아랫부분에서 동시에 금속 커버가 밀려 나왔다. 선체 전체를 금빛 유선형 금속판이 감싼 연습선 045호는 몇 분 만에 잠수 가능한 기동선으로 변신하였다.

AI 현아가 두 손을 들어 아래로 내렸다. 잠수함으로 전환된 연습선 045호가 물속으로 가라앉기 시작했다. 조타실 전면 스크린으로 바다 속 모습이 보였다. 연습선 045호가 좀더 깊은 바다로 잠수할 즈음, 바다 위로 몇 개의 토네이도가 성난 물길을 만들며 미끄러져 흘러갔다. 연습선에도 충격이 전달됐다. 그렇지만 물줄기를 이겨 내고 더 깊고 먼 바다로 내려갔다.

잠시 후 이소영이 선내 마이크를 집어 들었다.

"현재 우리 연습선 045호는 조금 전 딥 다이브 모드로 북태평양 항해를 시작하였습니다. 연습선이기는 하지만, 신형이라서 다행히 딥 다이브 모드가 최신형 어선만큼 잘 갖추어져 있습니다. 최근 연안 지역에 토네이도가 급증하면서 일정 규모 이상의 어선들에는 딥 다이브 모드가 필수 안전 항목이 되었습니다. 필리핀해에도 이렇게 거대한 토네이도 밭이 형성될 줄은 미처 몰랐는데, 선장으로서 우리 미션 평가에도 참작이 있기를 희망합니다. 기왕에 딥 다이브 모드로 들어온 거, 바닷속에서 환상적이고 즐거운 시간을 가질 수 있기를 바랍니다."

선실에서는 벽 스크린으로 바닷속의 모습이 보이고 있었다.

#6
한성유통 총수의 유언

울산공화국의 기본적인 경제는 울산 인근의 자동차 공장 등 제조업이 기반이고, 풍부한 수산업 그리고 나름대로 버텨나가는 농업이 또 정책의 축이다. 그렇지만 또 다른 특징은 상인들의 도시가 된 서울 지역의 판매 업체들이 최종적인 판매를 맡고 있다는 점이라고 할 수 있다. 그중에서도 한성유통은 아주 세련된 쇼핑몰 체인을 가지고 있고, 사실상 울산공화국 경제의 판매를 총괄한다고 할 수 있다. 잘 만드는 것과 잘 파는 것은 좀 다른 일이다. 울산의 생산 능력을 통해서 빠르게 복원한 엔지니어들과 공정 디자이너들은 호모 콰트로스의 번영을 만들었지만, 그 물건을 더 잘 팔았던 것은 결국 서울의 상인들이었다. 서울 상인들이 장악한 쇼핑몰의 번영은 배달이 취약한 노동 구조와도 연관이 있었다. 4년생들이 어렵거나 지겨운 일을 마다하는 것은 아니지만, 의미가 없는 일에 주어진 시간을 쓰고 싶어 하는 사람은 거의 없었다. 결국 울산공화국에서 가장 화려하게 꽃핀 것은 쇼핑몰이었다. 누가 만들었는지, 어떻게 만들었는지보다 누가 파는지, 어디서 파는지가 더 중요한 시기가 되었다.

서로 더 많은 물건을 더 많이 팔기 위한 살벌한 장사꾼들의 세계에서 최정점에 서있는 사람이 바로 한성유통 총수인 석원주다. 산업체 기업들이 꼭 자녀들에게 회사를 세습하지 않는 것과 비교하면 유통 쪽 회사들은 자녀 승계의 경우가 많았고, 한성유통은 특히 그랬다. 그리고 석원주 총수 때에 중요한 성과도 많이 생겼고, 거의 왕국과도 같은 세계가 되었다. 그런 석원주도 4년이라는 시간을 이겨낼 수는 없었다. 많은 고위직들이 혼자, 또는 최소한의 인원과 마지막을 맞이하는 것이 일종의 문화가 되었다. 석원주의 임종도 그가 가진 부에 비해서는 조출했다.

석원주는 손으로 입에 있는 인공호흡기를 떼고, 큰 아들 석영호의 도움을 받으며 몸을 일으켜 세웠다. 차남 석영진(13세), 딸 석영서(11개월), 딸 석영난(8개월)이 그 뒤에 도열하듯 서있었다. 네 명의 석씨 자녀들 중에서는 큰 아들 석영호가 가장 평범하고 무난한 성격을 가지고 있었다. 그래서인지, 혹은 또 다른 이유가 있었는지, 총수 석원주는 이제 막 사회에 진출한 큰 아들 대신 둘째 아들 석영진에게 더 많은 실권을 넘겨주었다.

석영진은 능력 있고 개성 강한 스타일의 리더였다. 바로 셋째인 석영서와 넷째인 석영난 역시 일반적인 장사꾼 집안의 계승자라고 하기에는 아주 개성이 넘쳤다.

"얘들아, 내 말 잘 들어라. 60살까지는 살던 인간이 이렇게 4년만 살다가 그냥 죽는다는 게, 내 도저히 납득이 되지 않는다. 내 인생에 도대체 뭘 하고 살다가, 지금 이 경우를 맞는지 잘 모르겠다. 우리가 이제 뭘 해야겠냐?"

낮지만 또렷한 목소리로 석원주가 천천히 입을 뗐다.

"울산 놈들이 호모 콰트로스의 수명과 관련된 것들을 헌법과 법으로 아주 세세하게 다 금지시키고 있습니다. 어쩔 수가 없습니다."

장남 석영호가 기계적인 대답을 했다. 순간 감정적으로 울컥한 석원주의 목소리가 높아지고 빨라졌다.

"공장이나 돌리는 놈들이 세상에 대해 뭘 안다고! 지구 전체가 이 한반도 일부 말고는 다 텅 비어 있는데, 그놈들이 이 좁은 땅에 갇혀서 꼼짝을 못 하게 해. 내가 무슨 60살, 70살, 그렇게 살자고 하는 거야? 2년만이라도 좀 수명을 늘려보자는데, 그걸 못 하게 해. 수명이 2년이라도 늘어야 해외에 나가서 일할 사람이 생길 거 아냐? 우리한테 노예가 있는 것도 아니고, 저임금 노동이 있는 것도 아니고. 얌전하게 4년 살다가 큰 도전 없이 조용히 죽음을 맞으니까 이렇게 정체되어 있는 거 아냐? 자원 부족 때문에 비행기도 못 만들고, 로봇도 대규모로 못 만드는 처지에, 인간 수명이라도 늘리는 게 유일한 해법 아냐?"

둘째 아들 석영진이 뒷자리의 경호원에게 손짓으로 나가라는 신호를 보냈다. 자녀들만 방에 남자 석영진이 석원주가 원하는 답을 이야기했다.

"아버지, 회사 과학자들이 유전자 가위 정도만 잘 써도 2년 정도는 늘리는 데 큰 문제가 없을 거라고 하는 이야기를 들었습니다."

석원주가 손짓으로 석영진을 가까이 오게 했다. 그리고 그의 손을 잡았다.

"영진아, 중요한 건 과학이나 기술이 아니야. 4년에서 수명 조금 더 늘리게 하는 거, 그게 우리 시대에 기술적으로 뭐가 어렵겠냐? 문제는 정치고, 제도야. 우리는 장사만 할 줄 알았고, 상인 정신으로 한성유통을 여기까지 일구어 왔다. 우리 선대나 나나, 돈만 벌었다. 그렇지만 그것만으로는 우리 시대의 문제를 못 푼다. 이제 상인들이 나서야 할 때가 되었어."

석영호가 호흡기를 다시 집어 들었다.

"아버님, 이제 그만 좀 쉬세요. 몸에 무리 옵니다."

석원주가 장남의 손등을 찰싹 때렸다.

"어차피 4년이 전부인데, 며칠 더 산들, 몇 시간 더 산들, 뭔 차이가 있겠느냐?"

그러면서 손짓으로 차남인 석영진을 불렀다.

"내 아들 석영진, 나 좀 일으켜 다오."

석영진이 석원주의 상체를 부축했고, 석원주가 자리에서 일어나 앉았다.

"지금부터 내가 하는 말은 나의 공식적인 유언이다. 내가 결혼이 늦어져 너희 넷을 늦게 낳았다. 그러다 보니 지금 우리가 사는 4년이 너무 아쉽다는 것을 절감하게 되었다. 나만 그러겠느냐? 이 문제는 현 상황에서 우리 아니면 풀 수가 없다. 너희는 이제부터 우리 호모 콰트로스의 수명을 늘리는 데 모든 수단을 동원하도록 해라. 길게도 아니다. 일단은 2년만이라도 더 살 수 있게 하자. 석영진, 네가 우리의 꿈을 좀 이루어 다오."

한동안 유언을 이어가던 석원주가 말을 멈췄다. 석영진이 황급이 침대로 올라가 그의 몸을 안자, 이내 숨도 멈췄다. 차남인 석영진의 품에 안긴 채 석원주가 굴곡진 4년의 삶을 내려놓았다.

#7
방어진 항구와 프러포즈

연습선 045호가 울산 시내의 작은 항구인 방어진항으로 입항했다.

울산을 관통하는 태화강이 바다를 만나면서 왼쪽에는 장생포항, 조금 더 내려가 동해와 만나는 오른쪽 지점이 방어진 반도다. 그곳에서 약간 위로 올라간 오목한 지점에 방어진항이 있다. 울산이 아직 도시이기 전부터 이곳은 항구였다.

필리핀해에서 바다 토네이도를 만나 딥 다이브로 위기를 모면한 울산학교 학생들의 졸업 미션에 대해서는 학교 안에서 격론이 있었다. 학생들이 AI와 첨단 기술의 도움을 받지 않는 자체 항해라는 규정을 지키지는 못했지만, 2150년경에는 울산공화국 내에서 그 어느 때보다도 안전에 대한 사회적 요구가 높던 시절이었다. 건국 시절부터 팽창기에 이르기까지, 새로운 시도와 도전에 많은 가치를 두었다. 그렇지만 안정기에 접어들면서 기존 시스템을 지켜나가는 보수적 가치가 더 높아졌고, 동시에 시스템에서 막을 수 있는 사고와 오류를 미리 예방하는 안전에 대한 가치가 높아지는 게 이 시대의 특징 중 하나였다. 만약 몇 년 전 연습선 045호의 딥 다이브 같은 일이 벌어졌다면 졸업 미션 실패, 즉 유급과 같은 결정이 났을 가능성이 높다. 실제 학생주임처럼 기본적인 규칙을 지켜야 한다는 의견을 가진 위원들도 많았다. 그렇지만 정년을 앞두고 있는 교장이 안전을 강조하면서 결국 부드럽게 결론이 났다.

항구에 도착한 배에서 졸업 미션을 마친 학생들이 내렸다. 학생들은 배에서 천천히 하선했고, 선장을 맡았던 이소영이 맨 마지막에 내렸다.

이 학생들은 사실 이날까지만 학생이다. 따로 졸업식은 없다. 호모 콰트로스가 사피엔스 사회와 가장 눈에 띄게 다른 것은 입학식이나 졸업식 같은 기념식이 아예 없고, 다른 기념일도 형식만 있고 아주 단출하다는 점이다. 처음부터 그랬던 것은 아니지만, 짧은 인생은 누군가의 별 의미 없는 기념식을, 높은 사람의 헛소리를 들으면서 그냥 앉아있게 만들지는 않았다. 점점 참가하는 학생이 줄어들었고, 결국은 아무도 오지 않는 행사가 되었다. 수명이 짧아지면 높은 사람의 권위도 줄어들게 되고, 각자의 시간이 더 소중하게 느껴지게 된다. 자연스러운 일이다. 4년생들은 생후 6개월의 어린이집 시절이 끝나고, 6개월의 학교 시절이 끝나는 즈음, 자신의 첫 번째 생일을 맞게 된다. 그러고는 사회에 진출한다. 졸업 미션이 성공적으로 끝나면 그날부로 학교와는 바이바이다. 그래서 미션을 성공하는 순간이 학생들에게는 졸업식과 마찬가지다. 그리고 많은 학생들에게 이날이 약혼식, 때로는 결혼식이기도 하다. 졸업식이 없는 것처럼 결혼식도 거의 없다.

학생 신분이 끝나는 날, 많은 연인들은 공식적으로 같이 살기 위한 준비를 시작한다. 막 졸업한 학생들의 경우 주택부에 신청을 하면 살 집을 마련할 수 있다. 표준 C형 주택의 경우, 신청에서 배정 그리고 입주까지 일주일을 넘지 않는다. 이보다 꽤 큰 표준 B형도 신청이 가능하지만, 원하는 사람이 많기 때문에 실제 입주까지 몇 달이 걸리는 경우가 대부분이다.

학생들이 배에서 내려서자 교사들이 앞줄에 서 있고, 그 뒤로는 부모들이 모여있었다. 그리고 약간 떨어진 곳에 학생들과 비슷한 또래의 학생들이 있었다. 아주 약간의 차이가 있다면, 배에서 내린 학생들은 유니폼을 입고 있었고, 하선식에 온 학생들은 자유로운 복장을 하고 있었다.

"교장선생님, 울산학교 졸업 미션 학생 이소영 외 19명, 무사히 필리핀해 일대에 대한 기상 및 생태 데이터 확보 미션을 마쳤습니다."

연습선 045호 선장을 맡았던 이소영이 학생들 앞에서 교장에게 인사를 하였다.

"그래, 고생했다. 성인들도 바다 토네이도를 만나면 당황하는 경우가 많은데, 침착하게 대응 잘해줬다. 사고 없는 게 무엇보다 우선이다. 그리고 졸업 축하한다, 이소영 학생!"

교장은 축하의 말을 건네면서 이소영에게 손을 내밀었다.

"교장선생님, 이번에 정년이시라면서요?"

"다익 군, 물어봐줘서 고맙네. 사실 미리 말하기도 그렇고, 그렇다고 아무도 이야기 안 하면 섭섭할 것 같기도 하고 그렇네, 솔직히. 나도 이번 주까지가 근무야. 자네 팀이 맨 마지막 미션 팀이거든."

교장이 김다익의 인사를 들으며 준비된 단상으로 올라갔다. 교장의 눈에는 부모와는 본 척도 안 하면서 연인들끼리 서로 손을 잡는 모습이 눈에 들어왔다. 간단한 축사를 할 생각이었지만, 많은 졸업식이 그렇듯이 정상적으로 준비된 행사를 진행할 수 있는 분위기가 아니었다.

"생전 처음 해보는 항해, 그것도 원거리 항해를 무사히 마쳐서 졸업 미션을 통과한 여러분의 미래를 축복합니다. 이걸로 제 축사를 마치겠습니다."

노래 시작하자 노래 끝나는 것처럼 교장의 축사는 한 문장으로 끝났다. 이걸로 졸업 미션에 대한 공식적인 환영행사는 끝이 났다. 교장의 축사는 짧았지만, 순간 학생들의 폭발적인 환호성이 울려 퍼졌다.

"교장선생님, 만세! 울산학교 만세!"

그렇게 졸업식을 겸한 연습선 045호의 하선식이 급하게 종료되었다. 교장의 눈에는 배에서 학생 이민영이 또 다른 학생 하연경 앞에서 무릎을 꿇고 반지를 건네는 장면이 들어왔다. 과연 하연경이 이민영의 반지를 받을까? 짧은 순간이지만, 이걸 지켜보는 교장은 긴장감을 느꼈다. 그러나 긴 시간이 걸리지는 않았다. 하연경이 이민영의 반지를 받아 들었다. 그리고 두 사람은 기쁨의 포옹을 하였다.

방어진 항구의 주차장 옆 작은 광장은 반지를 주고받는 연인들이 내뿜은 긴장감으로 가득 찼다. 이민영과 하민영 옆에는 스무 쌍이 넘는 커플이 반지를 놓고 잠깐의 머뭇거림 혹은 결심, 그런 결정의 순간들이 만들어졌다.

교장의 옆으로, 인생의 가장 중요한 순간에 구경만 하고 있는 학생은 이소영, 김다익 그리고 피천수, 세 명밖에 없었다. 세 학생을 보면서 교장은 뒤에 서있는 교사들에게 짧게 이야기했다.

"우리는 그만 돌아갑시다, 선생님들."

"저도 먼저 돌아갑니다. 난 아빠한테 가봐야 돼. 다익, 천수, 어디 돌아다니면서 사고 치지 말고, 부모님과 얌전히 식사나 해라."

김다익이 손으로 전화 모양을 보이면서 자신의 부모 쪽으로 천천히 발걸음을 옮겼다. 이소영은 고개를 끄덕거렸다.

이소영이 향한 곳은 광장의 뒤쪽, 휠체어를 타고 있는 중년의 남성이 서있는 곳이었다. 입에는 보조 호흡기를 달고 있고,

흰색 가운을 입은 건장한 청년 두 명이 그 뒤에 서있었다. 누가 봐도 거동이 불편해 보이는 이소영의 아빠는 딸을 보자마자 굳어있던 얼굴이 환하게 펴졌다. 뒤로 돌아서서 가던 김다익과 이천수도 멀리서 이 광경을 보고 있었다.

"아빠, 여기는 뭐 하러 왔어! 무리일 텐데."

입을 덮고 있는 호흡기 때문에 말을 할 수 없지만, 아버지의 눈만은 환하게 웃고 있었다.

"가요, 아빠."

이소영이 휠체어를 밀어 멀지 않은 곳에 서있는 구급차 쪽으로 발길을 옮겼다.

"원래는 외출이 불가능한데, 난리가 여러 번 났습니다. 참고하세요, 소영 양."

건장한 체격의 의사 한 명이 이소영에게 조그맣게 말했다. 순간 온화하게 웃고 있던 이소영의 아빠가 싸늘한 눈초리로 의사를 노려봤다.

#8
처음 마시는 술

울산의 밤은 대체적으로 화려한 편이었다. 그렇지만 과거에 수도였던 많은 도시에 비하면 어딘가 모르게 투박하고, 생각하기에 따라서는 여전히 소박한 모습들이 남아있었다. 원래도 실용적인 도시였던 울산은 공화국의 수도가 되면서 훨씬 더 실용적인 도시가 되었다. 돈만이 아니라 권력 역시 이 도시로 모여들었다. 권력이 모이면 돈이 따라 움직인다.

한국의 경제 발전기에 20~30대 노동자들이 몰려오던 울산은 남자들의 숫자가 훨씬 많은 전형적인 남초 도시였다. 한국 제조업에 위기가 온 2016년 이후로 울산은 순유출 도시가 되었는데, 20대 여성들이 서울, 부산, 경기도 등으로 많이 빠져나갔다. 호모 콰트로스들이 세운 울산공화국의 수도가 된 이후 비로소 울산은 남녀 성비가 균형을 이루게 되었다. 그렇지만 공업도시가 가지고 있는 칙칙함에서 멀리 벗어나지는 않았다.

울산의 고층 건물에 위치한 어느 조용한 바. 오늘 막 졸업 미션을 마치고 입항 이후부터 학생 신분을 벗어난 세 친구가 다시 모였다. 김다익이 먼저 메뉴판을 집어 들고 공부하듯이 살펴봤다.

"법적으로는 오늘이 우리가 술 마실 수 있는 첫날이야. 뭐가 좋을까? 난 스코틀랜드에서 만들었다는 스카치가 궁금했는데."

"너무 비싸. 옥수수로 만든다는 버번위스키 어때? 이건 좀 싸네. 옥수수는 여기서도 재배되잖아."

김다익과 피천수가 위스키 이야기를 하자 이소영이 한참 어린 소년들을 대하듯 말했다.

"니들 안 그래도 남들이 도련님 같다고 흉보는 거 알아? 그냥 소주 마셔. 온 국민이 다 마시는 울산소주. 그렇게 좀 평범하게 살아. 학교 졸업하면 그런 거 다 없어져. 교사 편애는 이제 끝이야, 끝! 그렇게 편애만 받다가 이 험한 세상에서 어떻게 남은 3년을 살아가려고 그래?"

이소영의 이야기를 듣고 김다익과 피천수가 서로를 마주 보며 거의 동시에 외쳤다.

"그건 아니지!"

약이 오른 피천수의 목소리가 높아졌다.

"이소영, 네가 선생님 편애 이야기할 처지는 아니지. 지난 6개월, 네가 계속해서 리더는 다 했잖아. 선생님들이 유독 너만

예뻐했어!"

"지랄들 하네. 아저씨, 여기 울산소주하고 그냥 기본 안주 주
세요."

이소영의 표정이 진지해졌다.

"난 아빠 돌봐야 해서, 너네처럼 하고 싶은 거 고를 수 있는
형편이 아니야. 엄마는 벌써 확 질려서 도망가셨어. 시도 때도
없이 발작하는 환자라 병원에서도 두 손 두 발 다 들었고. 이
누나는 벌써 포기했고, 대충 먹고 살기나 할 거야. 니들이라도
하고 싶은 거 잘하면서 알찬 인생 살기를 바라. 진심이야."

피천수가 뭐라 이야기하려는데, 김다익이 피천수의 손을 살
짝 잡고 만류했다. 마침 종업원이 술을 가지고 왔다.

"주문하신 울산소주와 상어포입니다. 필요하신 거 있으면
언제든 주문하세요. 그럼 즐거운 시간 가지시길 바랍니다."

이소영이 두 사람 잔에 소주를 채웠다.

"어쨌든 이제 학교도 졸업했고, 각자 취직해서 흩어지겠지.
술은 어른한테 배우라고 했지? 자, 두 사람 첫 술은 이 누나가
알려주지. 건배!"

세 사람은 조그만 잔에 든 소주를 호기롭게 목으로 넘겼다.

"하이고, 쓰다. 책에서는 아주 맛있다고 그러던데 영 아니네,
이건."

김다익이 인상을 찌푸리며 반쯤 마신 소주잔을 내려놓았다.

"책과 데이터베이스, 영상으로만 배우는 건 한계가 있다니

까. 이 누나가 다 마셔봤어. 기분 더러울 때에는 이 소주가 제일 낫다니까, 이 세상 물정 모르는 도련님들아."

소리 없이 소주 한 잔을 다 비운 피천수가 우아하게 포장한 반지함 두 개를 꺼내서 테이블 위에 올려놓았다. 반지함을 보자마자 이소영이 발끈했다.

"피천수. 뭐야, 이게! 반지? 내가 너희에게 분명히 말했지? 이 누나는 아버지 돌봐드리는 중이라 연애 같은 거 어렵다고. 피천수, 너 내 말 싹 무시해?"

"알아, 이소영. 이건 커플링이 아니라 우정반지야, 우정반지! 새끼손가락에 끼는 거. 다익, 소영, 난 너희하고 지금처럼 좋은 친구로 평생 남고 싶어."

김다익이 테이블 위에 올려진 반지함을 열어서 반지를 꺼냈다. 그리고 아주 세심하게 살펴보았다.

"물고기 반지네. 거의 무한대로 제공되는 바다의 물고기가 아니면 현대 문명이 유지되기 어렵지."

반지 뒷부분까지 세심하게 살피던 김다익이 다시 말했다.

"Made by PCS? 피천수, 이거 네가 직접 만들었냐? 우와, 뜻도 뜻이지만, 솜씨가 기가 막힌데? 역시 못 하는 게 없어, 우리 천수."

"AI 도움을 좀 받았지. 학교 연수실에 전기 도금 장비 등 다 있어서 하는 건 문제가 아닌데, 루비 구하는 게 어려웠지. 이게 공화국에서는 생산이 안 되는 거라서."

김다익이 반지를 꺼내 자신의 왼쪽 새끼손가락에 끼웠다.

"그래. 천수가 만든 우정반지, 멋있다!"

김다익이 이소영을 바라보면서 눈짓을 했다. 이소영이 잠시 주저하다가 반지함을 자기 쪽으로 끌어갔다.

"그래, 우정. 그거 좋은 거지. 남은 우리 인생 3년도 변치 않고 지냈으면 좋겠다."

이소영이 왼손 새끼손가락에 피천수의 우정반지를 끼웠다. 그리고 두 사람의 잔을 다시 채워주었다.

"이 누나가 태어나기는 너희보다 일주일 먼저지만, 열심히 노력해서 너희보다 오래 살게. 꼭 둘 다 떠나는 길, 이 누나 손으로 마무리해 주지."

피천수가 소주를 들이켜며 말했다.

"우리가 4년이라는 하늘이 내린 천수라도 다 누리면서 살게 된 게 몇십 년 안 돼. 공화국에 천수라는 이름이 얼마나 많은지 알아? 다 자기 수명이라도 누렸으면 하는 부모의 마음이야. 고맙게 생각하면서 하루하루 살아야 해."

피천수가 상어포를 뜯어 먹으면서 말했다.

"다익이 얘는 이제 두 살 되는 게, 꼭 네 살 후반부 할아버지처럼 말하네. 너무 조숙해."

"그렇긴 한데, 얘는 또 그게 멋이지. 안 그러면 너무 평범해서, 누가 봐도 그냥 철없는 도련님이라고 할 거야."

인공으로 만들어진 범고래 울음소리가 울려 퍼졌다. 이소영이 황급하게 가방을 뒤져서 핸드폰을 꺼냈다. 김다익과 피천수가 익숙한 것처럼 서로의 얼굴을 쳐다보았다.

"아버지? 오늘 같은 날은 그냥 병원에서 알아서 처리해 주면 안 되나?"

김다익의 말을 피천수가 이어나갔다.

"병원 간병 시스템은 왜 변하는 게 없나? 나 한성유통에 합격하게 되면 서울로 가야 하는데, 오늘 조금만 더 있으면 안 될까, 소영?"

주섬주섬 책상 위 소지품을 챙기며 이소영이 잠시 피천수 쪽을 쳐다보았다.

"신종 암이 생각보다 무서워. 내가 안 가면 아버지가 영 진정을 못 하셔. 의사 선생님들도 두 손 두 발 다 드셨다니까. 천수야, 울산 떠나게 되면 연락 줘."

황급히 이소영이 떠난 자리에 김다익과 피천수가 물끄러미 앉아있었다. 손가락에 낀 반지를 만지작거리던 김다익이 침묵을 깼다.

"우정반지? 행여나……. 천수, 왜 프러포즈 안 했냐? 인생 짧아. 어물어물 거리다 시간 금방 간다."

"그러는 너는? 너도 이소영 좋아한 거 아니었어? 너도 우물쭈물하는 건 마찬가지잖아."

김다익이 가벼운 미소를 지었다.

"좋아하기는 했지. 그렇지만 난 불가능한 일에 매달리는 스타일은 아니야. 금방 잊을 수 있어. 자자, 소영이도 갔고, 우리 술이나 한잔 더 마시자. 자 내가 낼 테니까, 아까 너 먹고 싶다고 한 버번, 그거 마셔보자. 소주는 앞으로도 평생 마실 거, 오늘은 좀 귀한 거 먹자."

"아냐, 난 그냥 소주 마실래. 기분이 좀 그래. 나중에 소영이가 우리 다른 거 마신 줄 알면 뭐라고 할 것 같아."

"하이고, 이제 학교는 졸업이야, 졸업. 넌 소주 마셔라, 난 그냥 버번 마셔볼래. 궁금한 건 또 참기가 어렵거든. 물리적 경험치는 많으면 많을수록 좋아. 게다가 호기심 당기면 참기 어렵지."

9

고래 떼와 일출, 정자항에서

방어진항에서 북쪽으로 16킬로미터 정도 떨어진 정자항 인근 바닷가. 늦게까지 여러 종류의 술을 조금씩 마시던 절친 김다익과 피천수가 새벽 시간에 일출을 보기 위해서 정자항을 찾았다. 그들은 모래사장에서 바다를 바라보고 있었다. 울산에서는 연인들이 첫 고백 이후 다음 날 동해 바닷가에서 일출을 보는 전통이 있다. 연인들은 매우 긴 밤을 보낸다. 바닷가 여러 장소 중에서도 가장 유명한 곳이 바로 정자항 인근이다. 나름 핫플레이스다.

"여기는 메이트와 오는 덴데, 어쩌다 천수 너랑 이 일출을 보게 되었는지 모르겠다."

피천수가 미소를 지으며 가방에서 캔커피를 꺼내 김다익에게 건넸다.

"이렇게라도 일출 한번 보는 게 낫지. 어영부영하다가는 울산 살면서 해 뜨는 것도 한번 제대로 못 본다. 나는 아직 한번도 못 봤다. 울산 떠나게 되면 후회할 것 같아."

아직 채 밝아지지 않은 어둠 속에서 꽤 많은 연인이 바닷가를 보면서 서로 손을 잡고 있다. 키스를 하는 연인도 많다.

"저기, 쟤들 말야. 이민영과 하연경 아냐?"

"다익아, 그냥 못 본 척해. 쟤들도 우리 못 본 척하고 있는 거야. 메이트들끼리 오는 이런 핫플레이스에서 서로 만나면 어색해."

하늘이 조금씩 밝아지기 시작했다. 갑자기 바닷가를 가득 메울 듯한 수백 마리의 돌고래 떼가 일제히 나타났다. 머리를 수면 위로 드러낸 채 질주하는 돌고래들의 모습에, 바닷가에 모인 사람들이 감탄을 했다.

"울산 바닷가에 돌고래가 돌아온 게 인간들이 지구상에서 사라진 효과라는 게 슬프기는 해. 그래도 저렇게 많은 돌고래 떼를 직접 보니까, 내가 굶어 죽지는 않겠구나, 그런 생각이 드네."

돌고래 떼들이 만드는 거대한 흐름을 보면서 김다익이 말했다. 그때 뭔가를 발견한 피천수가 자리에서 벌떡 일어났다.

"범고래다, 범고래. 범고래에 쫓기느라 돌고래들이 일제히 이동하는구나."

"호들갑 떨지 마라. 범고래 떼 처음 보냐?"

"난 처음 본다. 그러는 넌? 너도 처음 아냐?"

피천수가 정색을 하면서 말했다.

"물론 나도 처음이지. 사실 학교 졸업하고 나면, 한동안 우린 다 처음 하는 일투성이인 세상에서 살아갈 거야."

두 사람이 돌고래 떼와 범고래의 추격전을 보는 사이에 해가 수면 위를 차고 올라왔다. 바다가 온통 붉은색으로 변했다.

북극해에 사는 고래들이 회항하는 지점 중 하나가 울산이었다. 하지만 고래 사냥이 너무 심해지면서 서로 소통하는 고래들은 울산 바닷가 근처로는 오지 않고, 울산을 경유해 제주도에서 회항을 하게 되었다. 바다가 풍부해지고 더 이상 고래 사냥을 하지 않으면서 다시 울산 바닷가에는 고래들이 찾아오게 되었다. 먹이사슬을 따라 작은 물고기들이 풍부한 해안가로 고래들이 다시 몰려왔다.

| 2장 |

엇갈리는 운명

#10
첫 출근

    울산공화국에는 사실상 실업이 없다. 많은 분야에서 사람이 부족했고, 사람이 없어서 계승자를 찾지 못해 사라져 가는 지식이 많았다. 특히, 예술 분야에서 더욱 그랬다. 대표적인 것이 예술 도자기였다. 축적이 어느 정도 진행된 울산공화국에는 부자가 많이 등장했다. 고려청자나 조선백자처럼 생긴 것들은 꽤 많은 비용을 지불하고도 살 사람들이 많지만, 복원할 사람이 많지 않았고, 공급이 원활하게 이루어지지 않았다.

    축적과 함께 사람들의 심미안은 높아지지만, 그 눈을 만족시킬 수 있는 제품을 공급하기는 어려웠다. AI가 가지고 있는 데이터베이스도 많이 개선되기는 했지만, 도자기를 만드는 일은 매뉴얼만으로 해결되는 것이 아니었다.

    나름의 방식으로 새로운 도자기를 만드는 사람들이 등장하기는 했지만, 그걸 계승할 사람을 찾는 게 쉽지 않았다. 손끝에 남는 지식은 AI가 고감도 카메라와 초정밀 센서를 동원해도 계 수화하기 어려웠다. 게다가 촉감으로 느끼는 지식은 AI로도 어 떻게 할 수 없었다. 수요는 충분히 있지만, 공급 아니 공급 능 력이 따라가 주지 못했다. 물론 AI도 그런 도자기류를 만들기 는 하지만, 사람들이 원하는 것은 AI가 공업용 로봇을 사용해 서 만든 도자기가 아니었다.

울산공화국도 축적 초기에는 실업이 사회적 문제가 되기도 했지만, 어느 정도 축적이 이루어지면서 아주 다양한 수요들이 폭발적으로 증가했다. 많은 분야에서 자신의 성취, 그래봐야 4년간의 성취지만 그것을 전승해 줄 다음 사람을 찾게 되었다.

사람도 희소했지만, 자원은 점점 더 희소해지고 있었다. 북 쪽의 육로를 통해서 외부로 진출하는 것은 북한 지역에 퍼진 방사능 오염 문제로 쉽지 않았다. 비행기는 기술적으로 문제가 없지만, 충분한 알루미늄 등 자원을 확보하기 어렵기 때문에 여의치 않았다. 무엇보다도 내부의 문제들을 푸는 게 먼저라서 해외 진출은 우선순위가 뒤로 밀렸다. 더 큰 대형 선박을 만들 어서 나갈 수는 있지만, 역시 가장 큰 문제는 노동력 확보였다. 4년의 인생에서 6개월 교육, 1년 주니어, 1년 반 시니어 생활을 하고, 보통 나머지 6개월은 은퇴해서 삶을 정리한다. 이 주니어 생활을 불확실한 해외에서 보내고 싶어 하는 노동자는 거의 없 었다. 과거의 제국주의는 현지 노동력을 쥐어짜면서 작동했지만, 그런 무상에 가까운 노동은 이제 존재하지 않았다. 로봇을 활용할 수도 있지만, 로봇을 만드는 데에도 역시 자원이 필요했다. 자원이 부족해서 해외 개척을 하는데, 그 자원이 있어야 충분한 로봇을 만들 수 있다. 딜레마다.

김다익이 선택한 직장은 건국 이후 계속해서 대통령을 배출하고 있는 공화당이었다. 대통령의 임기는 1년이다. 호모 콰트로스의 수명을 감안하면 길다고 할 수 있는데, 전통적으로 그 정도에서 공화국은 최적점을 찾았다. 딱히 출마를 해서 누군가의 대표가 될 생각이 김다익에게 있지는 않았지만, 그래도 뭔가 시스템을 운영하는 일을 해보고 싶어 했다. 여당 당직자도 그에게는 좋은 선택이 될 수 있었다. 김다익은 태화강 인근의 단독주택에 부모와 함께 살고 있었다. 첫 출근, 그는 집을 나와서 자진거를 타고 대화강변을 달려 공화당 중앙당사로 향했다.

이소영은 직접 배를 타고 바다와 관련된 일을 하고 싶어 했다. 그렇지만 병원에 있는 아버지 때문에 장기간 출항하는 직업을 갖기가 어려웠다. 그녀는 그 대안으로 해양농림부 공무원을 선택했다. 바다와 농업을 관장하는 부처인데, 공화국에 먹을 것을 확보하는 중요한 곳이기는 하지만, 경제 규모가 커져가면서 최근 산업부의 위세에 눌리는 일이 많아졌다. 중앙에서 일을 하면 울산을 떠나지 않을 수 있었다. 이소영은 더 해보고 싶은 일이 많았지만, 현재의 상황에서는 나름 최적의 선택을 했다고 볼 수 있었다. 이소영은 정자항 위쪽에 위치한 고층 아파트 단지의 집에서 출발해 버스를 타고 첫 출근지로 향했다. 김다익의 직장과 마찬가지로 정부중앙청사는 시내에 있었다. 울산의 공화당 당사와 직선거리로는 1킬로미터도 떨어지지 않은 곳이다.

만약에 이소영의 아버지가 급작스럽게 악화된 암으로, 긴박하게 이소영이 아버지를 진정시켜야 하는 상황이 아니었다면 두 사람은 아마 누가 먼저 프러포즈할 것도 없이 자연스럽게 메이트가 되었을 것이고, 지금쯤은 이미 한집에서 살고 있었을 것이다. 그러나 신종 암에 대해서 공화국의 의료진은 경험도 없었고, 데이터도 없었다. 이소영은 일단 자신에게 던져진 일을 피하지 않기로 마음을 먹었다. 김다익 역시 마음의 상처를 크게 입었지만, 일단은 그 상황을 받아들이기로 했다. 많은 4년생은 첫 출근을 하기 전에 이미 결혼, 혹은 동거 상태로 들어간다. 혼자서 첫 출근길에 나서는 상황은 그렇게 흔한 일이 아니다.

서로 몰랐지만, 서울로 간 피천수가 짧은 연수를 끝내고 본격적으로 첫 출근을 하게 된 것은 공교롭게도 두 사람과 같은 날이었다. 피천수는 울산을 떠나고 싶지 않았지만, 정부나 정치보다는 비즈니스 세계에서 새로운 경험을 하고 싶다는 생각이 강했다. 울산은 생산의 도시였지만, 장사는 서울의 상인들이 더 잘했고, 생산된 물건을 전국적으로 유통하고 파는 것은 서울의 상인들이 장악하고 있었다. 사람들은 생산자들의 "만들었으니 사가세요"라는 판매 방식보다는 훨씬 더 세련되고 치밀한 서울

상인들의 '고객 무한 감동'에 더 열광했다. 그리고 그러한 서울 상인들의 새로운 트렌드를 주도하고 있는 것은 전국에 거대 쇼핑몰 네트워크를 구축한 한성유통이었다. 피천수는 기왕에 비즈니스의 세계로 갈 거라면 상인들의 도시, 서울의 핵심에 가까운 곳에서 일하고 싶었다. 그의 선택은 꼭 성공을 향한 갈망 때문만은 아니었다. 울산 출신으로서 산업과 정치, 이런 힘과 권력의 세계가 아닌 상업과 장사의 세계를 선택하게 된 것에는, 익숙하지 않은 것에 대한 호기심이 일부 작용한 게 사실이다. 그렇지만 피천수는 총수의 사망 이후로 한성유통이 이런 울산의 DNA를 가지고 있는 새로운 신입직원을 갈망하고 있다는 사실은 몰랐다.

　서울 한성유통의 직원 기숙사에서 눈을 뜬 피천수는 감색 슈트를 꺼내 살펴보다가 문득 핸드폰을 집어 들었다. 이소영에게 자신의 첫 출근을 알려주고 싶었지만, 잠시 고민을 하다가 다시 핸드폰을 내려놓았다. 벽에 붙은 시계를 쳐다보고, 슈트를 걸쳐 입었다. 그러고는 서울의 상징과도 같은 지하철역으로 발길을 옮겼다. 한강 구간, 지하철 창 너머로 한강과 함께 한강 너머로 늘어선 건물들이 보였다.

#11
파밍 빌딩, 태화강 인근

울산에는 꽤 많은 고층 아파트 밀집 지역이 존재한다. 대부분 호모 사피엔스들이 사용하던 것을 리모델링해서 재활용한 아파트들이다. 무엇보다도 그만큼의 콘크리트를 확보하는 게 쉬운 일이 아니라서, 가능하면 신축보다는 리모델링 쪽을 선택했다. 그 아파트 가운데 유리가 좀 더 많이 사용되었지만, 사실 자세히 보지 않으면 차이를 알기 어려운 건물이 몇 개 존재한다. 채소와 과일들을 재배하기 위한 파밍 빌딩이다.

농산물을 확보하는 일은 게토 시절부터 제일 큰 문제였다. 게토가 공동으로 운영하던 텃밭을 거쳐 파밍 빌딩을 적극적으로 도입하게 된 것은, 직업으로서의 농민 확보가 점점 더 어려워졌기 때문이다. 농업도 품종과 기온 변화에 따른 미세 조정을 위한 많은 지식이 필요한데, 그러기에는 호모 콰트로스의 수명이 너무 짧았다. 이모작을 해도 평생 벼농사 다섯 번, 운좋으면 여섯 번을 할 수 있을 뿐이다. 과일이 열리는 과실수의 경우는 더 하다. 사과나무의 수명은 30년 정도 하는데, 심은 지 4년 정도 지나야 첫 수확이 가능하다. 어떤 4년생도 자기 당대에 묘목을 심어서 그 결실을 볼 수 없다. 자연에 대한 사랑, 혹은 농업에 대한 사랑이 개인에게 생겨나기가 어렵다. 누가 농사를 짓겠는가. 결국 기초 농산물인 쌀과 밀을 생산하기 위해 대를 이어 농사를 짓는 대신 정부가 많은 것을 지원하는 전문 농업인과 건물 안에서 인공지능의 도움을 받아 직접 정부가 농사를 짓는 파밍 농업으로 양분되었다. 빌딩 안에서의 농업은 에너지 과다 사용 등의 문제가 있지만, 온도와 습도 등 많은 생육 조건을 조절할 수 있기 때문에 야외에서 하는 노지 농사보다는 AI가 데이터 축적으로 대응하기에 훨씬 용이했다.

태화강이 보이는 울산 시내의 파밍 빌딩, 해양농림부 신입 공무원들을 대상으로 한 교육이 한창이었다. 교육관의 목소리가 활기차게 울렸다.

"여러분도 잘 아시다시피 전 세계 호모 콰트로스의 게토 중 유일하게 호모 사피엔스의 공격에서 살아남아 버틴 곳이 바로 여기 울산 게토입니다. 우리 공화국은 그렇게 시작을 했지요. 울산 게토가 버틴 이유 중 하나가 텃밭과 숙소 안의 화분에서 키웠던 작은 농산물 덕분이었습니다. 우리 해양농림부가 관리하는 사업은 크게는 바다 사업, 파밍 빌딩을 비롯한 실내 농업 그리고 노지 농업과 같은 야외 농업, 이렇게 세 가지로 나누어집니다. 북한 지역의 방사능 농도가 좀 더 낮아지면 결국은 우리 공화국이 한반도를 넘어서 전 세계로 진출할 날이 올 것입니다. 그때는 역시 이 파밍 빌딩이 큰 역할을 할 것이라고 보고 있습니다."

교육생 중 한 명이 손을 들고 질문을 했다.

"민간에서는 이런 파밍 빌딩 운영을 안 하나요? 여기는 정부 시설물로 알고 있는데요."

"실내에서 경작하면 워낙 에너지도 많이 들고, AI 등 머신 유지 비용이 만만치 않습니다. 그리고 무엇보다 좁은 곳에서 밀집해 키우다 보니까, 병이 돌면 한번에 망하는 경우도 많아요. 민간이 감당하기에는 리스크가 큰 편입니다. 초기에는 민간에도 있었지만, 결국 철수했습니다. 지금은 국가 기간산업으로 지정되어 정부 시설로 운영되고 있습니다. 여전히 생육 조건 유지가 어렵습니다."

이소영도 질문을 했다.

"이 시설에서 벼농사도 가능합니까? 저기 보면 사과나무 등 과실수도 있는데, 벼라고 안 될 건 없을 것 같습니다. 이상하게 요즘 벼에 관심이 많이 갑니다, 교육관님."

"벼농사가 참 어렵습니다. 벼가 워낙 면적이 많이 필요해서 실내에서는 도저히 하기 힘들죠. 4년 수명이 한계인 우리 입장에서는 벼농사를 직업으로 할 사람을 구하기가 어렵습니다.

게다가 미생물 등 관리하기 어려운 조건들이 너무 많아서 AI 자동화가 아직도 불가능합니다. 여전히 인간의 활동을 로봇과 기계가 보조하는 방식이 가장 효율성이 좋습니다. 공화국의 여러 직업 중 유일하게 벼농사와 축산은 세습을 허용합니다. 지원도 충분히 하고요. 평생 2~3번 해보는 걸로는 아무리 습득 능력이 높아도 숙련되기는 좀 어렵겠죠."

질의응답이 끝나자 교육관이 시설의 안내를 시작했다.

파밍 빌딩 내부의 이곳저곳을 안내하는 교육관. 일반적인 고층 빌딩과는 달리 몇 층을 연결해 천정이 높은 구간들이 있고, 이곳에서는 과실수가 재배되고 있었다. 격벽이 있어서 구역마다 다른 온도와 습도를 설정할 수 있다. 상추와 같은 도시 채소들은 이런 고비용 파밍 빌딩이 아니라 여건이 되는 거의 모든 아파트마다 설치된 소규모 도시 농업 시설에서 재배된다.

"여러분, 기왕 오셨으니, 여기 태화 5호 파밍 빌딩이 자랑하는 최신 설비인 방제 컨트롤 시스템 한번 보셔야겠죠? AI 현아, 방제 연습 상황, 블록 3, 파프리카 구역, 탄저병 발생! AI 현아, 연습 상황, 긴급 대응 부탁합니다!"

교육관의 말이 끝나기 무섭게, 천정 스피커에서 AI 현아의 목소리가 흘러나왔다.

"블록 13, 파프리카 구역, 탄저병 대응 프로토콜 시행합니다."

파프리카밭 경계선의 천정에서 투명 차단막이 내려왔다. 차단막 안으로 농업 로봇 몇 대가 투입돼 방제 작업을 시작했다.

차단막 외부로도 로봇들이 돌아다니면서 센서를 반짝거리며 이곳저곳에 방제액을 뿌렸다.

파프리카 구역의 투명 차단막 너머로 정장 차림의 김다익이 나타났다. 얼핏 김다익의 모습을 확인한 이소영은 민망함과 반가움이 뒤섞인 복잡한 표정을 지었다.

#12
어긋난 프러포즈

파밍 빌딩 휴게실. 이소영이 손목에 찬 시계를 자판기에 대자 자판기에 금액이 표시되었다. 커피 두 잔을 뽑아 든 이소영이 자리에 앉으면서 다른 한 잔을 김다익에게 건넸다.

"마셔봐. 이거 신기한 커피야. 원두는 보온이 좀 더 용이한 지하에서 재배해. 그리고 이 컵, 이건 여기에서 나오는 식물 줄기들에서 추출한 섬유질로 만든 거고. 단맛도 식물성으로 낸 거고. 다 이 파밍 빌딩에서 나온 걸로 만든 거야."

"그렇구나. 여기는 신기한 것투성이야. 이 근처가 늘상 돌아다니던 곳인데, 여기 이런 게 있는 줄 몰랐네. 내가 모르는 게 너무 많아. 나의 호기심 본능이 막 자극되는데."

전부터 김다익은 이소영이 딱 듣고 싶어 하는 이야기를 하고는 했다.

"나도 이 건물은 엄청 신기해. 바다에 관심이 있어서 해양농림부로 지원했는데, 막상 보니까 농업이 진짜 중요해. 결국 먹는 게 모든 일의 기본 아니겠어? 나, 막 공무원 재밌게 할 수 있을 것 같은 기분이 드네."

김다익이 씩 웃었다.

"천수가 너한테는 연락 안 해? 며칠 연락이 없네. 천수 없으니까 좀 이상해. 늘 같이 다녔었는데."

"적응해. 거자일이소(去者日以疎), 떠난 사람은 하루하루 지나면서 잊힌다는 거 아냐."

김다익이 터져 나오는 웃음을 참지 못했다.

"뭐, 떠나? 천수 걔는 울산 못 떠난다. 봐라, 주말마다 무슨 일이 꼭 벌어져서 네 앞에 나타날 거다. 별의별 핑계를 다 대겠지. 짝사랑의 끝을 보여줄 거야."

이소영이 숨을 잠시 들이쉬고 냉정한 어투로 말했다.

"천수나 너나, 사실 부담스러워. 난 아직 교육연수생 처지인데, 네가 이렇게 찾아오는 거, 매우 부담스러운 일이야. 알아?"

김다익이 이소영을 바라보며 부드러운 표정을 지었다.

"뭐, 그렇게 야박하게 이야기 안 해도 알아. 안 그래도 그 말하러 왔어. 나는 너한테 프러포즈 안 하기로 마음을 먹었어. 지금까지 메이트는 너 말고는 생각해 본 적이 없었는데, 이제는 다른 메이트도 생각해 보려고."

"그래, 잘 생각했다. 이렇게 시원시원하니까 내가 김다익을 최고로 생각하지. 생각해 둔 메이트는 있어?"

"없어. 설마 울산공화국 전체에 인생을 나눌만한 메이트 한 명 없겠어?"

"잘되길 바라. 너한테는 좀 더 다정하게 해주지 못해서 미안하지만, 나는 아빠 일만으로도 머리가 터질 것 같아."

이소영이 다 마신 커피 잔을 잔 회수기에 꽂았다.

"아빠가 나이를 안 먹어. 암으로 쓰러진 그 나이 모습 그대로야. 의사들도 잘 모른대. 발작은 점점 더 심해지는데, 몸은 점점 더 건강해져."

"좋은 거 아냐? 그럼 언젠가 퇴원도 하시겠네?"

"그런 게 아닌가 봐. 자, 이제 가. 나 다시 가봐야 해."

김다익도 커피 잔을 잔 회수기에 꽂았다.

"세 달 후에 있을 공화당 사무총장 선거에 출마할 생각이야. 나중에 좀 도와줄 수 있지?"

이소영이 피식 웃었다.

"내가 누굴 돕고 말고 할 처지는 아니지만, 친구로서 도울 수 있는 건 도울게. 나는 행복하기 글렀어. 너라도 행복하기를 늘 기원할게."

"그래, 고맙다. 난 가볼게."

#13
움직이기 시작하는
석영진 전무

울산공화국 시대, 서울 사람이라고 해서 원래부터 서울에서 살던, 그런 건 아니다. 울산 게토가 확장되면서 한강 주변에 많은 건물과 아파트가 크게 망가지지 않은 채로 방치된 것을 발견하게 되었다. 초기에는 버려진 건물들을 리모델링하고 파손된 도시 인프라를 재생시키느라 꽤 고생을 했지만, 이제는 상당수 복원됐고 과거의 영광을 어느 정도 회복하여, 공화국에서는 울산 다음의 도시가 되었다. 공장이 없는 지역 특성상 울산의 생산력에 미치지는 못하지만, 서울은 상업에 집중했고, 결국 상인들의 도시가 되었다. 유통부터 시작한 서울 자본들은 뻣뻣한 울산의 생산자들과 달리 몸을 낮추며 서비스 정신을 발휘하기 시작하였다. 생산은 울산, 판매는 서울, 그렇게 묘한 지역적 분업이 이루어졌다.

돈이 모이다 보니 힘이 커지기 시작했고, 이제는 서울로 수도를 옮기고 방사능이 줄어든 북한 지역을 통해 북쪽으로의 해외 진출을 모색해야 한다는 목소리가 조금씩 나오기 시작했다. 자본은 팽창을 원한다. 무한히 돌아가고 싶은 팽이와 같다. 한 발로 서있는 팽이는 돌지 않으면 쓰러진다. 서울의 상인들은 이런 팽이와 같다. 정치는 통치만 되면 현상 유지가 되지만, 자본은 확장이 현상 유지다. 상인들의 도시 서울은 자본의 법칙과 같이 더 큰 팽창을 원했다. 그러나 힘이 울산보다 달린다. 서울의 상인들은 자연스럽게 자신들의 팽창을 위하여 더 큰 힘을 원하게 되었다. 그리고 여기에는 명분이 필요했다.

서울 어느 한 호텔의 숯불구이 식당에 있는 작은 방, 한성유통의 떠오르는 실세인 차남 석영진 전무가 자신의 절친인 오상환, 박진호와 식사를 하고 있었다. 그리고 그들보다 약간 어린 피천수가 석영진의 옆자리에 앉아있었다. 석영진이 직접 고기를 불판에 올렸다. 잘 익은 고기 하나를 피천수의 접시에 올렸다.

"피천수, 이게 방목한 소고기야. 쉽게 구경하기 어려워. 이걸로 배불리 먹으면 자네 한 달치 월급 정도 될걸? 자네가 지난달 성과가 제일 좋았지, 아마? 기대가 커."

"고맙습니다, 전무님."

피천수는 방목한 자연산 소고기의 맛을 보면서 상류층의 향기를 느꼈다. 트렌드개발본부장인 석영진 전무는 피천수가 올려다보기 어려운 한성유통 전체를 이끌어가는 실세다. 그리고 그의 학교 친구들인 박진호와 오상환은 석영진의 수족들로 사실상 실무를 총괄하는 사람들이었다. 피천수는 자기가 왜 이 자리에 있는지, 아직 얼떨떨한 느낌이었다.

"영진아, 총수님 장례는 너무 조촐하게 한 거 아냐? 회사 직원들도 못 오게, 진짜 가족장으로 지냈다면서? 무슨 일 있었어? 이렇게 자연산 소고기까지 사는 걸 보면, 뭐가 있는 것 같기는 한데 말이야."

오상환이 석영진의 잔에 위스키를 채우면서 물었다.

"유언이 있었지. 아주 복잡하고 어려운."

"뭐, 얼마나 복잡하고 어려운 건지 모르겠는데, 왜 회사 고위층 다 두고 우리하고 그런 이야기를 해? 난 복잡한 거 싫어. 그냥 가끔 이런 소고기 먹고, 위스키 마시면서 인생 즐기다가 가면 그만이라고 생각해. 인생, 단순한 거야. 지금도 충분히 복잡하니까, 난 복잡한 일들에 얽히기 싫어."

석영진이 오상환을 보면서 가벼운 미소를 지었다.

"상환이 네가 그렇게 단백한 스타일이라서 내가 부탁을 하는 거 아니냐. 지금부터 우리가 할 일이 2~3년은 갈 일인데, 그 사이에 그 노친네들 다 죽고 없어. 우리가 하는 수밖에 없어. 형이나 시니어들은 백업 확실하게 해줄 거지만, 실제로 몸은 우리가 움직여야겠지. 그게 내 생각이야. 트렌드개발본부 내부 프로젝트로 논의하던 섹스투스 프로젝트, 그걸 진짜로 해보려고."

박진호가 놀라서 술잔을 놓쳤다.

"호모 섹스투스? 인간 수명 6년으로 연장? 그거 불법이야. 불법 정도가 아니라 헌법 위반이야. 전에 다 끝난 이야기 아냐? 잘못했다가는 한성유통이 공중분해 될 수도 있어!"

"알아, 위험한 거. 어른들하고는 이야기 다 끝났어. 이제는 우리가 몸으로 움직일 차례야. 아버지 유언이라서, 내부에서 반대할 사람은 없어. 실행력이 문제지."

"실행? 불법이라는데, 뭘 어쩌려고?"

오상환이 근심스러운 얼굴로 석영진의 얼굴을 바라보면서 말했다.

석영진은 타들어 가려고 하는 고기들을 빠르게 친구들의 접시 위에 올렸다.

"야, 고기 탄다. 먹어, 먹어!"

석영진의 말이 이어졌다.

"법은 바꾸면 되는 거고, 헌법도 바꾸면 되는 거야. 법을 바꾸면 불법이 아닌 게 되잖아. 결국은 사람의 일이야. 이제는 그걸 하려고. 장사 중의 으뜸 장사가 사람 장사 아니겠어? 여기 있는 신입 친구, 울산 출신이야. 몇 주 데리고 일해봤는데, 손발이 잘 맞아. 난 사람에 투자할 거야."

오상환의 얼굴에 미소가 퍼졌다.

"한성유통이 정치를 하시겠다는 거지? 그건 좀 재밌겠네. 울산 놈들이 너무 오래 해먹기는 했어. 권력은 나눠야 커진다는 사실을 그놈들은 잘 몰라. 피천수라고 했나? 자, 잘해보자고. 내 잔도 한 잔 받아."

오상환이 피천수의 잔에 위스키를 따랐다. 피천수는 조심스럽게 잔에 든 위스키를 마셨다. 익숙하지 않은 맛이다. 목이 따갑다. 피천수가 잔을 비우자, 석영진이 잔을 채웠다.

"마음껏 마셔도 돼, 피천수. 앞으로 같이 잘해보자."

잔을 채운 네 사람은 동시에 건배를 했다.

"6년을 살 수 있는 인간, 호모 섹스투스. 그게 아버지의 유언이야. 물론, 장사 속도 좀 있어. 우리는 원래 피가 장사꾼이야. 그렇지만 여기에는 꼭 장사만 있는 건 아니야. 아버지의 생각도 그런 거고. 이제는 우리가 사는 곳도 한반도를 벗어나서 지구의 텅 빈 공간으로 나가야 해. 그러려면 지금 수명으로는 어렵지. 4년 살아서는 새로운 것을 배우고, 개척하고, 그런 일을 하기가 어려워. 조금은 더 살아야 해."

단백질이 타면서 나오는 매캐한 냄새와 숯의 탄소가 산화하면서 나오는 연기가 작은 방을 가득 채우고 있었다. 방목 소는 공화국에서 가장 비싼 식재료 중 하나였다. 소의 수명은 인간 수명의 네 배나 되었다. 대를 이어 키우는 목장 소는 따로 광고하지 않아도 불티나게 팔려나갔다. 대부분의 요리에는 단백질 합성육이 사용되었고, 공장식 사육도 가격은 비쌌다. 자연 방목으로 키워진 소로 한 끼를 먹으려면 어지간한 직장인 한 달월급이 필요했다. 그렇지만 비싸기 때문에 팔리는 재화는 어느 사회에서나 등장하기 마련이다. 희소성이 수요를 만든다. 그리고 자신이 가진 부와 권력을 상대방에게 보여주는 가장 빠른 방법이기도 하다.

#14
울주군, 벼 농장

　울산 남부 지역 울주군의 그리 크지 않은 논. 여름의 강렬한 태양빛과 함께 벼들이 한창 푸르게 키를 키우고 있었다. 6월의 햇살은 생각보다 뜨거웠다.

　논두렁 옆의 작은 길을 따라 차 한 대가 천천히 달리고 있었다. 잠시 후 차는 정차하고, 차 안에서 두 명의 여성이 내렸다. 운전을 했던 차민정은 세 살, 해양농림부 국장이다. 한창 많은 일들을 처리해야 하는 중간 간부다. 이제 막 수습 기간을 넘긴 이소영과 함께 골치 아픈 일을 처리하다가 잠시 현장을 둘러보러 길을 나섰다. 허리를 숙여 벼 줄기 하나를 만져보던 차민정이 입을 열었다.

　"벼는 농부 발자국 소리를 들으면서 큰다고 하던데, 요즘은 로봇하고 차량 소리만 들으면서 커. 소영, 벼꽃 본 적 있어?"

"실제로 본 적은 없습니다, 국장님."

미소를 띠우며 차민정이 말을 이어 나갔다.

"그렇겠지. 한번 봐. 볼 기회가 아주 드물어."

이소영은 허리를 굽혀 벼 줄기에 깨알같이 붙어있는 하얀색 꽃을 보았다.

"신기할 건 없지만, 벼에도 꽃이 핀다는 사실을 깜빡깜빡 까먹어. 벼꽃에서 열린 열매가 우리가 먹는 쌀 아냐. 여기 울주의 벼꽃들이 울산 게토 시절, 공화국으로 나라를 만들 물질적 기반이었어. 사람으로 치면 일종의 개국공신들이야."

"벼에 대해서는 학교에서도 잠시 배웠고, 농정 파트로 배치되면서도 배웠습니다만, 벼꽃에 대해서는 처음 들어봤습니다."

"그랬겠지. 이소영 담당관, 하나만 물어보자. 내가 너무 나이를 먹어서 젊은 사람들 트렌드를 못 따라가는 건지, 내 생각이 맞은 건지, 나도 요즘은 잘 모르겠어. 여기는 울산에서 중요한 배후 농장인데, 이제 필요 없다고 경제 파트에서 여길 다 밀고 GPS용 드론 공장을 만들겠다는 거지. 어떻게 생각해? 논은 여기 말고도 충분히 있다는 거지. 굳이 울산 근처에서 벼농사까지 할 필요가 있냐는 게, 그 사람들 이야기야."

갑작스러운 질문에 순간 당황한 이소영이 답변을 찾지 못했다.

"자기야, 솔직히 이야기해 봐. 장관도 여길 논으로 유지하고 싶어 하기는 하는데, 경제 파트에 밀려서 할 말이 좀 없나 봐.

뭐라도 지금 논리를 찾아야 하는데, 자기 같은 젊은 세대는 생각이 어떤가, 그게 궁금해. 벼와 GPS용 드론, 뭐를 중요하게 생각하는지."

잠시 머뭇거리던 이소영이 생각이 어느 정도 정리가 되었는지 머뭇거리다가 입을 열었다.

"여기 논은 지키는 게 맞다고 생각합니다. 울산 게토 시절이나 공화국 건설 초기에 이 일대 논에서 생산한 농산물이 결정적 역할을 했다고 들었습니다. 그렇다면 농업 말고도 문화적 가치가 있다고 볼 수 있겠죠. GPS 드론이야, 수년 내로 위성을 쏠 계획이니까 사실 꼭 지금 대규모 드론 공장이 필요한 건 아니지 않습니까? 그리고 좀 조심스러운 말씀입니다만……."

차민정이 이소영의 이야기에 귀를 쫑긋 세웠다.

"말해봐. 장관이나 나나, 며칠 내로 우리 부 의견을 국무회의에 올려야 해."

"지금은 평화롭고, 울산의 모든 것이 다 잘 돌아가는 것 같지만, 언제 어떤 위기가 또 와서 자급자족해야 하는 비상 상황이 올지 모릅니다. 구인류 시대의 서울은 공업과 농업으로부터 분리되어, 결국은 위기 때 헤쳐 나올 여력이 없었습니다. 지금 울산의 번영은 돈과 정치로만 만든 게 아니라 여기에 가득한 공업 시설 등 산업의 힘 그리고 울주 등 식량을 뒷받침하는 농업의 힘이 결합된 결과입니다."

"자기야, 말은 맞는데, 경제 파트 의견이 워낙 강력해. 이제 본격적인 해외 진출을 위해 외국에 인프라를 깔려고 하는 거야. 이제 우리가 한반도를 벗어날 시기가 왔다는 거지. 그래서 대량으로 드론이 필요해졌다는 거고."

"네, 국장님. 얼핏 들어서 저도 그 흐름은 압니다만, 그러면 그럴수록 울산의 농업 기반, 특히 파밍 빌딩의 인하우스 방식으로 경작하기 어려운 벼 생산 능력을 유지하는 것이 중요해집니다. 실내로 들어가면 벼는 에너지도 너무 많이 먹지만, 병도 너무 많이 걸려서 인하우스가 불가능하다는 기술적 결론이 났습니다. 밀도 마찬가지구요. 이렇게 빼고 저렇게 빼고 나면, 전국적으로는 타당해 보여도, 울산 자체의 힘은 계속 약화되고 맙니다."

"그렇기는 하겠네. 결국 여론의 문제겠지. 자기는 울산학교 출신이지? 혹시 친구들 생각이 어떤지, 최근 흐름 좀 알아봐 줄 수 있어? 우리 부는 최근 경제 부처 여론에서 밀려 계속 농지를 공업용지로 빼앗겨 왔어. 자기가 좀 움직여 보면 고맙겠다."

"네, 저도 좀 움직여 보겠습니다. 여기 땅 지키는 게 만만치 않은 일이군요."

#15
급하게 처리해 드리겠습니다

울산의 어느 한 시내의 혼잡한 거리, 김다익은 1차선에서 좌회전 신호를 보며 유턴을 대기하고 있었다. 신호등이 몇 번 바뀌어도 유턴 신호를 못 받던 김다익이 결국에는 신호가 다시 바뀔 즈음, 먼저 유턴을 했다. 가장 많은 교통 신호위반 중 하나다. 하지만 김다익은 건너편에서 대기하고 있던 경찰을 보지 못했다. 다른 차들도 신호위반의 강렬한 충동을 느꼈지만, 교통경찰 때문에 신호를 지키고 있었다. 교통경찰을 못 본 것은 김다익의 실수였다. 유턴을 하자마자 대기하고 있던 교통경찰 오영거가 수신호로 차를 세웠다. 김다익은 인상을 쓰면서 운전석 창문을 내렸다.

"선생님, 방금 유턴하시면서 중앙선 침범하셨습니다. 중앙선 침범은 벌점 20점, 중대 범실입니다. 면허증 보여주시기 바랍니다."

"교통 상황이 이런데, 좀 봐주세요. 유턴 신호 벌써 세 번째 놓쳤습니다. 제가 총리실 회의에 늦을 것 같아서요. 정말 오늘이 처음입니다."

오영거의 표정이 잠시 굳어졌다.

"제가 총리실 비리 수사하다가 엊그제 교통과로 밀려난 사람입니다. 저, 총리실 안 좋아합니다. 면허증 주세요."

김다익이 고개를 돌려 교통경찰의 얼굴을 보면서 기가 막히다는 어투로 말했다.

"저도 총리실 안 좋아합니다. 그래서 더 빨리 가야 합니다, 싫은 사람들한테 책잡히기 싫어서요. 공무, 협조 좀 부탁드립니다. 총리실 싫어하는 사람들끼리, 좀 봐주면서 삽시다."

"네, 초고속으로 행정처리 해드리겠습니다. 저도 면허증 협조 좀 부탁드립니다. 혹시 음주운전, 뭐 그런 거로 면허 취소되신 거 아니죠?"

교통경찰과 실랑이를 하던 김다익이 차에 비상등 스위치를 누르고 내렸다.

"면허증, 여기서는 그냥 보여주기가 좀 그렇습니다. 경찰서에 가서 보여드리면 안 될까요?"

오영거가 어이가 없어 하는 표정을 지었다.

"급하시다면서요. 급한 분, 급하게 처리해 드린다니까요."

김다익이 시계를 보며 말했다.

"어차피 늦을 것 같아요. 늦은 김에 경찰서 구경도 하고, 경찰서 커피도 한잔 마시고 싶어졌습니다. 이 차도 한번 타보고 싶어졌구요."

김다익이 핸드폰을 꺼내 전화를 걸었다.

"나 다익이야. 미안한데, 총리한테 울산 교통 체계에 비상 상황이 발생해서 지금 못 간다고 말 좀 잘 전해줘. 위기 상황만 넘기면 바로 전화드린다고."

"진짜 이상한 시민이네. 이게 뭐가 비상 상황이에요? 금방 벌점 처리해 드릴 테니까, 바로 가시면 됩니다."

"제가 면허증 보여주면, 저 차로 좀 태워주실 수 있으신가요? 급하기는 한데, 제 차로 가다가는 몇 번 더 벌점 받을 것 같네요. 저, 급하면 신호위반 하는 거 보셨잖아요."

잠시 생각하던 오영거가 천천히 입을 열었다.

"네, 그 정도는 협조해 드리죠. 공무가 비상 상황이시라니까요. 저도 사실 뻔한 이 자리에서 함정 단속하는 거, 그리 맘 편하지는 않습니다. 총리실행 비상 출동, 저도 안 해본 경험 좀 해보고 싶어졌네요."

김다익이 품에서 지갑을 꺼내 오영거에게 넘겼다.

"드라이브, 고맙습니다. 제가 살면서 신호위반으로 벌점 받은 게 오늘이 처음입니다만, 이 경찰차 정말 한번 타보고 싶었습니다."

"기왕 가기로 한 거, 빨리 타시죠."

차에 김다익을 태운 오영거는 사이렌을 켰다. 액셀을 힘껏 밟고는 거칠게 출발했다. 김다익의 등이 시트에 바짝 붙었다. 순간 침이 마르는 느낌이 들었다.

"저는 김다익이라고 합니다. 고맙습니다."

"네, 안 그래도 요즘 기분 꿀꿀한데, 저도 불법운전 좀 해보겠습니다, 아주 합법적으로."

"혹시 성함이?"

"오영거입니다. 다익 씨, 사고 안 낼 테니 긴장 좀 푸세요. 땀 너무 많이 흘리시네요."

오영거가 주머니에서 손수건을 꺼내 김다익에게 내밀었다.

#16
구청 결혼식-울산 남구청

　호모 콰트로스의 세계에서는 입학식이나 졸업식 등 격식을 갖춰야 하는 행사들이 그렇게 인기 있는 것은 아니다. 결혼식도 마찬가지다. 만약 처음부터 자신들이 4년생이라고 생각했다면, 그 삶이 그렇게 짧게 느껴지지는 않았을지 모른다. 그러나 책과 자료 그리고 동영상 등 자신의 전대 문명이 남겨놓은 지식을 기반으로 만들어진 문명이라, 자신들의 삶이 더욱 더 짧다고 생각하게 마련이다. 좋든 싫든, 의식적으로든 무의식적으로든 호모 콰트로스는 호모 사피엔스의 삶과 자신을 계속해서 비교하게 된다. 결혼식이 중요하다고 생각하는 사람도 거의 없지만, 그런 문화가 형성되지 않아서 결혼식장 자체가 없다. 게다가 너무 짧은 시간에 문명이 현대적으로 발전하면서 종교가 형성되지 않은 것도 영향을 미치게 되었다. 교회나 절 같은 시설이 형성되지 않아서, 결혼을 매개로 하는 종교적 모임도 당연히 없었다. 울산공화국에서도 점점 빈부 격차가 생겨나면서 자신이 가진 부를 과시하고 싶은 사람들이 성대하게 결혼을 하는 일이 있기는 했다. 그렇지만 대부분의 사람은 그렇게까지 보여주고 싶은 것이 많지 않았다. 생애주기가 짧아지면서 가깝게 지내는 친척의 숫자도 줄어들었다.

결혼이든 동거든, 뭔가 짧게라도 기억을 남기고 싶은 사람들이 많이 이용하는 방식은 구청 결혼식이었다. 구청장이 주선을 하는데, 구청에서 결혼을 하면 자식들이 임대주택이나 지역 고용에서 약간의 가산점을 받는다. 부모가 자식에게 해줄 수 있는 가장 큰 특혜는 구청에서 결혼식을 하고, 아이가 태어나자마자 구청 임대주택을 신청해 주는 일이다. 그렇게 독립한 자식은 다시 구청에서 결혼을 하고, 또다시 구청 임대주택을 신청했다. 울산공화국에서 사람들이 대통령보다 훨씬 더 중요하게 생각하는 사람은 바로 구청장이다. 울산시장이 누구인지 모르는 사람은 많지만, 남구청장이나 중구청장을 모르는 사람은 별로 없다. 1인당 국민소득이 세계 1위인 연방제 국가 스위스가 그랬다.

토요일 오후, 태화강 울산 남구청장실. 여러 커플들이 구청장실 바깥에서 차례를 기다리고 있었다. 남자들은 슈트를, 여성들은 조금씩 디자인이 다른 웨딩드레스를 입고 있었다. 구청 결혼식 담당 공무원들이 드레스가 처음인 사람들의 의상을 조금씩 정돈해 주거나 메이크업을 고쳐주었다. 잠시 후, 구청장실 문이 열리면서 방금 막 결혼식을 마친 한 커플이 나왔다. 그리고 연이어 구청 직원이 나왔다.

"김다익, 오영거 커플, 들어오십시오."

양복을 입은 김다익과 웨딩드레스를 입은 오영거가 구청장실 안으로 들어갔다. 결혼하는 커플들의 프로필을 살펴보던 구청장이 아주 반갑게 김다익을 맞았다. 그가 먼저 악수를 청했다.

"꼭 한번 뵙고 싶었습니다. 울산공화당에 젊은 실력자가 등장했다는 소문이 파다합니다. 부디 꼭 성공하시기 바랍니다."

"아닙니다. 이제 막 시작했을 뿐입니다. 어쨌든 잘 부탁드립니다, 구청장님."

구청장이 잠시 오영거를 쳐다보면서 말했다.

"크게 결혼식을 하셔도 되는데, 이렇게 구청을 찾아주셔서 그저 감사드릴 뿐입니다. 앞으로 저희 구청에서 살아가시는 데 편안하도록 최대한 신경 쓰겠습니다. 향후 태어날 자녀들도 저희가 잘 관리해 드리겠습니다."

"저도 공무원인데, 복잡한 거 딱 질색입니다. 구청 결혼식, 딱 좋습니다, 구청장님. 이 인간이 자꾸 쪽팔리게 경찰청에서 하자고 그래서 꽤 애먹었습니다."

구청 직원이 꽃다발을 두 사람 손에 안겨주었다.

"자, 두 분 잠시 사진 한 장."

구청장의 짧은 덕담은 어색한 꽃다발 포즈와 함께 금방 끝났다. 꽃다발을 든 김다익과 오영거가 나란히 서서 포즈를 잡았다.

"참 보기 좋습니다, 두 분. 결혼은 간단하게 하시더라도 신혼여행은 가시겠죠?"

"네, 서울로 갑니다. 이 인간이 친구들 보고 싶다고 하고, 저도 아직 서울은 못 가봐서요."

"서울 참 좋죠. 돈은 울산에서 벌고, 쓰는 건 서울에서 쓰라는 말이 맞는 말 같네요. 우리 자식들도 다 서울이 더 좋다고 서울 가서 살고 있습니다, 송구스럽게도."

어색해하던 구청장이 직접 자리에서 일어나 구청장실 문을 열어주었다.

#17
질주와 체포

울산 시내 뒷골목, 사복을 입은 오영거가 전력으로 조직폭력배 조직원의 뒤를 쫓고 있었다. 동시에 조금 뒤떨어진 곳에서 오영거의 파트너 최연주가 열심히 뛰어오는 중이었다. 울산공화국에도 조직 범죄자는 존재한다. 그 세계에도 지하경제는 형성되어 있었고, 마약 등 금지된 품목들에 대한 밀거래가 심각한 사회 문제가 되었다. 결혼 후 오영거는 교통과에서 다시 강력범죄 대응팀으로 복귀하였다. 출산을 얼마 앞둔 그녀는 여전히 자신의 일에 최선을 다하고 있었다.

질주는 한참 계속되었다. 복잡한 울산의 뒷골목을 내달리던 범인이 결국 막다른 골목에 몰렸다. 잠시 주변을 살피던 범인은 건물 벽 배관을 따라서 오르기 시작했다. 오영거가 어처구니가 없다는 듯 그 모습을 쳐다봤다. 그러고는 허리춤에서 권총을 꺼내면서 말했다.

"너, 어지간하면 그냥 거기 서라. 이 누나가 어지간하면 같이 놀아주고 싶지만, 내일부터 출산휴가고, 일주일 뒤면 아이 낳을 몸이에요. 이거, 고무 총알이지만 맞으면 아파요. 뛸 만큼 뛰었으니, 너네 조직에서도 뭐라고 안 할 거야. 적당히 하고, 이제 공무 협조 좀 해줘라."

조직폭력배인 범인은 경찰의 경고는 들은 척도 하지 않고 계속해서 건물 벽을 타고 올라갔다. 오영거는 고무총을 조준해 발사했다. 고무 총알은 조직원의 어깨에 맞았고, 그는 꽤 높은 높이에서 결국 바닥으로 떨어졌다. 짧은 비명과 함께 둔탁한 소리가 골목에 퍼졌다. 뒤늦게 뛰어온 최연주가 바닥에 누워있는 범인의 팔에 수갑을 채웠다. 가쁜 숨을 헐떡이던 파트너 최연주의 불평이 이어졌다.

"왜들 이렇게 잘 뛰어. 죽겠네, 진짜. 야, 영거. 범인 잡는 건 내가 할 테니까 넌 좀 쉬라고 그랬잖아."

"내가 원래 뛰는 건 잘하잖아. 까딱없어."

오영거가 봉긋하게 솟은 배를 가리키며 말했다. 아직 만삭처럼 보이지는 않지만, 호모 콰트로스에게는 이 정도면 충분히 만삭이다.

"아기만 아니었으면 오늘 활극 제대로 보여주는 건데. 이것만 아니었으면 너 이 건물까지 오기 전에 진작 잡혔어, 후아."

"출산이 다음 주야, 이 인간아. 영거, 니가 지금 활극 자랑할 때냐?"

"그러니까 따라 올라가지 않고 고무총 썼잖아. 원래 난 무기 반대론자인데, 이것들이 자꾸 무기 들게 만들어."

최영주가 쓰러진 범인을 일으켜 세우다가 오영거와 눈이 잠시 맞추쳤다.

"너는 경찰이 천직이다. 경찰 안 했으면, 딱 얘네들 두목이 되었을 거야. 2주 출산휴가 동안, 괜히 일찍 출근한다고 방방거리지 말고, 집에 딱 붙어있어."

호모 콰트로스의 임신 기간은 두 달 정도다. 호모 사피엔스와 비교하면 아직 덜 커서 나오는 것과 같아서 산모에게 부담이 덜 간다. 그렇지만 일단 태어나고 나면 폭풍 성장을 해서, 일주일이 지나면 젖 대신 이유식을 먹게 된다. 이유식을 먹으면서 걷기 시작하고 거의 동시에 말도 조금씩 하기 시작한다. 출산휴가는 엄마 쪽이 출산 전 일주일, 출산 후 일주일, 보통 그렇게 2주 정도 쉰다. 임신에 대한 부담이 상대적으로 덜하기 때문에 임산부들은 출산 전 주까지는 직장에 다닌다. 엄마 쪽 일주일이 지나면 그다음에는 아빠가 2주 정도 육아휴가를 받는다. 아이들은 이 정도 되면 컵라면 정도는 끓여먹을 수 있게 된다. 그리고 생후 한 달이 지나면 어린이집에 다니기 시작한다. 즉, 생후 첫 달이 부모가 전적으로 돌보는 기간이고, 그다음부터의 육아는 사회로 넘어간다. 어린이집을 다섯 달 정도 다니다가, 6개월이 되면 정식 학교에 입학한다.

#18
태화강 파밍 빌딩에 내리는 첫눈

한성유통에 입사한 직후부터 두각을 드러낸 피천수는 선대의 유지를 받아 사실상 그룹을 총괄하는 석영진의 심복처럼 일하게 되었다. 최소 2년이라도 수명을 연상하라는 선대의 유지가 그룹 내부의 은밀한 목표가 되면서 6년생 인간, 호모 섹스투스 개발을 목표로 돈과 사람이 모이고 있었다. 많은 서울 출신 직원들 사이에서 울산 출신인 피천수가 두각을 보인 것은 석영진의 정치적 복안 때문이었다. 피천수 역시 더 높은 곳으로 가기 위해서는 뭔가 공을 세울 필요가 있었다. 그는 절실하게 누구도 반박할 수 없는 성과를 내고 싶었다.

울산에 첫눈이 내리는 날이었다. 태화강 파밍 빌딩에도 눈이 내리고 있었다. 커다란 유리 벽면에 떨어진 눈은 바로 녹아 흘러내렸다. 눈이든 비든, 파밍 빌딩의 외벽을 타고 내리는 물들은 집수관을 따라 지하의 집수조로 모인다. 보통의 집수조는 건물 외곽 크기를 벗어나는 일이 없지만, 파밍 빌딩의 지하 집수조는 건물 바깥에 조성된 작은 정원 크기만큼 뻗어있는 엄청난 규모를 자랑했다.

집수조 위로 난 보도블록 통행로를 한 청년이 걸어가고 있었다. 피천수다. 큰 우산을 들고 있던 피천수는 지체 없이 건물 안으로 들어갔다. 그리고 엘리베이터를 타고 바로 본부장실로 향했다. 파밍 빌딩 본부장실에는 '이소영'이라고 적힌 명패가 달려있었다. 공무원이 된 지 몇 달, 이소영은 파밍 빌딩의 지휘관이 되어있었다.

본부장실에 도착한 피천수는 잠시 숨을 고르고 가볍게 문을 노크했다. 반응이 없었다. 피천수가 살짝 문을 열어보았다. 방에서는 한창 회의가 진행 중이었다.

피천수와 이소영의 눈이 마주쳤다. 이소영이 손을 잠시 들어 기다리라는 신호를 보냈다.

잠시 후, 본부장실에서 사람들이 떠나고 마주 앉은 이소영과 피천수, 반가움과 어색함이 동시에 교차했다. 그렇지만 워낙 친한 친구들이라, 그 어색함이 오래가지는 않았다. 이소영이 먼저 침묵을 깼다.

"피천수, 너는 결혼 안 해? 다익이는 벌써 둘째 계획 중이래. 임신 기간이 두 달이니까 정말 후딱후딱 지나가네."

"그러는 너는. 울산학교 친구들 중에서 아직 애 없는 건 너랑 나밖에 없어."

이소영이 고개를 흔들었다. 갑자기 표정이 어두워졌다.

"알잖아, 아버지가 아직 암 투병 중이신 거. 난 당분간 결혼 생각 없다."

"아버지 이야기 상의하고 싶어서 왔어."

이소영의 표정이 밝아지고 목소리도 약간 높아졌다.

"그래? 뭐, 새로운 치료법이라도 찾았어? 너네 회사 요즘 의료 쪽으로 투자 많이 한다며?"

"암이 거의 없어졌다가, 얼마 전부터 좀 늘어나기 시작했어. 이건 너도 알지?"

"그 이야기는 들었어. 호모 콰트로스가 저항력, 복원력, 이런 게 다 호모 사피엔스보다 강한데, 워낙 세포 분열이 빨라서 방사능에는 아주 취약하다는 거 아냐. 그래서 방사능 항암 치료도 어렵고. 우리 세포가 강한 만큼 암세포도 다시 강해지는 중이라고 들었어."

"너희 병원 데이터 협조 받아서 우리가 분석을 좀 해봤는데, 이게 신종 암, 노벨 캔서(novel cancer)라고 우리끼리 부르는 바로 그 암인 것 같아."

"신종 암? 그런 이야기는 나도 듣기는 했어. 그거 뭔지 잘 모른다는 의미 아냐? 정신이 멀쩡하다가 갑자기 혼미해지시기도 하고 화도 버럭버럭 내. 안 그러시던 분인데."

"증상이야 뭐, 그냥 보통 암하고 크게 다를 건 없는데, 이게 확실히 다른 게……."

이소영은 아빠 이야기에 평소의 침착함을 잃었다.

"다른 게?"

"신종 암 증상이 특이해. 환자가, 죽지를 않아. 우리 수명이
4년이잖아. 그런데 신종 암 환자들이 그 설계수명을 넘겨. 그렇
다고 암이 완치되는 것도 아니고."

이소영의 표정이 다시 어두워졌다. 실제로 이소영의 아버지
는 외형적으로 나이를 덜 먹은 것처럼 보였다.

"아버님, 우리 쪽에서 치료할 수 있게 소영이 네가 동의를
좀 해주면 어떨까 싶어. 울산에서는 돌봐드리는 것 외에 할 수
있는 게 없어."

"그래도 여기에 있으면 내가 좀 돌봐드리고, 그럴 수 있잖아.
어머니는 벌써 이혼해서 이쪽으로는 오지도 않으셔. 너희 기관
은 서울에 있지? 좀 그런데."

"여기서는 신종 암 환자가 워낙 드물어서 진담 인력도 따로
없어. 우리 병원에 오면 전담 인력들이 배치가 될 거야. 솔직히
말하면 돈 벌기 위한 상업적인 이유이기는 하지만, 어쨌든 전
력을 다해서 치료법을 찾아내려고 할 거야. 공공병원보다는 우
리 쪽에 더 유능한 인력이 많아. 지금 이 공화국에서 그나마 치
료 가능성이 있는 건 우리 병원에서 돌보는 방법밖에는 없다고
본다."

"한번도 생각을 안 해본 일이라서, 당장 결정하기가 좀 그

렇네."

피천수가 가방에서 건물과 시설 사진들을 꺼내 테이블 위에 펼쳐 놓았다.

"여기가 아버님 모실 시설이야. 여기가 전용실이고, 면회도 가능해. 연구소에서 관리하는 시설이라서, 그래도 우리 회사치 고는 덜 상업적이야. 영 기분이 그러면 나랑 같이 서울에 가서 시설이나 담당자들 직접 보고 결정해도 되고."

"네가 하는 일인데, 내가 널 못 믿겠냐? 문제는 아빠가 나랑 떨어지는 삶을 받아들이실 수 있느냐는 건데……. 생각 좀 해 볼게."

"그래, 그건 알겠어. 우리는 늘 시간이 귀한 사람들이야. 돈 버는 사람들이거든. 너무 늦지 않게만 연락해 줘."

천천히 외투를 집어 들면서 피천수가 자리에서 일어났다. 그의 눈에 파밍 빌딩의 커다란 유리창 너머로 내리는 눈이 들 어왔다.

"자, 나는 일 보러 좀 움직여야 돼. 소영아, 이따 저녁 먹을 시간 되니?"

잠시 생각을 하던 이소영이 천천히 고개를 저었다.

"오랜만에 보는데, 미안. 아까 회의했던 사람들하고 저녁 먹 기로 했어."

#19
출산 일주일 후

김다익과 오영거 부부가 결혼하고 부모로부터 독립해서 태화강 인근에 위치한 공공임대아파트에 신혼집을 마련했다. 태어난 지 일주일 된 첫째 원우가 아직 걷기도 전이지만, 출산휴가를 마친 오영거는 이제 다시 경찰청으로 출근해야 했다. 이제는 오영거 대신 김다익이 육아휴가를 쓸 차례다. 아기 침대에 누워있는 원우를 보며 출근 인사를 했다.

"아들, 오늘부터 엄마는 다시 일하러 나가요. 아빠랑 오늘부터 일주일, 잘 지내기 바라요."

원우는 엄마의 말을 알아듣는 것도 같고 아닌 것 같기도 한 표정으로 오영거가 하는 이야기를 가만히 듣고 있었다. 오영거는 냉장고를 열어 김다익에게 간단히 설명했다.

"이 모유병들은 초유 받아놓은 거야. 곧 이유식 시작할 건데,

나중에 이유식은 내가 해놓을게."

"이유식 정도는 나도 만들 수 있어."

김다익이 모유병들을 살펴보면서 말했다.

"그럼 고맙고. 일주일만 잘 버텨봐. 애하고 친하게 지내는 것만 신경 쓰면 돼. AI 현아가 잘 도와줄 거야. 자, 나 간다. 수고."

엄마인 오영거가 떠나자, 원우와 단둘이 남은 김다익은 아이의 표정을 물끄러미 바라보았다.

"자, 아들. 일주일 동안 잘해보자고. 협조 좀 부탁한다."

김다익은 원우를 안고 거실의 TV 쪽으로 걸어갔다. 거실에는 아기가 누울 수 있는 편안한 깔개가 있었다. 김다익은 원우를 깔개에 눕히고, TV를 보며 말했다.

"AI 현아, 김원우 육아 모드."

TV 밑에 설치된 작은 기계에 파란색 불이 들어오고, 잠시 후 AI 현아의 홀로그램이 나타났다. 50대 중년 여성, 현아가 울산 게토에서 한창 활동을 하던 시절의 모습이었다.

"이야, 오늘은 다익이가 육아 중이네. 반가워. 처음 몇 시간만 어색하지, 금방 익숙해질 거야. 너 처음 태어났을 때랑 정말 닮았네. 지금도 생생하게 기억나. 자, 다익 잘해보자."

"일주일, 금방 지나가겠죠? 사실 조금 떨립니다."

"금방 지나가, 걱정하지 마. 내가 공화국의 어린이들은 다 키워 봤잖아. 이제 익숙해질 때도 되었어. 사실 나도 한 명 한 명, 어떤 미래가 펼쳐질지, 이 순간이면 설레기도 하고, 조금은 두

렵기도 해."

AI 현아가 원우를 향해 미소를 지었다. 아이도 어느 정도 시
신경이 자리를 잡아 AI 현아의 모습을 충분히 볼 수 있었다.

"안녕 원우? 지난주에는 몸을 가누기 시작했으니까, 이번 주
에는 아빠와 함께 몸을 일으키고, 기어 다니는 연습을 할 거야.
그리고 다익. 언어 학습도 이번 주부터는 시작을 할 거니까 될
수록 이 말 저 말, 가능하면 아기가 들었으면 하는 이야기를 많
이 해줘야 해. 자, 그럼 음악부터 들으면서 육아 훈련 분위기를
만들어 볼까?"

스피커에서 동요가 흘러나오기 시작했다. AI 현아가 동요에
맞춰 춤을 추기 시작했다. 박자가 점점 빨라지고, 아이도 음악
에 맞춰 고개를 까닥였다.

호모 콰트로스의 유아는 첫 달에 몸은 물론 뇌가 엄청난 속
도로 세포 분열을 일으키며 발달한다. AI 현아는 정부의 기간
시스템을 운용하는 것과 함께 한 명 한 명의 개체 발달을 돕는
중요한 기능을 한다. 개성을 살리면서도 호모 사피엔스 이후로
축적된 지식이 개개인의 삶을 통해 효과적으로 구연될 수 있게
개인들에게 적합한 지식 체계를 선택한다.

#20
이별

호모 콰트로스는 자가 치유력이 아주 강하다. 내장 기관을 비롯해서 호흡기 등 웬만한 것들은 스스로 치료하고 회복한다. 그렇다고 그런 세포의 힘이 만능인 것은 아니다. 잘린 팔이 다시 나오거나 하는 경이로운 재생력이 있는 것은 아니다. 물리적인 공격으로 손상된 신체 자체의 회복은 호모 사피엔스와 비교할 수 없이 빠르지만, 그렇다고 없어진 부위까지 재생할 수는 없다. 바이러스의 공격이 뮤턴트 등장의 결정적 계기였기 때문에 바이러스에 대한 저항력은 극도로 강했다. 반면에 세포 순환이 워낙 빨라서 방사능에는 매우 취약하다. 인류의 문명이 붕괴하면서 방사능 오염 지역이 급증한 것이 호모 콰트로스가 초기에 한반도 남부를 벗어나지 못한 이유이기도 했다.

김다익과 함께 졸업한 이민영이 의사가 되기로 마음을 먹은 것은 졸업할 즈음이었다. 의사가 되어야 할 특별한 인생의 계기는 없었다. 외과 의사의 수요가 지속적으로 부족하다는 스트레이트 뉴스를 보고 이 직업이 한 평생 살기에는 무난하다는 논리적인 판단을 했을 뿐이다.

　의사가 그닥 인기 있는 직업은 아니었다. 다른 직업보다 연봉이 그렇게 높지는 않은데, 주기적인 직업 교육을 계속 받아야 하고, 근무 시간, 특히 특별 근무가 잦은 편이다. 이민영은 의사가 되기 위해 간단한 테스트를 받기로 했는데, 주로 인성과 관련된 것이었다. 의사는 사람의 생명을 다루기에 충분한 인성임이 검증된 이후, 한 달간의 추가 집중 교육을 받는다. 엔지니어들이 2주간의 집중 교육 후 현장에 투입되는 것과 비교하면 두 배 이상 긴 기간이다. 그렇게 이민영은 울산병원의 외과 의사가 되었다.

　울산병원의 특수 병동. 하얀 끈과 천으로 온몸이 묶인 환자가 의식이 없는 채로 누워있었다. 이소영이 말없이 환자를 지켜보고 있고, 옆에는 학교 친구인 이민영이 서있었다.

　"내 담당 환자는 아니지만, 그래도 걱정돼서 보러 왔어. 아버님 이제 서울로 가신다는데, 같은 병원이면서 자주 못 왔으니, 떠나시는 때라도 같이 있어주려고."

　"그래 고맙다, 민영아."

　서울에서 온 연구원이 환자의 상태를 잠깐 확인한 후, 서류를 이소영에게 내밀었다.

"서울까지 안전한 이동을 위해 안정제를 드렸습니다. 중간에 깨시면 서로 곤란해서 그렇게 한 건데, 이런 흉한 모습을 보여드리게 돼 죄송합니다. 따님이시죠, 이소영 선생님? 여기 보호자 사인 좀 부탁드립니다."

이소영이 서류에 천천히 사인을 했다.

"잘 부탁드립니다. 가끔 보러 가겠습니다."

"아버님에게 차도가 있으면 바로 연락드리겠습니다. 저희도 최선을 다하겠습니다. 자, 출발."

연구소의 젊은 직원들이 침상을 밀고 방을 나섰다. 작은 바퀴 네 개가 도는 소리만이 조용한 특수병동의 정적을 깨고 있었다. 바퀴 소리가 점점 더 멀어져 갔고, 이윽고 진공과도 같은 적막한 상태가 되었다. 그 정적을 깨고 이민영의 목소리가 나왔다.

"잘 생각했어, 소영. 나도 정확히는 모르지만, 이런 신종 암은 우리 병원에서 어떻게 할 수가 없어. 아무리 보호자라지만, 너도 살아야지. 보다 나은 데로 아버지 보내드리는 거라고 편안하게 생각해."

"글쎄, 마음이 편하지만은 않네. 천수 아니었으면 이런 결정은 안 했을 것 같아. 너도 친한 친구지만, 다익이랑 천수, 정말 나랑은 단짝이잖아. 희망은 안 보이지만, 천수가 좋은 연구진들과 최고의 장비로 한번 치료해 본다고 하니 믿어보려고."

이소영은 병실 창문을 천천히 열었다. 창문 너머로 병원 뒷문이 보였다. 뒷문이 열리고 환자를 태운 앰뷸런스가 미끄러지듯이 병원을 빠져나갔다. 이소영이 생후 6개월 때 학교에 들어간 후로 지금까지 1년 동안 아버지의 간호로 생겨난 시간의 무거움이 연구소 차에 실려 이동하는 중이었다. 슬픔과 희망이 뒤섞인 묘한 침묵이 잠시 흘렀다. 어머니가 버려두고 간 무거운, 아니 무거운 짐이 이제야 등에서 내려오는 것 같았다.

"소영아, 오랜만인데 차라도 한잔 마시자. 나도 외래 시간이 있어서 오래는 어렵지만, 그래도 졸업하고 6개월 만에 이렇게 보는 거잖아. 병원 로비의 커피가 그런대로 괜찮아."

앰뷸런스가 골목 너머로 사라졌고, 이소영의 시선에서 멀어졌다.

"그럴까? 나도 외출 시간 좀 넉넉하게 잡았어. 아마 이 병실도 다시 올 일이 없겠지. 그래 민영아, 커피 한잔하자. 너 의사된 이야기도 좀 듣고 싶다."

3장

부패 그리고 혁신파

#21
요트 그리고 호화 파티

2151년의 봄은 금방 왔다. 같은 날 울산학교를 졸업한 이소영, 김다익, 피천수는 각자 자신이 소속된 직장에서 1년이 가까워져 슬슬 중간 관리자가 될 나이가 되었다. 호모 콰트로스에게 만 두 살은 호모 사피엔스의 나이로 치면 30살 정도인데, 그때부터가 가장 왕성하고 화려한 사회 활동을 할 시기다. 만 세 살이 되면 급격히 노화가 진행되고, 세 살 반이면 이제 완연하게 노인의 모습으로 변한다. 화려하게 피어나고, 화려하게 지는 삶. 그렇게 인류는 더 짧고 더 강렬한 모습으로 진화했다. 학교에서 1년, 직장에서 1년을 보낸 후 맞게 되는 시기는 4년생의 삶에서 가장 아름답고 가장 정열적인 시기다.

울산항이 저 멀리 보이는 가까운 밤바다. 중간 크기의 요트한 대가 불을 환하게 밝힌 채 항해하고 있었다.

요트 안에는 중년 남성들과 젊은 여성들이 모여있었고, 술과 마약이 어지러이 놓여있었다. 배 위 그것도 밤바다에서 진행되는 파티는 사람들의 경계심, 혹은 일상적 도덕감을 좀 더 풀어놓게 한다. 파티 자체가 문제인 것은 아니지만, 누가 봐도 그렇게 건전한 파티는 아니었다. 그게 문제가 될까? 4년생들의 세계에서도 마약은 심각한 문제였다. 삶은 짧아졌지만, 그렇다고 삶이 주는 고통이 줄어든 것은 아니다. 은밀한 유혹이 다시 생겨났고, 범죄도 다시 심각해졌다.

파도 소리가 들리지 않을 정도로 배 전체를 가득 채우고 있는 음악 소리를 깨고 요란한 사이렌 소리가 들리기 시작했다. 엔진 소리만 나지막이 들리듯이 조용하게 항해하던 경찰 순시함은 요트에 접근해서야 사이렌을 울렸다.

요트 안에 있는 사람들은 음악 소리가 워낙 커서 사이렌 소리를 듣지 못했다. 요트 위에 있는 세 명의 경비는 바로 상황을 이해했지만, 무장한 경찰들을 상대로 그들이 할 수 있는 것은 없었다. 경찰들은 요트 바로 옆으로 순시함을 붙였고, 권총을 들고 일제히 요트 위로 올랐다. 그들을 지휘하는 것은 이제 반부패 수사팀 팀장으로 승진한 오영거였다. 총리실 수사를 하다가 외압에 의해 교통경찰로 좌천되었던 그녀는 한참 후 다시 자신의 자리로 복귀하였고, 얼마 전에 승진을 하였다.

오영거의 지휘로 갑판 위 사설 경비원들을 제압하고, 아직 상황을 이해하지 못한 사람들이 대부분인 요트 선실 안으로 진입을 하였다. 곧, 배 전체를 울리던 음악 소리가 꺼졌다.

"배민수 울산공화당 사무총장. 수뢰 및 배임 혐의로 체포합니다."

권총을 든 오영거의 카랑카랑한 목소리가 침묵 사이를 뚫고 나갔다. 술에 취하거나 약에 취한 사람들은 아직 상황을 이해하지 못하고 있었다. 다만 음악이 꺼져 어리둥절한 모습들이었다. 셔츠는 벗고 풀어진 넥타이를 매고 있던 남자가 발작적으로 자리에서 일어났다. 그의 손에는 권총이 들려있었다. 그는 자신의 머리에 권총을 겨누었다. 공화국이 생긴 이후로 계속해서 대통령을 배출하고, 사실상 일당 통치를 하던 울산공화당의 사무총장인 배민수, 그의 머릿속은 복잡했다.

"누구야? 대통령이야, 총리야? 당대표야? 어느 놈이 나를 친 거야!"

발작적으로 터져 나온 배민수의 목소리는 수사관들을 당황하게 하였다. 수사관들은 일제히 배민수에게 총을 겨누었다. 오영거가 한 손을 들어 그를 진정시키기 위한 행동을 시작했다.

"배민수 총장님, 진정하시고 총부터 내려놓으시죠. 이 건은 저희가 몇 달 전부터 자체적으로 수사한 겁니다. 하나하나 조각을 맞추다 보니까 배민수 총장님, 모든 조각이 당신을 향하고 있었습니다. 총장님도 억울한 게 있을 수 있으니 본청에 가서 충분히 해명하실 수 있는 기회를 드리겠습니다."

"그래, 대통령이겠네. 다 내가 그 자리에 올려준 놈들인데,

결국 아양 떨면서 부탁한다고 하더니, 이렇게 배신을 하네. 허허허. 사람을 너무 믿은 내가 잘못이지, 잘못이야."

배민수는 권총을 머리에 겨눈 채로 잠시 주변을 돌아보았다. 그러고는 낮은 목소리로 차분하게 말을 이어나갔다.

"경찰 나리들, 귀관들도 명심해. 높은 자리에 올라서면 손에 물 묻힐 일들이 많아져. 내가 잘못한 건, 남들 손에 물 안 묻게 대신 물 묻힌 것밖에 없어."

"네, 총장님도 억울하실 겁니다. 저희가 절대로 억울하지 않게 공정한 수사를 약속드리겠습니다."

"자네 이름이 뭔가?"

"반부패 수사팀의 오영거 팀장입니다."

"오영거? 미안하지만 자네, 한 발짝만 뒤로 물러나 주겠나?"

"왜요?"

"피가 튈 것 같아서."

사태가 긴박하게 돌아갈 것을 직감한 오영거가 외쳤다.

"덮쳐!"

수사관들이 일제히 배민수에게 달려들었지만, 권총 방아쇠를 당기는 배민수의 손이 더 빨랐다. 머리에 총을 맞은 배민수가 그 자리에 무너지듯 쓰러졌다. 선실 안에 비명이 울려 퍼졌다. 선상 파티에 참가한 사람들은 물론 수사관들도 실제 사람이 사고로 죽는 것은 처음 본 경우가 많았다. 호모 쾌트로스의 세계에서 살인은 거의 벌어지지 않는다. 그리고 무엇보다도 자살하는 경우는 없었다. 충격에 빠진 사람들이 어쩔 줄을 몰라 하는 동안, 오영거가 침착하게 쓰러진 배민수의 목젖 옆 경동맥을 손가락으로 짚었다.

"죽었어."

난감한 표정인 오영거 옆의 팀원이 조그맣게 이야기했다.

"오 팀장님, 이러면 다음 수사는 어떻게 되나요?"

"야, 완전 망했다! 배민수가 이렇게 나올 줄 진짜 몰랐네."

#22
TV 토론과 거리 인터뷰

　요트 위에서 벌어진 고위직들의 호화 파티도 놀라운 일이었지만, 정작 이 사건에서 사람들을 충격에 빠트린 것은 배민수의 자살이었다.

　호모 콰트로스의 탄생 이후, 아직까지 자살은 없었다. 그렇다고 빈부격차가 없거나 어려운 지경에 처한 사람이 없는 것은 아니지만, 호모 사피엔스에 비해 호모 콰트로스는 공감능력이 뛰어났다. 누군가 아주 곤경에 처하지 않도록 주변에서 먼저 손을 내밀어 조금씩 돕는 것은 사회 구성원으로서 울산공화국이 가지고 있는 가장 큰 자랑이었다. 비록 경찰에게 현장에서 체포되는 다급한 상황이었다고 하지만 자살, 그것도 쉽게 구하기 어려운 권총을 가지고 자살한 것은 그야말로 장안의 충격 중 충격이 아닐 수 없었다. 게다가 배민수는 울산공화당의 실세 중 실세였고, 공화국의 최고위층 중 한 명이었다. 이래저래 외형상으로는 잔잔하게 보이던 울산공화국이 덜컥거리기 시작했다.

며칠 후, 공영방송인 UBS(Ulsan Broadcasting System)의 스튜디오에서 이 사건을 다루는 토론 방송이 한창 진행되고 있었다. 그렇게 인기있는 방송은 아니었지만, 사건이 워낙 충격적이라서 예고편부터 많은 사람의 시선을 끌었다. 많은 사람이 실시간으로 지켜봤고, 정치학자와 사회학자 사이의 논쟁이 점점 더 달아오르고 있었다.

"논점 흐리지 마세요. 오랫동안 집권 여당인 울산공화당의 최대 실세, 사무총장이 비리 혐의로 선상 체포 중 권총 자살을 했어요. 이런 일이 어떻게 벌어질 수 있나요? 사무총장 배민수, 그가 누구입니까? 수많은 국회의원은 물론이고 대통령, 총리, 다 그의 손을 거쳐 그 자리에 간 거 아닙니까? 이건 공화국 최초이자 최대 스캔들이에요. 경찰들이 팀 하나 가지고 개별 사건으로 수사해서 될 일이 아니라, 지금이라도 특별본부를 만들어서 썩은 뿌리까지 다 뽑아내야 할 상황이에요."

정치학자가 사회학자의 말을 중간에 자르고 들어왔다. 그렇지만 사회학자는 밀리지 않고 자신의 주장을 계속 전개했다.

"죄송하지만, 논점 이탈은 사양하겠습니다. 제가 다시 말씀드립니다. 이 사안에서 우리가 받아야 할 충격은, 늘 조금씩은 있어왔던 지도부의 부패와 매수 사건이 아니라, 우리 문명 그 자체의 일입니다. 4년의 설계수명을 살다 가는 우리 호모 콰트로스는 지금까지 자살은 물론이고 우울증도 없이 살아왔습니다. 나름 행복하고 나름 건실한 삶을 살았던 거죠. 그런데 체포를 목전에 둔 피치 못할 상황이지만, 자살을 한 겁니다, 권총으로요. 자기 머리를 쏜 거, 게토 시절, 건국 시절, 우린 몇 배 더 어려웠지만, 그런 일은 없었습니다. 현 인류가 자살을 한다는 것, 이건 지금 우리가 문명사적인 위기에 봉착했다는 이야기일 수도 있어요."

"아니, 왜 자꾸 정치인의 비리 사건을 개인의 자살 이야기로 전환시키는 겁니까. 그게 바로 논점 이탈이에요. 그건 당신과 내가 할 말이 아니라 심리학자나 정신과 의사가 할 이야기예요. 사태의 본질은 우리 공화국의 핵심 정당인 공화당에 뿌리내린 부패란 말입니다! 행정, 경제, 모두 정치가 신뢰를 잃으면 한번에 흔들립니다."

사회자가 귀에 착용하고 있는 이어피스를 가리키고는 손바닥을 들어 보이며 이야기했다.

"자살 문제에 대해 조금만 더 이야기해 보면 좋겠습니다. 제 생각과 같이, 데스크도 같은 생각입니다. 자세한 분석과 대책은 다음 번 토론에서 심리학자 등 전문가들 보강해서 다시 다루면 되겠지만, 자살의 사회적 의미 정도는 좀 더 이야기했으면 합니다. 어쨌든 자살이 없는 게 공화국의 최대 자랑이고 자부심 아니었습니까? 그게 무너진 지금, 저 역시 개인적으로 충격을 받았습니다."

같은 시간, 울산 거리에서 방송을 위한 짧은 인터뷰가 진행되고 있었다.

"두 살 직장인입니다. 사건을 보고 정부 내 만연한 부패에 대해 분노도 했지만, 사실 스스로 죽는 게 가능하다는 걸 실제로 보니까 정말 무서웠습니다. 요즘 회사 생활이 좀 어려웠는데, 이러다가 언젠가 나도 자살하게 되는 거 아닌가, 그런 생각이 처음으로 들었습니다."

어느 여성 직장인의 대답이었다.

또 다른 기자가 거리를 지나가는 한 노년 남성에게 마이크를 건네며 질문을 하였다.

"선생님, 이번 배민수 사무총장의 자살에 대해서 어떻게 생각하시는지, 잠시만 여쭙겠습니다."

노인이 대답하였다.

"저는 은퇴하고 노년을 보내고 있는 전직 직장인입니다. 삶이 참 평온하고 행복하다는 생각을 하고 있었는데, 인간이 스스로 죽을 수 있다는 것을 보면서 저도 제 삶에 대한 회의가 생겼습니다. 과연 산다는 건 뭔가, 그런 생각이 문득문득 들기 시작했습니다. 예전에 있던 호모 사피엔스의 소설이나 영화를 보면 자살이라는 게 등장하는데, 저런 비과학적이고 지나치게 파괴적인 행위를 왜 그들은 생각해 냈나, 그런 생각을 했었습니다. 그런데 막상 사람이 스스로 죽음을 선택할 수도 있다는 걸

눈앞에서 보면서, 문득 죽은 뒤의 세계, 혹은 종교 같은 게 저래서 나왔나, 그런 생각이 들기 시작했습니다."

기자가 질문을 이어나갔다.

"우리 공화국에 공식적으로 종교는 없지 않습니까? 딱히 법으로 금지한다거나 그런 것도 아닌데, 굳이 필요를 느끼는 사람이 거의 없었습니다. 우리 헌법에는 아예 언급도 되어있지 않습니다. 그런데 선생님께서는 이제 종교가 필요하다는 생각을 하셨다는 말씀입니까?"

"네, 그렇지요. 솔직히, 좀 무서워졌어요. 저도 태어나서 정신없이 4년 가까이 살면서 딱히 불안하거나 외롭다거나 그런 마음을 느껴본 적이 없었습니다. 일 하느라고 못 본 책들이나 좀 보고 손자들 재롱 보면서 여생을 보낼까 했는데, 죽음에 대한 공포가 갑자기 생겼습니다. 스스로 죽을 수도 있다니요! 충격입니다."

기자가 손을 흔들면서 인터뷰 종료 사인을 냈다.

"컷! 협조해 주셔서 고맙습니다. 선생님 말씀, 너무 좋았습니다."

기자가 카메라 감독을 쳐다보면서 말을 이어나갔다.

"인터뷰 잘됐습니다. 괜찮은 것 같네요."

잠시 장비를 정리하던 카메라 감독이 기자를 돌아보면서 작은 목소리로 이야기했다.

"기분이 아주 이상해."

"선배, 나도 그래. 전문 용어로 공감이라고 부르나? 저분 이야기를 듣다 보니, 가슴이 막 저미는 것 같아."

호모 콰트로스는 태어나자마자 매우 빠르게 근육이 발달하면서 근력이 강해지고, 뇌가 빠르게 자리를 잡아가면서 지력이 늘어난다. 그렇지만 감정 자체는 사회 활동 과정에서 형성되는 것이라 개인차가 많다. 그래서 감정이 복잡하게 분화하지 않은 사람들도 많다. 호모 사피엔스와 비교해서 가장 큰 차이점은 공감능력이다. 오래 살면서 호모 사피엔스들이 중장년 이후로 공감능력이 사라지는 반면, 호모 콰트로스는 죽기 직전까지 공감능력이 생생하게 살아있다. 4년생들의 사회에서 자살이 발생하지 않는 것은 그 공감능력 때문인지도 모른다. 누군가 죽을 정도로 힘들 때, 그걸 주변에서 감지 못하는 경우가 없다. 그렇게 서로 돕고 서로 돌보면서 4년생들의 사회가 형성되고 돌아간다. 그 안정성에 위기가 오고 있었다.

#23
혁신 그룹

울산공화국이라는 이름도 그렇지만, 공화국 초기 지도부의 영웅들이 합심해서 만든 울산공화당이라는 이름도 성의 없기는 마찬가지다. 사실 울산 게토에서 건국을 하던 당시, 다른 지역은 존재하지도 않았다. 그들이 알던 지구의 전부는 울산밖에 없었다. 서울을 비롯한 다른 지역은 울산이 커지면서 새로 개척된 지역들이다. 그들도 초기에는 울산 거주민으로서의 정서적 정체성만 가지고 있었다. 울산밖에 모르던 사람들이 울산공화국, 혹은 울산공화당 같은 성의 없고 멋없는 이름을 짓는 건 매력적이지는 않지만, 정직하기는 한 일이다. 그렇지만 시간이 지나면서 서울을 비롯한 몇 개의 대형 거주 지역에서는 울산이 아닌 자신들만의 정체성이 형성되었다. 단단했던 울산이라는 단일 정체성이 흔들리기 시작했고, 자원과 에너지 등 고립된 경제의 새로운 문제들이 점점 더 구조적 문제를 만들어 내고 있었다. 공화국의 내부 위기는 울산공화당을 통해서 밖으로 드러나게 되었다. 그것도 자살과 같이 정서적 혼동과 함께 말이다.

울산 시내에 있는 울산공화당 당사에서는 당직자 총회가 열리는 중이었다. 50명가량의, 상대적으로 젊은 당직자들이 회의실에 모여서 한창 격론을 벌이는 중이었다.

"총무국 2년차, 박상인 국장입니다. 있을 수 없는 일이 벌어졌는데, 더 큰 문제는 지금 수습할 사람이 현 지도부에는 없다는 점입니다. 지금 공화국이 아주 난리입니다. 공화국의 수많은 위기를 우리 당이 잘 해결하고 수습해 나간 것이 저희의 자랑스러운 역사였습니다. 그런데 이게 뭡니까? 아무 문제가 없는, 정말 간만의 태평성대인 줄 알았는데, 지금 우리가 바로 그 문제가 되었습니다. 사무총장실, 비서실 당직자들, 진짜로 배민수의 부패를 몰랐습니까? 아니면 알고도 눈 감고 그냥 넘어간 겁니까? 어떻게 이런 일이 벌어질 수 있습니까?"

지역관리국의 박상인이 이야기를 끝내자 맨 앞줄에 앉아있던 총장 비서실 직원들이 고개를 푹 숙였다.

"여론국 1년차, 최선아입니다. 지금 국민 여론이 말이 아닙니다. 출퇴근할 때 당사 드나드는 것도 눈치 보여요. 이게 뭡니까? 사실 대통령이야 1년, 총리 등 나머지 지명직들이야 더 짧게 적당히 있다가 가면 되지만, 당은 달라요. 여기는 공화국과 함께 태어났고, 영원히 가야 하는 조직입니다. 이러다 6개월 후에 정권 넘어갑니다. 누가 책임지실 겁니까? 물러날 사람 물러나고, 지금 대대적으로 쇄신을 하든 혁신을 해야 할 것 아닙니까?"

혁신에 대한 최선아의 주장에 박수가 터져 나왔다. 그러나 모두가 박수를 친 것만은 아니다. 사무총장인 배민수 쪽 사람들은 박수를 치지 않았다. 그렇지만 배민수를 옹호하는 분위기로 회의가 흘러가지는 않았다. 오히려 배민수를 성토하는 분위기로 회의가 흘러갔다. 조용히 회의를 지켜보던 김다익이 손을 들고 마이크 스위치를 눌렀다.

"정책국 1년차, 김다익 과장입니다. 사실 사회 활동 시작한 지 1년 되어갑니다. 이제 막 당이 어떻게 돌아가는지 좀 이해하는 정도입니다. 여러분도 다 아시겠지만, 지금 우리는 최대의 위기입니다. 당 핵심은 물론이고 정부 고위직에 지금 부패가 만연한 것은 사실 아닙니까? 그런데 이게 이 사람들이 갑자기 나빠져서 그랬을까요? 지금 경제는 최고 호황인데, 한반도에는 이걸 뒷받침할 만한 천연자원이 거의 없습니다. 결국 남아있는 재활용 자원에 먼저 접근할 수 있는 일부 기업들이 독점적 지위를 누릴 조건이 만들어졌습니다. 돈을 준 사람들은 자원을 독점하고 싶어 합니다. 우리 간부들은 그냥 주는 대로 받기만 했습니다. 제가 1년간 지켜본 우리 당은 지금 너무 평온하고 긴장감이 떨어져 있습니다. 야당이 약해서 그렇습니다."

김다익이 잠시 숨을 고르며 주변을 살폈다. 사람들의 시선이 모두 김다익, 한 점에 모여있었다.

"이 상황에서 변화를 만들 수 있는 건 우리의 혁신밖에 없습니다. 국민에게 바뀌라고 하는 것, 이건 불가능한 일입니다. 독점적 지위를 갈망하는 기업에게 변하라고 하는 것, 이건 하나마나한 이야기입니다. 정책적 해법을 찾고, 부패라는 건 존재하지 않을 당의 근본적 변화를 만드는 것, 이건 우리 공화당만이 할 수 있는 일입니다. 저는 이 자리에 모인 당직자 여러분께 우리 모두 혁신 그룹이 되어야 한다고 말하고 싶습니다. 우리의 4년 인생, 부패하고 대충 살기에는 너무 소중한 시간입니다. 다시 시작해 보십시다."

박수가 크게 터져 나왔다. 김다익은 본능적으로 오른손을 들어 올렸다. 더욱 박수가 커졌다. 그리고 뒷좌석부터 서서히 자리에서 일어서며 박수를 치기 시작했다.

박상인 옆에 앉은 동료가 박상인을 돌아보며 작은 목소리로 이야기했다.

"쟤 어때? 기본은 된 것 같지? 요즘 후배들 같지 않아."

"그 이상이지. 요즘 애들 안 같아. 기본이 딱 되어있네. 솔직히 남의 말 듣고 가슴 떨려본 거 정말 오랜만이야."

이 짧은 연설로 김다익은 순식간에 울산공화당 내 핵심 인물로 부상하기 시작했다. 그 순간까지의 인간 김다익의 가장 큰 속성은 밸런스라고 할 수 있었다. 그만큼 약간 유능해 보이지만 대체적으로는 평범한 스타일이었다. 그렇지만 그 밸런스가 중요한 문제가 생겼을 때, 그에 대한 신뢰를 만들어 주었다.

그의 연설 이후 울산공화당 당직자들 내에 혁신 그룹이 생겨났다. 아무도 혁신이 무엇인지에 대한 명확한 상을 가지고 있지 못했다. 이건 그 이야기를 꺼낸 김다익도 마찬가지였다. 그래도 사람들은 그 이야기를 꺼낸 사람이 뭐라도 더 생각이 있을 것이라는 기대를 가지고 있었다. 지금까지 공화국은 무엇인가 만들거나 해결하는 게 문제였던 시대였고, 있는 걸 새롭게 고친다는 혁신을 고민한 적이 없었다.

4년생의 역사는 지금까지 늘상 새로웠고, 모든 것이 처음이었다. 새로울 것이 없어진 시기, 있던 것을 고치는 것이야말로 진짜 새로운 것이 되었다.

#24
대표의 방문

    태화강 인근의 공공임대아파트. 김다익은 두 번째 육아휴가를 받아 집에서 아이들을 돌보고 있었다. 울산공화국은 버려진 아파트를 대대적으로 수리해서 아주 저렴한 비용으로 공공임대아파트를 제공해 왔다. 아파트 공화국의 의도치 않은 유산인데, 울산에는 버려진 공장들과 함께 아파트가 아주 많았다. 이는 울산 번영의 자산이 되었다.

    김다익의 첫째는 아들이었고, 이번에는 딸 그것도 쌍둥이었다. 엄마인 오영거가 원주와 원정이라고 이름을 붙였다. 태어난 지 열흘째인 아기들은 침대에서 자고 있었다. 호모 콰트로스, 4년생들에게는 쌍둥이가 특히 많았다.

    생후 6개월에 가까워지는 첫째 원우는 이제 정식으로 학교에 입학하기 직전이었다. 벌써 초등학생의 몸 크기가 되었고, 육체적 발육은 충분했다. 원우는 그림책을 산더미처럼 쌓아놓고 읽고 있었다. 거의 1초에 한 페이지씩 넘기면서 읽었다. 읽은 책을 한쪽에 쌓아놓고, 다시 새 책을 꺼내 쉬지 않고 읽었다.

4년생들은 태어나서 한 살이 될 때까지, 특히 뇌의 기능이 폭발적으로 성장한다. 자료를 모니터로 읽으면서 교육을 해도 되지만, 손가락에 느껴지는 종이의 촉감은 물론, 책장을 넘길 때 생기는 미세한 접촉이 어린이 뇌의 종합적 발달을 촉진시킨다는 이론이 발표된 이후로 많은 부모가 최소한 학교 입학 이전에는 되도록 아날로그 스타일로 독서를 시키려고 하는 편이다. 물론, 이것도 중산층들이 과도하게 자녀에 집착하는 사회적 문제라는 지적도 있다.

큰아들이 책을 읽는 쇼파 옆에서 육아휴가 중인 김다익도 책을 읽고 있었다. 그가 읽고 있는 책은 아이작 아시모프의 소설 《파운데이션》이었다. 그는 대략 3초 정도에 한 번씩 책장을 넘겼다. 독재자 뮬이 제2의 파운데이션을 찾아내는 장면을 읽고 있었다. 김다익의 이마에는 땀이 송골송골 맺히기 시작했다.

쇼파에 나란히 앉아 책을 읽고 있는 김다익과 그 아들 원우, 복사기로 찍어낸 것 같이 똑 닮았다.

현관벨이 울렸다. 현관 앞에 서있는 두 사람의 모습이 거실에 홀로그램으로 떴다. 홈 AI의 목소리가 울렸다.

"울산공화당의 박창석 대표와 박상인 국장 오셨습니다. 안내할까요?"

김다익이 고개를 끄덕였다. 현관문이 열렸고, 두 남자가 들어왔다.

"제가 일주일간 둘째 육아휴가 중이라, 당사를 비워서 죄송합니다. 상황이 급한 건 알지만, 우리 집도 비상 상황이라. 원우, 아빠랑 일하시는 분들이야. 인사해야지."

"안녕하세요, 생후 6개월 김원우입니다."

아저씨 모습과 할아버지 모습의 경계에 있는 박창석이 이제 어린이의 모습을 갖춘 원우의 머리를 쓰다듬었다.

"6개월? 많이 컸네. 이제 금방 학교 가겠네?"

학교 이야기가 나오자 원우가 뿌듯한 표정으로 말했다.

"네. 2주 후에는 저도 이제 학생이 됩니다, 드디어. 아버지 따라서 울산학교에 입학하기로 되어있습니다."

김다익이 벽에 설치된 카메라를 보면서 AI 현아를 불렀다.

"원우야, 이제 독서는 잠시 쉬어. AI 현아, 김원우 대근육 운동 좀 부탁해요. 안방에서 해주면 고맙겠습니다."

카메라 옆 조그만 기계에서 빛이 깜박깜박했다. 잠시 후 태권도복을 입은 AI 현아가 홀로그램으로 나타났다. 원우의 얼굴이 환하게 밝아졌다. 4년생 어린이들도 책 읽는 것보다는 몸을 움직이는 걸 좋아하는 건 마찬가지다.

"안녕, 원우? 오늘은 태극 3장 계속 할 거야. 손날치기를 좀 더 다듬어 보자."

AI 현아가 손날치기를 가볍게 보여주면서 원우를 방으로 안내했다.

주방 쪽으로 가면서 손님을 맞이할 준비를 하는 김다익의 손을 잡고 박상인이 소파로 이끌었다.

"김다익 과장, 대표님이 다음 일정이 있어 길게 있기가 어려워. 대표님, 바로 말씀하시죠."

"그러지, 박 국장. 딱 일주일밖에 안 되는 육아휴가 중에 이렇게 불쑥 찾아와서 미안하기는 한데, 당 사정이 사정이 아니라서. 요 며칠간 당 간부 및 원로들하고 상의를 했네. 김 과장 없는 동안, 여러 혁신 그룹에 속한 당직자들하고도 이야기를 나눴고. 지금 우리는 변화가 필요해. 이건 모두가 동의하는 이야기이고. 김다익 과장, 자네는 나를 어떻게 생각하나? 솔직히 말해보게."

김다익이 대답하기 곤란한 어색한 표정을 지었다.

"대표님을 인간적으로는 아직 잘 모릅니다. 그렇지만 정치적 판단력만큼은 우리 시대 최고라고 알고 있습니다."

"그런 하나마나한 소리는 그만두고. 자네나 나나 피차 바쁜 사람들이야. 하나만 묻지. 김다익, 날 믿나?"

짧은 침묵이 흘렀다.

"믿기지는 않겠지만, 그래도 믿어주기를 바라네. 서울에서 새로운 야당의 창당 흐름이 있어. 지금 같으면 6개월 후 대선에서 정권 넘어가. 혁신 그룹이 빨리 당 운영의 전권을 받아서 사람들을 안심시켜 주면 좋겠어. 그리고 김다익 과장, 자네가 공석 중인 사무총장을 맡아줬으면 좋겠네. 다른 사람 의견도 다 같아."

"대표님, 전 아직 당 사무총장 맡기에는 지식이 부족합니다. 경험도 조금은 더 있어야 할 것 같고요."

"사람들이 김 과장에 대한 기대가 아주 높아. 지식, 경험, 그런 건 여기 박 국장 같은 혁신파들이 도와주면 돼. 당이 흔들리면 공화국 전체가 흔들려. 알잖아, 공무원들이 세상을 길게 보기 어렵다는 거. 당이 중심을 잡고 변화를 만들지 않으면, 공화국이 문제가 아니라, 4년생 우리 문명 자체가 흔들려."

잠시 생각을 하던 김다익이 천천히 입을 열었다.

"대표님, 하시는 말씀은 잘 알겠습니다. 사무총장 건은 제가 혼자 결정할 수 있는 일은 아니고요, 아내하고 상의를 좀 해보겠습니다. 3일 후면 육아휴가도 끝납니다. 출근하면 다시 뵙겠습니다."

"그래, 부디 현명한 결정을 내려주면 좋겠네. 자, 가자, 박 국장."

돌아서서 나가는 박창석의 눈에 막 잠에서 깨어난 아기가 아기용 침대에서 일어나 나무로 된 침대 가드를 넘어오는 모습이 들어왔다.

"아기가 벌써 침대 울타리를 넘어가는군. 어린 데도 힘이 좋네."

"네, 아내 닮아서 성격이 급합니다. 자다가 떨어지지 말라고

달아 둔 안전가드를 어제부터 그냥 타고 넘어갑니다. 저도 아
직 익숙하지 않습니다. 지 엄마 똑 닮았습니다."

#25
노화하지 않는 인간

　서울 한성유통의 바이오 연구병동은 비밀 시설은 아니지만, 그렇다고 공개적으로 드러내 놓고 홍보하는 것도 아니다. 생물학과 관련된 첨단 기술을 연구하는 기관 정도로 알려져 있고, 실제 운용에 대해서는 회사 내에서도 일부 경영진과 기획 라인을 제외하면 정확하게는 잘 모른다.

　바이오 연구병동 앞 로비, 아버지 면회를 막 끝낸 이소영이 덤덤한 표정으로 걸어 나오고 있었다. 그냥 잠든 모습만 본 것이라서 대화 같은 것은 없었다. 울산에 있을 때부터 대화가 불가능해진 지는 좀 되었다. 갑자기 비가 내리기 시작했다.

　이소영이 유리문 앞에서 난감해하며 서있자, 연구병동 앞 보도블록을 따라서 우산을 든 피천수가 천천히 걸어왔다. 피천수 뒤에는 검은 양복을 입은 두 명의 수행원이 있었다. 문을 열고 들어온 피천수가 이소영에게 우산 하나를 건넸다.

"너 온다는 이야기는 들었어. 마침 오늘은 여유가 좀 되네."

이소영이 피천수에게 우산을 건네받았다.

"우산 고맙다. 자주 와보지 못해서 좀 그래. 이 누나가, 생각보다 바쁘다. 아마 더 바빠질 것 같아서, 오늘은 휴가 내고 무리 좀 했다. 서울, 참 멀다."

"아버지는 우리가 잘 모시고 있어. 뭐, 아주 편하게 계시는건 아니지만, 우리도 나름 최선을 다하고 있어."

"주무시고 계시는 것만 보고 왔어. 얼굴이라도 뵈면 마음이좀 편해질까 했는데, 그렇지는 않네."

"안정제 계속 투여하고 있어. 아버지 증상이 좀 독특해."

이소영이 고개를 푹 숙였다. 뭔가 죄를 진 것 같은 마음이 들었다.

"미안해, 괜히 곤란하게 한 것 같아. 왠지 떠넘긴 것 같은 기분이 들어."

"이소영, 시간 되면 커피라도 한잔 마시면서 해줘야 하는 이야기인데, 어차피 너도 알 거니까 그냥 말할게. 너희 아버님, 아마 너나 나보다는 오래 사실 것 같아."

뜻밖의 이야기를 들은 이소영의 얼굴에 순간 밝은 빛이 돌았다.

"그래? 치료가 잘되시나?"

피천수가 고개를 가로저었다.

"신종 암에서 또 나온 변종이야. 암세포가 퍼져서 건드릴 수는 없는데, 발병과 동시에 노화가 정지해. 암세포가 완전히 신체를 지배하는 건데, 이게 워낙 강해서 심지어 노화도 정지하거든. 환자가 괴롭기는 한데, 그 상태로 꽤 오래 갈 거야."

이소영은 순간 온몸에 소름이 돋는 게 느껴졌다. 황급히 손목시계를 봤다.

"기차 시간이 약간 여유 있어. 이 근처 어디 커피 마실 데 있으면 가자. 역에서 마셔도 되고. 조금 더 자세히 듣고 싶어."

"그래. 어쨌든 서류상으로나 실질적으로나 네가 보호자니까, 우리도 해줄 이야기가 좀 있어."

피천수가 손을 들어 신호를 보냈다. 잠시 후 승용차 세 대가 열을 맞춰 연구병동 앞에 도열했다.

"가자, 소영아. 여기는 너무 외딴 곳이고, 조금만 나가면 괜찮은 카페가 있어. 서울 커피 한번 마셔봐."

이소영은 피천수가 안내하는 대로 가운데 승용차에 올라탔다. 잠시 후 세 대의 차가 열을 맞춰 연구병동을 떠났다. 이소영에게는 익숙하지 않은 일이고, 편치 않았지만, 아버지에 대해 좀 더 자세한 이야기를 듣고 싶었다.

#26
불법과 합법 사이

한성유통 트렌드개발본부는 회사를 완벽하게 장악한 석영진이 직접 운영하는 전략부서다. 회의실에는 석영진을 비롯한 박진호와 오상환 등 주요 간부들이 모여있었다. 박진호와 오상환은 석영진의 학교 친구들이다. 오상환은 공개적인 업무와 협상 관련된 일들을 주로 맡았고, 박진호는 좀 더 은밀하고, 어두운 일을 아주 잘 처리했다.

이런 실세 간부들 앞에서 피천수가 영상을 보면서 설명을 하고 있었다.

"지금 보시는 영상이 캔서 12호에게서 채취한 암세포 원본입니다. 캔서 12호는 지금 연구 병동에서 저희가 관리하고 있습니다. 특이한 것은 신종 암에서 다시 한번 돌연변이를 일으킨 암세포라는 점입니다. 유전자 가위로 우리의 노화를 촉진시키는 P125 구역의 세포들을 유전적으로 변형시키면 수명은 알수 없지만, 최소 6년 이상 살게 만드는 건 지금도 가능합니다. 다만, 이건 배아 상태에서 해야 하고, 이미 태어난 사람에게는 적용할 수 없는 방법입니다."

석영진이 손을 들어 피천수의 발표를 중간에 잘랐다.

"천수, 미안한데 우리가 오늘 할 이야기가 좀 많아. 다 아는 이야기는 좀 건너가자고."

피천수가 슬라이드를 넘겼다.

"변종 암의 세포는 대부분의 암이 그렇듯 유전적으로 제어를 할 수 없습니다. 여기가 암세포의 폭력성을 작동시키는 유전자입니다. 암세포의 이 부분을 편집해서 피시술자의 해당 유전자로 교체를 해줍니다. 그러면 맞춤형 암세포 자체가 시술자의 원래 세포를 대체하면서도 생물학적 통합성을 유지할 수 있습니다. 이렇게 유전적으로 변형된 암세포들이 결국 원래의 세포들을 대체합니다. 게다가 이건 주사로도 시술이 가능합니다."

"그럼 이제 다 된 건가?"

"주입된 암세포가 자기들끼리 피시술자의 줄기세포 역할을 하는 게 작동 메커니즘입니다. 너무 노화가 진행되기 전인 세 살 이전에 이 주사를 맞으면 효과가 확실합니다. 그렇지만 네 살에 맞으면 이미 노화가 너무 진행돼서, 변형된 암세포가 정상적으로 자리를 잡아 인체 기관들을 형성할 것이라는 보장이 없습니다. 최악의 경우는 우리가 관찰하는 캔서 12호가 그런 것처럼 그냥 암 환자로 고통받으면서 늙어가는 데, 수명이 다 해도 죽지 않는 경우가 발생할 수 있습니다."

그 자리에 있던 모든 간부가 피천수의 발표를 다 이해하는 것은 아니었다. 특히, 문과 계열 학습을 주로 한 오상환은 정확한 내용을 다 파악하지 못했다. 그래도 모른 척하기는 좀 그랬다. 그는 다른 간부들이 침묵하는 걸 보면서 질문을 하는 선택을 했다. 누구나 할 수 있는 질문을 던졌다.

"3세 이전에 주사를 맞았다 치자고. 그럼 부작용은 없는 건가?"

피천수가 다른 화면을 띄웠다. 인체에 암세포가 퍼지는 시뮬레이션 영상이었다. 주사를 맞은 무릎 부분에 자리를 잡았던 암세포가 점차 몸 전체로 퍼져나가고, 잠시 머뭇거리다가 뇌로도 퍼져나갔다. 짧은 영상을 보여준 뒤 피천수가 설명을 시작했다.

"뇌에 대한 연구가 아직 부족합니다. 유전자 조작된 암세포가 뇌를 장악했을 때, 과연 정상적으로 뇌가 작동할지, 아직 보장까지는 없습니다. 뇌 깊숙한 곳까지 퍼지는 시간을 최대한 항암제로 억제하면, 2년 좀 더 무리하면 3년 정도 뇌세포 장악을 제어할 수는 있을 겁니다. 무릎에 주사를 하면 조작된 암세포가 온몸을 장악하고 뇌까지 도달하는 데 대략 1년, 이후에는 뇌에 항암제 투여를 해서 두뇌 방어, 이렇게 하면 특별한 부작용 없이 6년까지 살 수 있습니다. 호모 섹스투스, 이론적으로는

6년 동안 살 수 있습니다. 캔서 12호가, 암세포가 뇌에 도달한 후 폭력적인 이상 반응이 온 경우인데, 변형된 암세포와 원래의 뇌세포 사이의 관계가 아직 연구 데이터 부족입니다."

집중해서 듣던 석영진이 이해가 쉽지 않다는 표정으로 고개를 가로저었다.

"쉽게 좀 이야기하면 좋겠네. 그러니까 여섯 살이 되면 암세포가 뇌에 침투해서 미친다는 건가? 폭력적으로 변하고?"

"미친다는 표현이…… 틀린 건 아닙니다. 울산병원에 있던 캔서 12호는 뇌에 신종 암이 침투하면서, 지금 표현 그대로라면, 결국 미친 상태가 되어버렸죠. 존경받을 만한 삶을 살았는데 말입니다. 아내는 결국 이혼하고 떠나버렸고, 학교 다니던 딸이 급작스럽게 보호자가 되었습니다. 안타까운 사연입니다. 비록 유전자 조작을 해서 맞춤형으로 디자인한다고 해도 신종 암이 뇌에 침투하면 안전하다고 할 수 없습니다. 상용화하기 위해서는 호모 콰트로스에게 있는 급격한 노화와 같은 일종의 세포 자살 프로그램을 뇌세포에 주입하는 방식이 있을 수 있지만, 이중, 삼중으로 유전자 변형을 일으키는 것이라서 설계 효과가 정확하게 구현될 수 있을지는 불확실합니다. 우리 쪽 엔지니어들이 최종적으로 제안한 방식은 좀 더 실용적이고 확실합니다. 경구 투입 방식으로 일정량의 항암제를 꾸준히 투입하면서 뇌세포로의 접근을 최대한 제어하다가, 6년이 되면 항암제 투여를 급격히 늘리면 됩니다. 그러면 전체적으로 암세포가 괴사하면서……."

조용히 듣던 석영진이 손을 들고 불쑥 개입을 했다.

"결국 여섯 살 되면 자살하는 거랑 같군. 굳이 항암제를 쓸 필요가 있나? 좀 더 간편하게 여섯 살에 자살하면 되는 거 아냐?"

"그게, 합법과 불법의 중간이라서 그렇습니다. 스스로 자살하면 몰라도, 유도하면 명백히 불법입니다."

"어차피 인간 수명에 대한 연구는 공화국 내에서 다 불법이야. 6년 넘으면 험한 꼴 보기 전에 스스로 죽던지, 죽이던지 해야 한다는 거지? 그리고 아주 오랫동안 살 수는 있는데, 미친다는 거 아냐. 결국 법이 아니라 윤리적 문제겠네."

피천수가 잠시 숨을 쉬어 호흡을 가다듬고 연구진들의 최종 결론을 제시하였다.

"뇌세포를 보호하는 항암제를 만들면 됩니다. 동시에 뇌의 노화를 늦추도록 영양 물질을 집중 투여하면, 뇌는 육체수명 4년을 넘어, 6년까지는 충분히 버틸 수 있습니다. 그게 호모 섹스투스 실용화의 마지막 단계입니다."

간단명료한 설명에 석영진은 만족스러운 표정을 보였다.

"완벽을 위해서는 결국 시간이 문제군. 자, 이건 이 정도 하고. 박진호, 한성 AI랑 한성 공장단지, 어디까지 되어있나? 짧게 해줘. 오상환의 창당 이야기도 오늘은 결정을 해야 하니까. 시간이 없네. 울산 놈들, 공장 좀 돌린다고 잘난 척은 엄청 하더니, 썩어도 단단히 썩었어."

이번에는 석영진 바로 옆자리에 있던 박진호가 발표를 위해 앞으로 나갔다. 자기 자리로 돌아가는 피천수를 석영진이 불러 박진호가 일어난 빈자리에 앉게 했다. 그리고 조그만 목소리로 말했다.

"아주 잘했어. 이제 한 단계 넘어갔네."

"네, 고맙습니다. 이건 시작일 뿐입니다."

석영진이 피천수의 어깨를 가볍게 두드렸다.

"그냥 관리만 하는 걸 부탁했는데, 이렇게 멋지게 진짜 전문가 수준으로 문제를 풀어줘서 너무 놀랐어. 고맙다, 천수야."

작은 목소리로 이야기하던 석영진이 약간 목소리를 높여 옆에 있는 사람들도 들을 수 있게 다음 이야기를 했다.

"천수야, 우리가 아직 갈 길이 멀다. 너만 믿는다. 불멸의 암세포를 갖고 있던 캔서 12호, 네 친구 아버지인 것도 알고 있다. 일은 원래 그렇게 하는 거다. 길이 없으면 길을 내면 돼. 정말 마음에 든다, 너."

돌아가신 회사 오너였던 아버지의 뜻에 따라 전혀 새로운 방식의 프로젝트를 준비하던 석영진에게 울산 출신인 피천수는 정치적 포석일 뿐이었다. 그렇지만 그는 이제 이 돌을 좀 더 높고 커다란 그림에 사용해 보고 싶어졌다. 장사꾼의 피를 타고 태어난 석영진에게도 기업가로서의 직관이라는 강력한 힘이 있었다.

#27
태풍 한가운데에서

　태평양에서 올라오는 열대성 사이클론인 태풍은 한반도에서 역대로 늘 큰 문제였다. 그건 호모 콰트로스에게도 마찬가지였다. 기상이변으로 바다에서는 가끔 규모가 큰 토네이도가 문제를 일으키지만, 내륙 지역을 관통하는 대형 태풍 피해의 거대한 규모에 비할 바는 아니었다. 특히, 농촌에서의 태풍 피해는 치명적이었다. 부족한 농산물을 수입해 올 수 있는 다른 나라나 다른 지역이 없기 때문에 식량이 부족하지 않도록 태풍 피해를 최소화해야 했다. 최근에는 다른 경제 부처에 발언권이 밀리기는 했지만, 농업 파트의 발언권은 공화국 내에서 상당히 높은 편이었다.

　해양농림부는 바다를 관리하는 건 물론이고 자연재해로부터 농지를 지켜야 하기 때문에 정부종합청사와 떨어져 공업단지 지역에 위치하고 있었다. 그쪽이 시가지보다는 전력은 물론, 통신 등 모든 인프라가 더 강력한 보호를 받고 있있다. 농림수산부 본부의 핵심부에 위치한 해양농림부 재난상황실은 장관인 박영철과 국장인 차민정이 지휘를 맡고 있었다. 이제 과장으로 승진한 이소영이 현장 오퍼레이터로 실무 총괄을 맡았다. 이소영이 보고 있는 상황실 전면에는 전국의 주요 논밭과 파밍 빌딩, 축산 시설들 그리고 해변 상황이 모니터 위에 떠 있었다.

"AI 현아, 지금부터 야외 논에 대한 태풍 보호 절차 시작해 주시기 바랍니다."

"정부 농업 시설물에 대한 태풍 보호 절차를 시행하기 위해서는 해양농림부 장관과 담당 국장의 인증이 필요합니다."

사무적인 목소리로 AI 현아가 상급 책임자의 인증을 요구했다.

"장관님, 국장님, 인증 과정 시작합니다."

전방 카메라 옆에서 나오는 푸른빛이 박영철과 차민정의 전신을 스캔하기 시작했다. 빛이 한 번 지나가는 걸로 스캔은 끝났다.

"지휘관 인증 완료 되었습니다. 지금부터 전국 295개 논에 대한 태풍 보호 절차 개시합니다."

전국 여기저기 산개한 논 한쪽 면에서 하얀색 커버가 돌돌 밀려 나오며 논 전체를 덮는 모습이 카메라 여기저기에 나타났다. 일반적이라면 논을 아예 강화 소재로 덮어버리는 무리한 방식을 쓰겠지만, 울산공화국은 돈이나 자원을 무리하게 투자해서라도 태풍으로부터 농산물, 특히 쌀과 밀을 지켜야 했다. 농업은 경제이기 이전에 정치이기도 했다. 사람들은 고작 태풍 정도에 식량 부족 현상이 벌어진다는 사실을 받아들이지 못했다.

"저걸로 충분할까? 지난번에는 30군데 이상이 파손되었잖아? 난리 났었던데."

차민정이 스크린을 뚫어지게 쳐다보면서 초조한 목소리로 물었다.

"이번에는 C급 태풍이라서 문제없습니다. 그리고 옥수수 수지 제품이지만, 신소재로 강화 강도를 더 높인 거라서 괜찮습니다. 작년 사고 이후로 이중 격벽으로 처리되었고, 내부에도 충격 완충재를 더 넣었습니다. A급 태풍이 와도 버틸 수 있습니다."

뒤에 편안하게 앉아있던 박영철이 질문을 했다.

"태풍 데이터가 제한적이라서 역시 불편해. 위성은 언제 띄운대? 국무회의에서 준비가 거의 다 됐다는 보고를 받았는데, 혹시 산업부 쪽에서 우리 몰래 띄운 거 아냐? 그쪽 놈들은 비밀이 너무 많아서 도통 믿을 수가 없어. 답답해!"

"장관님, 그럴 리가 있겠습니까? 위성 정보 들어오면 우리가 제일 먼저 알게 됩니다. 우리 부 돈도 많이 들어갔습니다. 우리 돈을 끌어가고 비밀로 할 수는 없지요. 태풍 때는 GPS 드론들이 내려와야 하기 때문에, 위성이 꼭 필요하기는 합니다. 기상청 육상 네트워크 자료랑 현장 카메라 그리고 센서 데이터가 전부지만, 위성을 움직이면 우리도 도움을 많이 받을 겁니다. 보세요, 장관님. 육지는 여기저기 설치한 카메라와 센서들 덕에 그런대로 버티지만, 바다는 GPS 드론들 철수하면 꼼짝없습니다. 설마 산업부에서 위성을 발사했는데, 저희가 모를 일이 있겠습니까?"

차민정이 박영철의 질문에 교과서적인 답변을 했다. 박영철이 차민정의 대답에 피식, 코웃음을 치면서 말했다.

"차민정 국장, 당신도 이제 실무는 그만 손 떼고 좀 더 정치에 익숙해져야 해. 농사가 정성과 기술로만 하는 게 아니야. 국가 경제의 기본이라고 해양과 농업을 합쳐놓았지만, 그건 그냥 하는 말이야. 산업부는 점점 더 커져가고, 금융 쪽은 농업을 아예 무시해. 그걸 푸는 게 바로 정치야, 정치. 나인 투 파이브, 부처 내부에서 열심히 근무한다고 농업을 제대로 할 수 있는 건 아니야. 그래야 당신도 차관 되고, 장관도 되지!"

"장관님, 그런 어려운 건 전 잘 모릅니다. 농업이 좋아서 농업 공무원이 되었고, 짧은 인생이지만 의미 있게 살면 그걸로 충분하다고 생각합니다."

"어휴, 이렇게 꽉 막힌 완전 정부미! 차민정, 너도 참 엄청 고집스럽다. 키워준대도 싫다네."

이때 '삑삑' 소리를 내며 대형 모니터에 비친 동해 쪽 점 세

개가 붉게 빛나기 시작했다. AI 현아가 상황을 알려주었다.

"회항하지 못한 어선 세 척이 동해에 있습니다. 불법 조업 중이었던 것 같습니다."

이소영의 표정이 굳어졌다.

"통신은 어때요? 접촉 가능합니까?"

"통신은 안 받습니다. 울릉도 기지국 레이더에 막 잡혔습니다. 아마 합동 조업 중인 선단이 공해 지역까지 갔다가 이제 막 근거리 레이더에 잡힌 것 같습니다."

모니터를 쳐다보던 차민정의 얼굴이 답답한 심정으로 구겨졌다.

"하이고, 이 태풍에 바다에 나가 있다니! 다 돈 때문이지. 누가 저걸 불법이라고 뭐라 하겠어. 소영, 접촉할 방법 찾아봐."

"네, 지금 기동 가능한 헬기가 울릉도에 있는지 찾아보겠습니다. 중앙재난센터와 상황 공유하고, 긴급 협조 부탁드립니다."

이때 상황실 문이 벌컥 열렸고, 오영거와 경찰들이 들어왔다. 방탄조끼를 입은 수사관들은 상황실에 들어오자마자 몸을 날려 박영철의 두 팔을 제압했다. 순식간에 박영철의 두 손목에는 수갑이 채워졌다.

"경찰 특수업무국입니다. 박영철 해양농림부 장관, 수뢰 혐의로 긴급 체포합니다. 무례를 용서해 주십시오. 배민수 자살 이후로 수뢰 등 부패 혐의에 대한 체포 매뉴얼이 이렇게 우락부락해졌습니다. 너그럽게 이해해 주시기 바랍니다. 여기 체포

영장입니다."

갑작스레 수사관들에게 제압당한 박영철이 무릎을 꿇은 상태로 오영거를 날카롭게 쳐다보다가, 잠시 한숨을 내쉬고 다소 누그러진 목소리로 말했다.

"자네가 지휘관인가? 태풍 상황 마무리할 때까지 잠시만 기다려줄 수 있나? AI 정상 작동을 위해서는 장관 인증이 필요하네."

"그런 지시는 받지 못했습니다. 저희는 그냥 지시받은 대로 공무 집행하는 실무 조사관들입니다."

묵묵히 상황을 지켜보던 차민정이 차분한 목소리로 이야기를 했다.

"기술적으로 지금 장관님 인증이 더 필요한 순간은 없습니다. 저, 영장 잠깐만 보이게 들어주시면 고맙겠습니다. AI 현아, 체포영장 스캔 부탁합니다."

오영거가 체포영장을 정면으로 들었고, 빛이 영장을 지나가면서 순식간에 스캔 작업이 완료되었다.

"급작스러운 외부 요인으로 교란 요소가 생겼을 때에는 여러 방법으로 현장 지휘관에 대한 교체가 가능합니다. 공문서 스캔이 제일 간편하구요."

"네, 협조 고맙습니다. 차민정 국장님이시죠? 자료 파일에서 봤습니다."

박영철은 멍하니 차민정 쪽을 바라보다가 순간 뭔가 깨달은 듯 울컥하는 기분이 들었다.

"정치는 안 한다더니, 나보다 잘하네. 차민정, 날 제치면 니가 장관할 줄 아나? 어림도 없지!"

오영거가 수사관들에게 눈짓을 했다.

"여기 계신 분들 위기 대응 제대로 할 수 있도록 저희는 빨리 자리 비켜줘야죠, 장관님."

재난상황실을 나오면서 오영거는 잠시 주변을 둘러보았다. 순간 이소영과 눈이 마주쳤다. 오영거가 가볍게 목례를 했다.

"현장 여러분, 잠시 소란 피워 죄송합니다. 부패 수사 중인 긴급 상황이라 폐를 끼쳤습니다. 그럼 태풍 대응 잘 부탁드립니다, 국민의 한 사람으로서."

#28
반짝반짝 작은 별

서울에 있는 석영진의 자택은 생각처럼 화려하지 않지만, 넓은 거실만큼은 인상적이었다. 석영진의 아내 허진희가 거실 한쪽에 놓인 피아노로 동요 〈반짝반짝 작은 별〉을 연주하고 있었고, 그 옆에서 석영진과 피천수가 감상하고 있었다. 석영진은 조금 더 진중한 자세로 그리고 영문을 모르는 피천수는 건성건성 듣고 있었다. 피천수는 피아노 연주를 직접 듣는 것이 처음이었지만, 동요를 들으면서 큰 감흥을 느끼지는 않았다. 연주는 금방 끝났다.

"진희, 고마워. 번거롭게 해서 미안하네. 당신 조금만 있다가 다시 볼까?"

허진희가 가벼운 미소를 지으며 거실에서 나갔다. 피천수가 엉거주춤 자리에서 일어나 인사를 했다.

"천수, 이 노래 어때? 아내가 지금은 이렇게 지내도 한때는 공화국 최고의 실력파 피아니스트였어."

"동요 아닌가요? 〈반짝반짝 작은 별〉."

"모차르트야. 그냥 동요는 아니지. 호모 사피엔스 최고의 천재 작곡가라고 불렸던 사람. 자, 모차르트 좀 더 들어볼까?"

석영진이 자리에서 일어나 LP 한 장을 꺼내고 진공관 앰프의 스위치를 돌렸다. 잠시 후 턴테이블이 돌기 시작했고, 〈반짝반짝 작은 별〉 변주곡의 피아노 연주가 거실에 울렸다. 잠시 후 건반이 점점 빨라졌고, 꾸밈음도 화려하게 따라붙기 시작했다. 화려한 변주 부분이 나오기 시작하자, 피천수의 표정이 바뀌었다. 몸을 앞으로 숙이고 조금 더 자세히 듣기 위해 자세를 고쳐 잡았다. 석영진이 LP 커버를 피천수에게 보여주면서 물었다.

"좀 다른 것 같아?"

감동한 표정의 피천수가 가슴에 손을 대면서 말했다.

"가슴이 아픈 것 같습니다. 그냥 동요가 아닌데요?"

"당연하지. 원래 그런 노래야. Ah, vous-dirai-je, maman(아, 어머니 들어주세요), 그런 민요였다더군. 아까랑 뭐가 다른 것 같아?"

"이런 말 하기 좀 그렇지만, 어린이랑 어른이 연주하는 것 같은 차이 같습니다. 아이들 노래와 어른 노래?"

석영진의 입가에 옅은 미소가 흘렀다.

"그거야 그거. 이게 최고 천재라고 하는 모차르트가 26살에 작곡했다는 거야. 더 늦었다는 연구도 있고. 나나 아까 연주한 아내나 아직 3년도 못 살았어. 아무리 천재 모차르트라도 세 살에는 아무것도 못 해. 우리와 호모 사피엔스, 결국은 다 같은 인간이라고 생각하지만, 어쩌면 우리는 감정의 깊이에서는 다 애들일지도 몰라. 지식이나 기능은 빠른 세포들의 움직임과 AI 의 도움으로 어느 정도 따라간다고 해도 감정의 깊이, 특히 예술의 깊이는 어렵다고 봐. 감정적인 측면에서 우리는 모두 미 성숙자들일지도 몰라. 감정이 성숙하기에 4년은 너무 짧지.”

“그렇게 볼 수도 있겠습니다. 그렇지만 우리가 구인류에 비하면 확실히 공감능력은 좋은 거 아닙니까? 공감이 높아지면 감정의 밀도도 좀 더 높아질 수 있지 않겠습니까?”

석영진이 웃었다.

“이 친구, 아직 감정의 성숙이라는 걸 모르는 군. 시간과 경험이 주는 농후함이 예술에는 있어. 어쩌면 우리 4년생은 미처 성숙할 기회가 없이 애들 마음으로 살다가, 애들인 상태에서 몸만 바로 노화가 되는 건지도 몰라. 우린 어쩌면 다 미성숙자 들이야. 모차르트가 서른 다섯에 죽었어. 아마도 우리 중 모차르트가 나오기는 어려울 거야.”

석영진이 자리에서 일어나 LP를 정리하면서 이야기했다.

“천수, 너는 김다익하고 친구지? 울산공화당의 신임 사무총장, 지금 공화국 최고 실세라는 남자.”

“학교를 같이 다녔습니다. 인생 친구입니다. 제가 서울로 온 다음에는 자주 못 봤지만, 한동안 단짝이었습니다.”

석영진이 손목시계의 액정을 터치했다. 홀로그램으로 서류 한 장이 떴다. 김다익과 피천수, 이소영의 얼굴과 이름이 떠있고, 옆으로 그의 아내 오영거 등 관련된 인물 관계도가 나왔다.

"천수, 오영거도 알아? 지금 조사 추진하는 경찰 실무팀 팀장 중 하나."

"당연히 알지요."

"우리 정보 계통 조사로는, 김다익이 경찰인 아내 오영거와 짜고 울산공화당 구권력을 밀어내고, 혁신 그룹이라는 걸로 권력 장악 중이라는 거야. 사실이라면 무서운 놈이지. 좀 치사하기도 하고."

순간 터져 나올 것 같은 웃음을 참으면서 피천수가 말했다.

"다익이는 진짜 아무 생각 없는 애입니다. 그의 아내 오영거가 수사에 끼어있는 건 그냥 우연일 겁니다. 둘이 만나기 전부터 오영거는 그 일을 하고 있었습니다. 둘 다 즉흥적이고 도발적입니다. 진짜 별생각 없이 충동적으로 살아가는 인간들입니다. 둘 다 똑같이 대책 없는 스타일입니다. 교통 단속 걸렸는데, 단속 경찰이랑 딱 눈이 맞았다는 거 아닙니까."

"넌 그렇게 본다고? 알았어."

석영진이 손목시계를 흔들었다. 홀로그램의 서류가 바뀌었다. 이번에는 피천수와 이소영이 카페에서 커피를 마시고 있는 사진이 나왔다.

"두 사람은 무슨 관계야? 이소영은 해양농림부 국장으로 막 승진했는데, 여기도 나름 장관 라인이던데? 결혼할 거야? 너도 결혼이 꽤 늦었는데."

잠시 머뭇거리던 피천수가 복잡한 표정을 지으며 대답했다.

"짝사랑입니다."

"그래? 안타깝네. 요즘에도 짝사랑 같은 게 있나? 안 된다 싶으면 바로 다음 메이팅으로 넘어가는 거 아닌가? 그래서 서울로 왔겠군, 울산을 떠나서. 좀 슬픈 사연이네."

석영진이 시계를 찬 손목을 공중에서 두 바퀴 돌렸다. 공중에 떠있던 홀로그램 자료들이 사라졌다.

"이거, 미안하게 됐어. 짝사랑 이야기를 다 꺼내게 해서. 그래서 천수 니가 수많은 미성숙들 중에서 유독 성숙해 보였을 수도 있겠군. 난 천수, 니가 좋아. 묘한 불균형이 더 마음에 들고. 개인 신상 살펴봐서 미안하기는 한데, 서울에 있던 우리가 울산 출신인 천수를 믿고 큰 투자를 하려면, 좀 알아야 했어. 이해하지?"

뒤적뒤적 LP를 넘겨보던 석영진이 한 장을 골랐다.

"분위기 어색한 거 질색이야! 천수, 슈베르트는 좀 듣나?"

피천수에게 슈베르트는 모르는 이름이었다. 음악을 안 듣는 것은 아니지만, 호모 사피엔스의 고전음악까지 챙겨서 들을 정도의 여유를 가져보지는 못했다. 먹먹한 느낌으로 멍하게 있는 피천수에게 석영진이 LP 커버를 건네주었다.

"슈베르트의 〈아름다운 물방앗간의 아가씨〉, 스물다섯, 아니 우리 나이로는 스물여섯에 작곡한 실연에 관한 연가곡집이야.
1번곡 〈다스 반데른(방황)〉, 딱 천수 니 이야기야."

음악이 흘러나오기 시작했다. 석영진은 눈을 감았다.

"좋지? 이거 제대로 들으려면 독일어도 배우고 싶은데, 인
생이 너무 짧네. 아버지 유언만 아니었으면 나는 음악이나 듣
는 부잣집 도련님으로 그냥 살고 싶었어. 독일어, 프랑스어, 이
런 거나 배우면서 음악 들으면서 한평생 살아도 됐는데. 젠장!
망했어! 영서가 조금만 나이를 더 먹었어도 나는 그냥 놀았을
텐데."

"그럴 리가요. 저는 상상하기 어려운 세상에서, 저는 해보고
싶지 않은 일을 하고 사시는 분 아니십니까? 모차르트, 슈베르
트, 이런 세상 있는 줄도 모르고 살았습니다."

눈을 지긋이 감고 슈베르트를 듣던 석영진이 벌떡 눈을 뜨고
는 피천수를 쳐다봤다.

"지난번에 신종 암세포를 추출한 캔서 12호가 이소영의 아
버지라는 사실을 듣고 나도 참 먹먹했어. 나도 참 다크한 인간
인데, 나만큼 다크한 사람이 또 있네, 그랬지. 그때 피천수, 너
에게 진짜로 투자해도 된다는 생각이 딱 들었어. 서울에는 탐
욕만 있고, 해결 능력은 없는 놈들투성이야. 호모 섹스투스, 너
아니었으면 여기까지 못 왔어. 이제부터는 네가 우리 일의 선
장을 해줘도 될 것 같아."

"저는 아직 회사 일이 익숙하지 않고, 서울 사람들도 잘 모

럽니다."

석영진이 피천수의 어깨를 토닥이면서 말했다.

"내 동생 영서와 영난이 있어. 내부의 복잡한 일들은 걔들이 처리해 줄 거야. 문제없어. 난 이 일을 진짜로 되게 하고 싶다, 천수야! 좀 도와다오."

#29
10월의 어느 멋진 날에

공화국에 폭풍의 전조가 흐르는 것과는 무관하게 김다익, 오영거 부부의 네 번째 아이가 태어났다. 이름은 원호. 이번에도 오영거가 직접 이름을 지었다. 아이는 이제 생후 4주차가 되었다. 장년생의 나이로 계산하면 돌 지나고 두 달 남짓한 정도다. 덩치는 돌 막 지난 아이와 크게 다르지 않지만, 생존을 위한 몸부림은 훨씬 더 강렬하다. 자는 시간 자체가 적고, 끊임없이 몸을 움직여 스스로 근육 쓰는 법을 익혀나간다. 그리고 어른들의 행위를 끊임없이 모방하려고 한다.

김다익 아파트의 거실에서 원호가 전기포트 앞에 앉아 물이 끓기를 기다리고 있었다. 물이 끓는 동안 조심스럽게 컵라면 포장을 벗기고, 뚜껑을 열었다. 딱딱한 면 위에 놓인 스프를 꺼내 옆으로 던졌다. 아기들에게 라면 스프는 아직 너무 자극적이다. 잠시 후 물이 끓었다. 원호는 전기포트의 물을 천천히 컵라면 위에 붓고, 뚜껑을 덮은 후 기다렸다. 잠시 후 원호가 포크를 들고 용기 안의 라면을 후후 불면서 앙증맞게 먹기 시작했다.

4주 된 원호가 컵라면을 끓이는 모습을 숨죽이고 지켜보던 어른들이 일제히 박수를 쳤다.

"벌써 세 번째, 아니 쌍둥이가 있으니까 네 번째 보는 건데도, 참 적응이 안 되네요. 컵라면 말고 좀 좋은 거 먹게 해주고 싶은데, 이 단계를 넘어야 다음 단계로 간다니까요."

엄마인 오영거가 제일 먼저 입을 열었다. 물끄러미 아이 얼굴을 바라보던 이소영이 바닥으로 몸을 낮추고 원호에 좀 더 가깝게 갔다.

"얘도 원우만큼 다익이, 똑 닮았네."

이제 학교 갈 나이에 가까워진 원주와 원정, 쌍둥이 딸들을 양팔에 하나씩 올려놓고 놀아주던 김다익의 이마에 땀이 맺혔다. 옆에서 지켜보고 있던 피천수가 소파에서 김다익 곁으로 다가섰다.

"자, 어린이들. 이제 천수 삼촌이랑 교대하자. 아빠 땀투성이다. 이러다 쓰러지시겠어."

원주와 원정이 피천수의 팔로 올라갔다. 생각보다 무거운 느낌에 피천수의 얼굴에 당황하는 모습이 역력했다.

"원우는 이리 와서 엄마 좀 도와라. 손님들 배고프시겠다."

생후 10개월인 원우는 이제 졸업이 두 달 남았다. 키가 어느덧 아빠만 해졌다. 지쳐서 바닥에 앉아있던 김다익이 정색을 하면서 일어났다.

"당신은 오늘은 그냥 쉬어. 밥도 내가 했는데, 차리는 것도 내가 해야지. 오늘은 티 좀 내보려고. 원우야, 니가 아빠 좀 도와라."

"다익이가 밥도 해? 신기하네. 그런 건 전혀 할 줄 몰랐잖아."

이소영이 누워있는 아이를 안으면서 말했다. 김다익이 새끼손가락에 있는 물고기 반지를 보여주었다.

"우정반지 나눈 친구들인데, 밥 정도는 내가 해 먹여야지. 애들 키우다 보면 다 밥도 하게 돼. 맨날 외식했다가는 파산이야! 앞으로는 더 바빠져서, 당분간 이렇게 다 모여서 밥 먹기도 어려울 거야. 더 늦기 전에 밥 한번 해주고 싶었어. 밥 차리는 동안 노래나 듣자. 너네 혹시 이 노래 좋아하나? 아주 옛날 노래인데. 아리야, 〈10월의 어느 멋진 날에〉 노래 틀어줘."

노래가 흘러나오기 시작했다. 전주가 나오는 동안에 김다익과 아들이 음식을 테이블로 나르기 시작했다. 어느덧 김다익이 노래를 따라 부르기 시작했다. 오영거가 접시를 들고 옮기려 하자, 아들인 원우가 접시를 뺏어 들었다. 그리고 억지로 밀어서 식탁 테이블에 앉게 했다.

"엄마, 오늘은 그냥 좀 쉬세요. 늘 피곤하시잖아요."

밀려서 식탁에 앉은 오영거의 눈이 먼저 앉아있는 이소영과 마주쳤다.

"소영 씨, 이런 거 물어보기는 좀 그렇긴 한데, 결혼은 안 하시나요? 몇 달 지나면 우리 모두 네 살이에요. 인생 절반 이상이 이미 지나갔어요."

"아버지가 아직 편찮으세요. 요즘은 제 손이 직접 가는 건 아니지만요. 가끔은 꼭 결혼을 해야 하는 건가 싶은 생각도 들고요. 평생 솔로로 살아가는 사람도 점점 늘어난대요. 좀 더 생각해 보고 하려고요."

"생각 좀 해보겠다는 사람이 저기 또 있죠?"

피천수가 거실 바닥에 누운 채, 그 위에서 쌍둥이들이 뛰어놀고 있었다. 노래는 점점 클라이맥스로 향하고 있었다. 김다익 역시 열심히 따라 부르고 있었다. 그도 바리톤 음색이었다.

"살아가는 이유

꿈을 꾸는 이유

모두가 너라는 걸

네가 있는 세상

살아가는 동안

더 좋은 것은 없을 거야

10월의 어느 멋진 날에."

피천수의 시선이 목청껏 노래를 부르는 김다익에게서 떨어지지 않았다. 그는 처음 듣는 노래였고, 김다익이 그렇게 노래를 부르는 것도 처음 보았다. 그때 피천수나 김다익이나, 이 시간이 함께 밥을 먹는 마지막 순간인 될 줄은 몰랐다. 사실 그런 걸 미리 알기는 어렵다. 인생의 중반부를 지나는 두 남자, 그들은 각기 다른 방향으로 가는 열차에 타고 있었다. 시간이 지나면 지날수록 다시 만나기 어려운 곳으로 점점 더 멀어져 갈 것이다.

4장

공화국의 대통령

#30
연안어업을 어떻게 할 것인가

가을이 깊어지면서 울산공화당의 사무총장 김다익이 본격적으로 사람들을 만나기 시작했다. 그는 진짜로 어떤 종류의 혁신이 필요한 것인지, 공화국이 어떻게 운영되는 게 맞는지 이해를 하고 싶어졌다.

해양농림부 장관실에서는 울산공화당 지도부들과의 회의가 한창 진행 중이었다. 전임 장관의 구속으로 공석이 된 자리에 차민정이 임명되었고, 이소영은 기획국장으로 승진했다. 차민정과 분석관들이 뒷자리에 배석했고, 건너편 자리에는 사무총장 김다익과, 혁신파를 이끌고 있는 박상인과 최선아가 앉았다.

"한참 바쁘실 텐데 시간을 뺏게 되어 죄송합니다만, 워낙 복잡한 사안이라서 이렇게 요청을 드리게 되었습니다."

"별말씀을 다 하십니다. 바쁜 거로는 지금 공화국에서 총장님보다 더 바쁜 사람이 있겠습니까? 게다가 우리 해양농림부 쪽에서는 최근 농지 보존 쪽으로 여러 가지 힘을 실어주셔서, 다들 깊게 감사하고 있습니다."

손을 내저으며 김다익이 말을 이어나갔다.

"산업 파트와 그 이야기 무마하느라 아주 힘들었습니다. 말 나온 김에 아주 어려운 이야기 상의드리려고 오늘 자리를 청했습니다."

"뭔가요? 총장님 일이라면 저희도 최선을 다해서 돕겠습니다."

"연안어업 금지에 관한 건입니다. 과학계 원로원에서 최근의 수산물 산업 감소에 관해 아주 깊은 우려를 보냈습니다. 지금 대양에는 충분한 어족 자원이 있지만, 근해에는 점점 줄어들고 있다는 자료들이 아주 많네요. '지속가능한 어업을 위한 연안어업 금지', 이걸 꼭 해야 하나, 대안은 없나, 현실적 절충안 등을 고민하던 중이었습니다. 게다가 최근 해안에 토네이도도 점점 증가해서, 잠수 기능이 없는 재래식 소형 어선도 점점 더 위험해지는 중이구요. 우리끼리 고민만 하고 있을 게 아니라 장관님 직접 보고 상의하는 게 나을 거 같았습니다."

난감한 표정을 지은 차민정이 이소영 쪽을 바라보았다.

"해양과 농업 모두 우리 부에서 관리하고는 있는데, 수산 쪽은 아무래도 여기 이소영 국장이 좀 더 이해가 많을 겁니다. 이 국장 생각은 어때?"

이소영이 김다익을 정면으로 직시하면서 대답하였다.

"우리 부 입장에서는 절대 곤란하죠. 현재 어민 상당수가 소규모 연안어업이고 맨손어업도 상당 부분 있습니다. 그걸 전면 금지한다고 하면 정말 폭동 납니다. 울산 인근 어민들이 당장 내일부터라도 저 앞에서 매일 피켓팅 할 겁니다."

"그거야 당연하겠지. 그래도 이소영 국장, 우리 부 입장을 좀 더 솔직하게 이야기해 주면 안 될까? 어차피 닥쳐야 하는 문제인데, 우리 속사정도 좀 알려주면 좋겠네."

이소영이 숨을 한 번 깊게 쉬었다.

"지속가능성이 문제라면 맨손어업이야 건드릴 것 없구요. 규모도 작고, 도움이 되면 도움이 되지 문제될 건 없습니다. 이건 저희가 방어할 수 있습니다. 사실 일부 어민들 중에는 좀 더 규모화해서 원해로 나가는 사업을 하면서 선단을 키우고 싶다는 생각이 있습니다. 그런데 이게 당장은 어려운 것이, 결국은 자원과 에너지 문제입니다. 신규 철강 자체에 대한 공급이 없으니까 그런 대형 선박과 선단을 건조할 여건이 안 됩니다. 우리가 자원 부족으로 태평양, 혹은 그 너머로 나갈 원해용 대형 선박이나 심지어 비행기를 못 만든다는 것과 같은 문제입니다. 에너지도 마찬가지입니다. 전기엔진으로는 현실적으로 거리 제약이 존재합니다. 그렇다고 바이오 디젤을 대규모로 하기에는 농업 생산이 뒷받침이 안 되고, 태양광도 한계가 있습니다. 현재로서는 연안어업 금지는 기술적으로 불가능합니다."

이소영의 설명을 들은 김다익이 천천히 입을 열었다.

"결국은 닭과 달걀 같은 이야기네요. 언젠가 해외의 자원을 확보해야 대형 선박도 만들고, 비행기도 만들 수 있게 되는 거군요. 게다가 고밀도 에너지가 안정적으로 확보가 되어야 근교 어업 금지가 기술적으로 가능할 수 있다는 거고. 사회적인 문제는 풀었다 치더라도 말입니다."

분위기가 다소 딱딱하게 군자 장관인 차민정이 입을 열었다.

"뭐, 정책도 결국 정치의 연장이라서 우리도 양보할 여지가 아주 없지는 않네요, 총장님. 어족 재생산에 위기가 온 지역 일부분에 금어 기간 같은 것을 좀 적극적으로 도입하는 정도는 저희도 긍정적으로 검토해 볼 수 있습니다. 그 대신 양식업 쪽에 좀 더 많은 지원을 해주면 반발과 충격을 완화할 수 있을 겁니다."

옆에서 묵묵히 이야기를 듣던 박상인이 작은 목소리로 개입을 시도했다.

"총장, 그 정도 안은 우리도 가지고 있어. 보다 근본적인 문제는⋯⋯."

김다익이 손목에 손을 얹으며 가볍게 제지했다.

"지금 여기서 정책 협의를 하자는 건 아닙니다. 우리에게 그럴 권한도 없고요. 무엇보다도, 대체 무슨 이유가 있어서 경제계, 특히 산업계에서 뇌물까지 주면서 해결해야 하는지, 어떻게 그런 요소를 없앨 수 있는지, 그런 걸 살펴보는 과정입니다.

선배, 내용만 숙지하면 그걸로 충분해요. 장관님, 기왕에 만났는데, 혹시 저에게 부탁하고 싶은 건 없나요? 해결은 장담할 수 없어도, 최선을 다하겠습니다."

경계심을 늦추지 않고 있던 차민정의 얼굴이 스르륵 풀렸다. 그리고 궁금증으로 눈동자가 커졌다.

"제가 궁금한 게 좀 많아요. 정말 많습니다, 많지요. 최근 공화당 사무총장 중에서 이렇게 바다에 관심을 가졌던 사람은 처음입니다. 그것도 궁금하고요. 다음 대통령으로 상당히 유력하다는 소문도 궁금하고요."

김다익은 엄숙한 표정을 유지하려 애썼지만, 훅하고 밀고 들어오는 차민정의 질문 세례에 결국 웃음을 참지 못했다.

"저, 장관님. 죄송한데, 성실하게 답변 드리기는 좀 어려울 것 같습니다. 저라고 뭐 특별히 바다에 대해서 알겠습니까? 여기 있는 이소영 국장이 사실 학교 때 절친이었습니다. 주워들은 게 좀 있다 보니까, 좀 더 관심이 갔지요."

사적인 이야기가 시작되자 분위기는 부드러워졌지만, 회의를 준비한 박상인과 최선아는 망했다는 표정으로 고개를 푹 숙였다. 이소영도 민망해하면서 계속해서 시선을 다른 곳으로 돌렸다. 주변을 잠시 둘러본 차민정이 밝은 웃음을 터뜨렸다.

"하하, 정말 장관 되고는 처음으로 이렇게 웃네. 야, 김다익 총장, 매력적이네. 정치인 안 같아. 보통 정치인들은 분위기를 딱딱하게 만들어서 결국 내가 무기력한 마음이 들게 만들고는 하죠. 기승전 그리고 '나 좀 도와줘', 늘 이런 거였습니다. 정치인들과 회의할 때면 그런 분위기에 휘말려 미리 짜인 구도로 들어가지 않으려고 노력하는 편이었습니다. 김다익 총장은 나름 분위기를 가지고 노네요, 아주 부드럽게. 멋집니다! 간만에 유쾌해졌어요."

김다익과 그의 동료들은 부패해서 뇌물이나 주고받는 사람들이 아니라, 그런 일이 벌어지게 되는 구조를 찾고 있었다. 건국 이후로 많은 문제를 해결하면서 번영의 길을 가고 있는 공화국 내부에서는 물질과 에너지 관계에서 지금 넘어갈 수 없는 모순에 부딪혀 있다. 나쁜 사람이 나쁜 놈이 아니라, 나쁜 사람이 진짜로 나쁜 일을 하게 되는 구조가 나쁜 것이라는 게 김다익과 그의 동료들이 내부에서 내린 잠정적 결론이었다.

#31
공장들의 도시, 울산

사포엔치 바이러스는 처음 발견한 사포엔치 박사의 이름을 따서 붙어졌다. 인간의 생식세포를 집중적으로 공격하던 사포엔치는 5세대 사포엔치로 급격한 변이를 이루면서 60세 이상 노인들에게 무서운 치사율을 보이게 되었고, 결국 문명으로서 호모 사피엔스가 붕괴하게 되는 결정적 요인을 제공했다. 이후, 많은 도시에서 뮤턴트인 호모 콰트로스들이 등장했지만, 울산 지역의 울산 게토에서만 생존에 성공한 것은 우연이었다. 공교롭게도 산업도시인 울산에는 많은 공장을 비롯한 생산 네트워크들이 있었고, 인공지능의 도움으로 생산 능력을 확보한 4년생들은 이 시기에 문명의 절정으로 향하고 있었다. 그렇지만 누적된 문제들이 곳곳에서 산발적으로 문제를 일으켰다. 위험 신호를 포착한 것은, 대개 너무 문제가 커진 다음이다.

울산자동차의 어느 한 조립 공장, 김다익과 동료들이 막 자동차 조립 공정을 돌아보고 나오는 중이었다. 들어갈 때에는 없었던 헬리콥터 한 대가 공장 앞마당에 착륙해 있었다. 헬리콥터 앞으로, 이제는 은퇴한 자동차 업계의 대부이자, 산업부 장관 출신인 오영수가 온화한 얼굴로 김다익을 기다리고 있었다. 백발이 자연스러운 오영수가 먼저 손을 내밀며 악수를 청했다.

"김다익 총장? 오영수라고 하오."

"오 장관님, 잘 알고 있습니다. 안 그래도 찾아뵐 생각이었습니다."

"총장, 이 늙은이랑 잠시 산책이나 할 수 있을까?"

오영수가 김다익의 뒤에 서있는 박상인과 최선아를 쳐다보면서 편안한 음성으로 말했다.

"당신들도 함께 가지. 저래 보여도, 자리는 넉넉해."

일행이 올라타자 헬리콥터가 굉음을 내며 출발했다. 김다익과 나란히 앉은 오영수는 노스탤지어에 가득 찬 표정으로 울산 시내를 내려다보았다.

"참 공장 많아. 울산, 여기가 공장의 도시야. 위에서 보면 산과 나무만 많다가 갑자기 바다랑 공장이 나와."

"네, 그렇습니다. 공화국의 힘이 여기에서 나온다고 알고 있습니다."

김다익은 대답을 하면서도 몸이 긴장으로 덜덜 떨리는 것을 느꼈다. 김다익은 당대표는 물론이고 총리와 대통령도 만났다. 생각보다 자주 만났다. 그렇지만 오영수는 인간의 사이즈 아니 볼륨 자체가 아예 달랐다. 자동차 산업만이 아니라 산업 자체를 대표하는 그런 사람은 일찍이 없었고, 오영수는 그 자체가 산업이었다. 민간 업체의 경영자였지만, 자연스럽게 모두 그가 산업부 장관이 되어야 한다고 생각했다. 아니, 그가 원했다면 대통령도 되었을 것이다.

"공화국의 힘이라고 하셨나? 아니지, 인류의 힘 그 자체지. 5세대 사포엔치 바이러스가 인간 노인들을 먼저 공격하면서 대혼돈에 빠졌을 때, 하필이면 여기 이 울산에도 호모 콰트로스, 우리의 게토가 생긴 건 진짜 우연이야. 그리고 전 세계 게토가 결국 호모 사피엔스의 공격으로 다 무너졌을 때, 여기 울산 게토가 버텨낸 것도 우연 중의 우연이라고 해야겠지. 공교롭게도 배, 자동차, 화학, 온갖 공장들이 여기에 있었거든. 거기에서 다시 일어날 힘이 생겼지."

"네, 저도 역사로 배웠습니다. 덕분에 게토가 빠르게 안정되었고, 울산 게토가 결국 울산공화국으로 탄생하게 된 배경이라고 알고 있습니다."

"우리에게 운이 있었던 건지, 일이 기가 막히게 잘 풀렸어. 초기 울산 게토에 들어온 뮤턴트들 중에는 엔지니어와 과학자가 꽤 있었어. 우리 선조도 그중에 한 명이었고. 뭐, 초기에 공장 접수할 때에는 AI의 도움을 많이 받았지. 호모 사피엔스들은 사라졌지만, 그들이 운용하던 서버 데이터는 남아있었거든."

오영수의 말이 길게 이어지기 시작했다. 어느덧 헬리콥터는 해안가를 향하고 있었다.

"늙은이가 말이 많지? 초창기에는 정치인과 엔지니어, 기술자, 그런 구분이 없었어. 우리는 지금도 장사는 잘 못해. 만드는 것만 할 줄 알지, 장사는 서울 놈들이 잘하지. 돈은 결국 그놈들이 다 벌어 갔어. 게토가 공화국이 되고, 커지다 보니까 이제는 다 각각의 개성이 생겼어."

"네, 장관님. 지금은 엄청 복잡해졌습니다. 게다가 소비 규모가 너무 커져서, 에너지는 어떻게 어떻게 버틴다고 해도 자원 자체가 시스템을 감당하지 못합니다. 광물 자체가 이 땅에는 거의 없어서, 재활용으로 버티는 것도 이제는 거의 한계입니다."

에너지와 자원 이야기가 나오자 좌석에 느긋하게 기대어 있던 오영수가 몸을 일으켜 세워서 김다익을 쳐다보았다.

"다익, 자네가 당 혁신을 이끌어 간다고 했지? 이 늙은이, 평생 한번도 부탁해 본 적이 없네. 사장 시절에도, 장관 시절에도, 부탁할 일이 없었어. 난 합리적인 의사결정만 했거든. 요즘 얼라들이 잘못을 했어. 하여간 그 얼라들이 문제야. 문제에 부딪히면 문제를 풀어야지, 그걸 피해 가려다가 이 꼴이 되었네. 내 자네에게 부탁 한번만 하세."

김다익은 몸에 힘을 주고, 정신을 바짝 차렸다. 느긋하게 역사 이야기를 듣고 있을 때가 아니었다.

"장관님, 이렇게 그냥 넘어갈 수 있는 일이 아니고, 제가 어쩔 수 있는 권한이 있는 것도 아닙니다. 솔직히 지금이 공화국의 위기이고, 문명의 위기입니다. 이렇게 부패가 퍼져나가면 나중에는 손을 댈 수가 없어집니다."

오영수가 고개를 저었다.

"봐달라는 게 아닐세. 우리도 그 얼라들한테 다 화가 나있어. 기가 막혔지. 공장에서 죽어라고 일한 죄밖에 없는데, 돈을 왜 줘? 자기 돈도 아니면서 말이야. 이번에 문제 일으킨 얼라들은 다 자네들한테 내어줄걸세. 며칠 내로 죄 있는 놈들은 다 가서 자수할 거야. 내 진짜 부탁은 문제를 그냥 뭉개달라는 게 아닐세."

뒷자리에서 묵묵히 듣고 있던 박상인과 최선아의 이마에 땀이 송골송골 맺혔다. 두 사람은 오영수의 진의를 파악하느라 머리가 욱신거렸다.

"다익, 자네가 울산이 공장들의 도시로 남을 수 있게 문제들을 풀어주게. 얼라들이 모자란 처신을 했어. 그게 다 풀 수 없는 문제가 있어서 그런 거 아니겠나? 문제는 그냥 두고, 손에 돈 묻힌 놈들 탈탈 털어내면 결국 여기 공장들은 문을 닫고 마네. 나도 자네의 혁신을 지지하네만, 피바람만 풍긴다고 세상이 좋아지는 건 아니야. 나이 많은 대가리들 싹 다 정리해 줄 테니까, 실무자들은 좀 넘어가 주게. 그리고 진짜 문제를 자네가 좀 풀어줬으면 좋겠어. 내가 할 수 없는 일이야, 이제는."

바다 꽤 먼 곳까지 나갔던 헬리콥터가 다시 육지 쪽으로 방향을 틀었다. 김다익이 뒷좌석에 앉은 박상인과 최선아를 돌아보았다.

"장관님, 문제는 풀라고 있는 겁니다. 저와 동료들이 한번 잘 풀어보겠습니다."

"그렇게 씩씩하게 말해주니 고맙네. 고약한 짓 한 얼라들은 내 며칠 내로 자수하도록 조치하겠네. 일단 이 문제는 그렇게 정리하자고. 그리고 자네가 진짜 문제를 풀 수 있도록 내 물심양면으로 돕겠네."

헬리콥터가 다시 처음 출발했던 공장 앞마당에 착륙했다. 김다익 일행이 짧았던 미팅을 끝내고 헬리콥터에서 내렸다. 오영수는 헬리콥터에서 손을 흔들었고, 헬리콥터가 다시 하늘로 날아올랐다.

자동차 공장이 보이는 건너편 공장 옥상에서 의문의 사내가 망원렌즈가 달린 카메라로 이 광경을 촬영하고 있었다.

#32
다시 첫눈

울산에 있는 대형 쇼핑몰은 전부 한성유통 소유다. 그럴 수밖에 없는 게 대형 쇼핑몰 시스템의 도입 자체를 주도한 것이 한성유통이었다. 일부에서는 반대도 있었지만, 공화국 경제가 안정되면서 소득, 특히 중산층 소득이 늘면서 좀 더 화려한 쇼핑몰이 인기를 끌었다. 해외여행 같은 게 있을 수 없는 상황이니까 번 돈의 상당 부분을 가족들과 쇼핑몰의 다양한 가계에서 쓰는 게 문화 패턴이 되었다. 물론 이건 공식적인 해석이고, 현실에서는 그 욕망 자체가 한성유통이 기획한 작품이었다. 학자들은 욕망에는 별로 관심이 없지만, 세상의 많은 것은 대중의 욕망과 함께 움직인다. 그건 호모 콰트로스의 세계에서도 마찬가지였다. 학자들은 중산층의 욕망이 쇼핑몰 전성시대를 만들었다고 하지만, 마케팅의 눈으로 보면 쇼핑몰이 욕망을 자극

하고 새롭게 만들어 낸 것이었다. 여러 물류 중에서도 대형 쇼핑몰의 성공은 한성유통의 약진을 이끌었고, 동시에 힘의 축을 울산에서 서울로 옮아가게 만들었다. 돈은 쓰면 쓸수록 줄지만, 욕망은 쓰면 쓸수록 늘어난다.

울산의 한성쇼핑몰 중구센터, 맨 위층에 있는 카페에 30대로 보이는 한 여성이 넓은 창문 바로 옆 테이블에 혼자 앉아있었다. 창밖으로는 눈이 내리기 시작했다. 피천수와의 약속 시간을 기다리면서 혼자 책을 읽고 있던 이소영이, 책을 잠시 덮고 내리는 눈을 물끄러미 바라보았다.

갑자기 헬리콥터 소리가 요란하게 들렸다. 이소영의 잔에 들어있던 커피가 살짝 흔들렸다. 때 아닌 헬리콥터 소리에 이소영이 잠시 눈살을 찌푸렸다.

쇼핑몰 옥상에 착륙한 하얀색 헬리콥터에서 긴 코트를 입은 피천수가 내렸다. 그의 뒤를 따라 수행원 네 명이 같이 내렸다.

잠시 후, 이소영 앞에 피천수가 도착했다. 건장한 남자들이 피천수를 따라 카페 안으로 들어왔다. 피천수의 수행원을 본 이소영은 잠시 당황스러운 표정을 보였다.

"안녕, 시간 내줘서 고마워."

"친구가 보자고 하는데, 그 정도 시간은 낼 수 있지."

피천수가 뒤의 수행원들에게 말했다.

"죄송한데, 잠시만 자리를 피해주시겠어요?"

피천수의 지시를 받은 수행원들이 입구 쪽 테이블에 앉았다.

"설마 아까 그 헬기 소리, 네가 타고 온 것? 와, 피천수 출세 했네."

"시간이 없어서 그래. 일단 아버지 이야기부터. 아버지는 잘 지내셔, 아직까지는."

"그래, 고맙다."

피천수가 덤덤한 목소리로 말했다.

"이제 우리가 세 살이잖아. 원래는 이미 돌아가셨어야 할 연세야. 그런데 아버님은 아마, 우리보다 오래 사실 거야. 아니, 이미 우리보다 오래 사셨어."

아버지 이야기에 이소영은 잠시 머리가 아득해지는 느낌이 들었다.

"혹시 네가 원한다면 안락사는 가능해. 원래는 안 되지만, 친구한테 줄 수 있는 가장 큰 선물로는, 솔직히 아버지 안락사야. 내 선에서 그렇게 할 수 있고, 그게 그분한테 너와 내가 해드릴 수 있는 최대한의 배려일지도 몰라. 정상적인 의식은 이미 없고, 본능만 남아있어. 좀 잔인한 말일지는 모르지만. 생명체이기는 하지만 사람은 아냐."

"그게 신종 암 증상이라며. 나도 들었어. 그래도 해보는 데까지는 해보는 게⋯⋯."

"회사 입장에서는 최대한 관찰하는 게 이익이야. 신종 암 환자 수명에 대한 데이터도 얻을 수 있고. 아버지 안락사는 내가 너한테 줄 수 있는 가장 큰 선물이야. 나도 크게 마음 먹고 말하는 거야."

이소영의 표정에 고통이 가득해졌다.

"시간을, 시간을 조금만 줄 수 있을까?"

"그건 원하는 대로 해. 그렇지만 내가 힘이 있는 동안에만
할 수 있는 거라는 걸 알아주면 좋겠어. 회사 방침을 처음으로
거스르는 거야. 그래도 너한테 제일 중요한 거 하나는 꼭 주고
싶은 게 내 마음이야."

"미안해. 자꾸 너를 곤란하게 하네. 그래도 지금 바로 결정하
기는 너무 어려워."

"마음 정해지면 이야기해. 내가 퇴사하거나 밀려나면 해줄
수 없는 일이야. 너한테 프러포즈 하면서 내가 줄 수 있는 가장
큰 선물로 선택한 게 안락사야."

피천수가 속주머니에서 반지함을 꺼내 열었다. 화려한 모양
의 다이아몬드 반지가 들어있었다.

"이소영, 난 너랑 결혼하고 싶어. 늦었지만 이 이야기는 꼭
하고 싶었어."

이소영의 표정이 순간 차가워졌다.

"난 결혼 안 한다고 했다."

"다익이는 벌써 애가 넷이야. 걔는 걔 세계로 갔고, 아버지도
이제는 우리가 어쩔 수 없는 곳에 계신 거야. 남은 건 너와 나
뿐이야. 울산학교에서 처음 봤을 때부터 소영이 네가 좋았고,
결혼하고 싶다고 생각했어."

이소영이 피천수가 내민 반지를 밀어냈다.

"마음은 고마워. 그렇지만 나도 내 삶이 있어. 너와는 안 맞아."

이소영이 새끼손가락에 끼고 있는 물고기 반지를 내밀었다.

"이 우정반지로도 충분히 고마워."

피천수는 담담한 표정으로 테이블 위의 반지를 다시 이소영 쪽으로 밀었다.

"그냥 갖고만 있어줘. 그것만으로도 난 행복할 수 있어."

이소영이 당황스러운 표정을 지으며 반지를 손에 들고 살펴보았다. 다이아몬드가 크기도 했지만, 세공도 무척 화려했다. 이런 데 익숙하지 않은 이소영에게는 이 반지가 어느 정도의 가치를 가지고 있는지 가늠도 되지 않았지만, 무척 비쌀 것이라는 사실은 알 수 있었다.

"너 좀 변했다."

"너한테 프러포즈 한번도 못 하면 평생 후회할 것 같았어. '내 아를 낳아도', 그런 친구들도 있다는데, 내가 그럴 수는 없잖아."

이소영이 피식 하며 웃음을 터트렸다.

"내 아를 나아도? 너 그랬다가는 이 자리에서 나한테 맞아 죽었어."

"졸업할 때 그냥 프러포즈 하고 맞아 죽을 걸 그랬나? 오랫동안 머뭇머뭇한 게 계속 후회됐어. 지금도 마찬가지야. 오늘도 그냥 넘어가면 죽을 때까지 후회할 것 같다. 소영, 진짜로 사랑해. 널 위해서 그리고 날 위해서, 이제 열심히 살 거야. 혹시 느껴지는 게 있으면 언제든 연락해."

피천수가 코트를 들고 자리에서 일어섰다.

"자, 또 보자. 일정이 빡빡하네. 그리고 아버지 문제는……
잘 생각해 봐. 난 네가 하자는 대로 할 거야."

피천수가 카페 문을 열고 밖으로 나갔다. 그의 뒤를 따라 수행원들이 움직였다. 이소영은 피천수가 남기고 간 반지를 만지작거렸다.

밖에는 눈이 더욱 굵어져 함박눈이 되었다. 피천수는 헬리콥터에 올라타기 전 쇼핑몰 옥상에서 아래를 돌아보았다. 눈 사이로 익숙한 울산 시내의 정경이 보였다. 그렇지만 이제는 다시 서울로 돌아갈 시간이었다. 피천수가 올라탄 헬리콥터가 굉음을 내며 옥상에서 날아올랐다.

같은 시간, 울산 외곽의 물류 창고 옆 넓은 공터에서 몸집이 큰 전투용 검은색 무장 헬리콥터 두 대가 이륙을 했다. 공화국에서는 쉽게 보기 어려운 전투 헬리콥터였다. 속도를 올린 헬리콥터들은 울산 외곽을 통과하는 피천수의 헬기 후미에 따라붙었다. 피천수를 호위하기 위한 헬리콥터였다. 헬리콥터들은 삼각 편대를 형성하면서 경주 상공으로 접어들었다. 울산의 활기찬 모습과 달리 방사능 오염 지역인 경주는 주거지 없는 휑한 모습이었다.

#33
조폭 수사대

간만에 정복을 입은 오영거가 경찰청 조직폭력배 수사대 대장 최종묵의 방에 들어가 거수경례를 했다. 최종묵이 반갑게 맞았다.

"영거, 우리끼린데 뭐 이런 경례를 하고 그래. 조폭 수사대는 익숙하지? 비리 수사 전에 원래 있었던 데 아냐."

"네, 익숙합니다."

최종묵은 소파 위를 손으로 툭툭 털어내며 오영거에게 자리를 권했다.

"앉아. 돈 준 놈들 줄줄이 자수하는 중이야. 아주 잘했어."

소파에 앉으며 오영거가 말했다.

"그게 다였겠습니까? 더 위로, 더 털어야 합니다."

"알아, 알아. 이번에 신입 지원한 사람들 서류 봤더니, 여경

들은 전부 다 지원 동기가 다 '오영거 팀장님 같은 사람이 되고 싶습니다'야. 요즘 경찰 인기가 상종가야. 대단해 영거."

"아닙니다, 저는 실무만 합니다."

"우리끼리니까 내 솔직히 말하지. 공화국에서 대선 캠페인이야 어차피 형식적인 거고, 영거 남편이 대통령 후보로 나서는 마당에, 영거도 너무 정치적인 일에는 관여하지 않는 게 좋다는 간부들의 의견이 있었어. 사무총장 시절에는 각자 자기일 하는 거라고 넘어갈 수 있지만, 대통령은 좀 다를 것 같아."

"집에서 남편하고 일 이야기한 적 없습니다."

"알아, 알아. 혹시 남편이 대통령 돼도 계속 출근할 계획인가, 영거?"

"당연하죠. 그건 그 사람 일이고, 저는 제 일 해야죠. 저는 나쁜 놈들 잡는 거, 이게 천직입니다. 아직 몸 상태도 좋습니다."

오영거는 두 팔을 올려 튼튼한 몸을 과시했다.

"당연히 그렇겠지. 그렇다고 예전처럼 교통과로 보내서 후방 지원하기에는 영거 인기가 너무 높고, 그래서 조폭 수사대가 딱이라고 간부들이 봤어. 요즘 조폭들이 좀 헐렁해져서, 기동 4팀이면 사실상 내근이야. 출동할 일도 거의 없을 거야. 대선 캠페인 기간 중에는 거기 좀 처박혀 있어줘."

"전 현장 체질입니다. 데스크 내근하면 머리에 스팀 돕니다."

"4팀도 기동팀이야, 다만 요즘 좀 일이 한가할 거라는 거지. 협조 좀 부탁해."

"네, 알겠습니다, 대장님."

최종묵이 책상 위 종이 몇 장을 들어 오영거에게 내밀었다.

"부탁이 또 있어, 오 팀장. 조카들이 꼭 좀 부탁한다고 성화라서…… 사인 몇 장만 해줄 수 있을까?"

오영거가 난감한 표정을 지었다.

"제 사인을요? 전 사인할 줄 모르는데요."

"이참에 하나 만들어. 앞으로는 사인 부탁이 많아질 거야. 인기가 최고야, 최고."

#34
공화당 전당대회

공화국에도 많은 선출직이 존재한다. 국회의원을 비롯한 대부분의 선출직 임기는 6개월이다. 6개월이라고 해도 60년 인생으로 환산하면 7.5년이다. 대부분의 자리는 중임까지 가능하다. 연임하면 1년을 하는 셈이다. 충분히 길다. 유일하게 대통령만 임기가 1년이다. 그건 울산 게토 시절의 전통 때문이다. 아무도 그 임기에 대해 이상하다고 생각하지 않았다. 공화국은 게토를 승계한 것이고, 대통령의 권위는 헌법에서 나오는 것이 아니라 게토 리더로부터 승계하는 것이다. 게토 안에 다른 지도부가 존재하지 않는 것처럼 당연히 게토 지도부들이 만든 울산공화당에서 대통령이 배출되었다. 그러나 시간이 지나면서 울산 게토의 흔적은 사람들의 기억에서 점점 사라져갔고, 공화당의 장악력은 점점 약해졌다. 고인 물이 썩는 것과 같다.

대선을 한 달 앞두고 울산공화당 전당대회가 한창 진행 중이었다. 혁신파가 준비한 당 개혁안을 비롯한 여러 안건이 결정되는 순간이었다. 사람들이 넓은 강당을 채웠고, 단상에는 박상인이 행사를 진행하고 있었다. 중요한 안건은 대개 토론 후 박수로 결정을 하게 되어있다. 역시 큰 박수가 울려 퍼지고 있었다. 박수가 나오지 않으면, 전당대회를 준비한 사람들의 패배다.

"오늘의 3호 안건, '당 혁신의 일환으로 당명 울산공화당을 공화당으로 변경한다'가 통과되었음을 선포합니다."

박상인의 목소리가 마이크를 타고 강당 안에 울려 퍼졌다. 사람들이 "공화당, 공화당", 새로운 당명을 연호했다. 지역, 특히 서울에서 별도의 정치 세력화 흐름이 생겼고, 더는 울산이라는 이름만으로는 부드러운 통치가 어려운 순간이 왔다는 것이 혁신파의 판단이었다.

박상인이 손을 들어 흔들자, 사람들이 연호를 중지했다.

"4호 안건 상정하겠습니다. 한 달 후에 있을 대통령 선거에 다른 예비후보가 출마하지 않아서, 후보 경선은 진행되지 않았습니다. 단독 입후보라서 당원 여러분의 지명 여부에 대한 찬반 투표로 진행하겠습니다. 4호 안건, '차기 대선 후보로 공화당은 김다익을 지명한다'에 이견 있으신 분들은 자유롭게 말씀해주십시오."

이견 없다는 목소리가 산발적으로 흘러나왔다. 박상인이 주변을 잠시 돌아보다가 마이크에 가까이 다가갔다.

"전당대회 4호 안건, 만장일치로 통과되었습니다. 지금부터 공화당의 대선 후보는 김다익입니다."

당원들이 김다익을 연호했다. 그 자리에 있는 누구도 지금 공화국에 전혀 새로운 위기가 다가오고 있다는 것을 알지는 못했다.

"5호 안건으로 넘어가기 전에 대통령 지명후보인 김다익의 수락 연설을 듣겠습니다."

연호를 들으며 김다익이 단상에 씩씩하게 올라섰다. 보통 후보 지명이 되면 단상에 천천히 오른다. 진중한 모습을 사람들에게 보여주기 위해서다. 그렇지만 김다익은 자신감 있게 마운드에 올라서는 구원투수처럼 씩씩하게 뛰어서 등장했다. 그만큼 지금 공화국은 위기이기 때문이다. 자신감이 필요했고, 그걸 사람들에게 보여줄 필요가 있었다. 단상에 올라선 김다익이 마이크를 잡았다.

"존경하는 공화당 동지 여러분. 지금 우리는 호모 콰트로스의 지속가능한 번영을 위한 길로 나아가야 할 중대한 기로에 서있습니다."

35

2년만 더, 6세 시대,
호모 섹스투스

울산의 주요 쇼핑몰들, 화려한 플래카드들이 전면에 걸려있었다. 플래카드만이 아니다. 쇼핑몰은 물론이고 외부에 설치된 유료 전광판 광고에 전면적으로 내걸린 문구들이 있었다.

2년만 더, 6세 시대, 호모 섹스투스

길가를 걷던 사람들이 플래카드와 거리를 도배하다시피 한 광고 문구들을 보고 있었다. 광고에는 더 자세한 이야기가 없고, '6세'라는 말만 부각되어 있었다. 그렇지만 호모 사피엔스와 대비해서 스스로를 호모 콰트로스라고 부르던 그들이었기에, 호모 섹스투스라는 단어의 의미는 즉각적이고 폭발적일 수밖에 없었다.

손을 잡고 거리를 산책하던 엄마와 어린 딸이 걸음을 멈춘 채 플래카드를 보고 있었다. 문구를 언뜻 이해하기 어려운 딸이 엄마에게 물었다.

"엄마, 저게 무슨 말이야?"

느낌만 오지 정확하게 의미를 이해하지 못하는 것은 엄마도 마찬가지였다.

"글쎄다. 6세 시대? 사람이 6년을 살 수 있다는 이야긴가?"

"엄마, 우리는 4년만 살 수 있는 거 아냐? 그럼 우리가 2년을 더 살게 되는 거야?"

"넌 2년 더 살고 싶니?"

"아무래도 4년보다는 6년이 더 나은 거 아냐?"

느닷없이 울산은 물론, 전국적으로 내걸린 플래카드는 전달하는 메시지도 명확하지 않고, 특히 뭔가 사라는 것도 없었다. 마케팅인지 아닌지, 그것도 명확하지 않았다. 그러나 울산은 물론, 전국적으로 전면적 광고를 하기 위해서는 상당한 돈과 노력이 필요하다는 것만큼은 명확해 보였다. 광고는 매출을 의도한 것이 아니라 사람들의 의식 아니 무의식 깊은 곳에 욕망을 만들기 위한 것이었다. 더 살 수 있다는 것을 생각했든, 생각해 보지 않았든, 욕망이 사람들 마음속에 심어졌다. 한성유통은 쓸 데 없는 돈을 쓴 것이 아니라, 가장 짧은 시간에 그리고 가장 효과적으로 욕망을 만들어 내는 자신들만의 방법을 찾아낸 것이다. 공화국의 정보처에서 본격적으로 한성유통에 대한 정보들을 모으기 시작한 것도 이 시점이었다. 물론, 공화국 행정의 중추에 해당하는 AI 현아는 선거에 대해서는 완전 중립이었다. 말만 그런 게 아니라 실제로 행동도 그렇게 했다. 정보처는 AI의 간섭을 피하기 위해서 직접 사람들을 보내는 방법을 더 선호했다.

#36
서울국민당 창당과 대선

언제나 그랬던 것처럼 공화당 내에서 무난하게 대선 후보를 결정하면 하나마나한 선거로, 일방적으로 끝나는 대선이 될 것이라고 많은 사람이 생각했다. 그렇지만 2151년 대선은 시작부터 그렇게 일방적으로 흐르지는 않았다. 서울국민당 창당 선포식은 결정적인 전환점이 되었다.

서울국민당은 정치의 공간이기도 했던 여의도를 공간적 기반으로 출발했다. 화려한 꽃무늬로 단장한 단상에서 오상환이 한창 연설 중이었다. 그는 석영진의 절친이기도 했고, 한성유통 내에서 공개적인 업무들을 주로 담당했다. 창당 관련된 정치 일정을 그가 총괄한 것은 회사 내에서 자연스러운 일이었다.

"우리가 40년을 살자는 것도 아니고, 과거처럼 60년을 살자는 것도 아닙니다. 고작 2년만 더 살 수 있도록 해보자는 거, 그게 안 됩니까? 됩니다. 지금 우리의 기술로도 충분히 가능합니다. 기대수명 6년, '6세 시대', 그건 최소한의 인권이고, 행복추구권이고, 이 시대를 살아가는 우리 인류의 당연한 권리입니다. 안 그렇습니까, 국민 여러분?"

큰 박수가 터져 나왔다. 오상환의 연설이 계속되었다.

"저 부패한 울산공화당, 저놈들이 생산 수단은 물론이고 법과 헌법을 다 틀어쥔 채 이걸 막고 있습니다. 자기들은 뇌물 주고받고 편안하게 살아가면서 인류 발전을 가로막고 있습니다. 인간 수명에 관한 모든 연구는 법 정도가 아니라 아예 헌법으로 다 막고, 자기들만 호의호식하는 것은 반인류 범죄입니다. 이래서는 도저히 안 되겠다, 상인들의 정신으로 무장한 우리가 모두의 행복을 위해서 오늘 창당을 선포합니다. 새로운 정권을 만들어서 우리가 6년을 살 수 있는 새로운 시대로 가고자 합니다. 우리가 지구 전체로 퍼져 나가서 모두가 충분히 잘 먹고 잘 살 수 있는데, 우리를 4년의 틀 그리고 한반도의 작은 틀에 가두고 자기들만 권력의 단물에 취해있는 울산공화당을 이제는 응징해 주십시오, 여러분!"

창당 이야기가 오상환의 입에서 나오자 기자들의 카메라 플래시가 연속으로 터져 나왔다. 공화국의 운명을 바꿀 수도 있는 속보였다. 스트레이트 기사를 송고하는 기자들의 손가락이 바쁘게 움직였다.

"자, 4년이라는 틀 속에서 쓸쓸하게 죽어가던 우리의 암울하고 힘들었던 과거에서 나와 인류 역사의 새로운 단계로의 진화를 향해서 우리는 지금부터 앞으로 나아갈 것입니다. 국민 여러분, 우리는 서울국민당 창당을 선포합니다! 한 달 후의 대선, 당연히 우리도 참가할 것입니다. 그리고 반드시 이길 겁니다."

주먹을 불끈 쥔 오상환이 연설을 마무리했다. 무대 뒤 대기실에 앉아있던 피천수가 의자에서 일어났다. 그 옆에 석영진과 박진호가 있었다. 석영진이 피천수의 어깨를 두드렸다.

"천수, 거의 다 왔다. 이제 집어 들기만 하면 돼."

"고맙습니다. 회사 시뮬레이션대로면 우리가 필승입니다. 꼭 결과를 가지고 오겠습니다."

"그래, 그래야지."

피천수가 무대 옆 대기실 문을 열고 걸어 나갔다. 천정 위 조명들이 일제히 피천수를 향했다. 울산의 한 소년이 서울 상인들의 얼굴로 전면에 나서는 순간이었다. 정치인들은 정통성과 순혈을 향하는 경향이 있지만, 장사꾼들에게는 그런 게 중요하지 않다. 효과가 있는 쪽으로 간다. 그런 게 서울의 정신이 되었다. 그 상징이 바로 서울국민당 창당 순간에 대선 후보로 등장한 울산 소년 피천수다. 오상환이 짧게 피천수의 등장을 알렸다.

"피천수, 현 한성유통 대표이사, 우리의 대통령 후보를 소개합니다."

박수와 함께 피천수가 진행자 반대편의 단상으로 천천히 향했다. 그는 변했다. 그에게 쏟아지는 조명과 시선을 느린 걸음으로 충분히 음미했다. 늘 차분하고 얌전해 보이던 피천수였지만, 그의 내면에 있던 욕망이 이 순간 폭발하고 있었다. 그도 자신의 변화를 느끼고 있었고, 이런 상황에 대해 자랑스러워하면서 현실을 만끽하고 있었다.

드디어 단상에 도착한 피천수가 마이크를 잡고 천천히 입을 열었다.

"지금까지는 한성유통 대표이사였지만, 오늘부터는 대통령 후보가 되고자 이 자리에 선 피천수입니다. 울산공화당은 생산을 독점하고, 힘을 독점하고, 이제는 수명을 독점하고 있습니다. 우리는 좀 더 자유롭게 생각할 수 있어야 하고, 인간으로 존엄할 자유가 있습니다. 여러분 생각해 보십시오. 우리 집에 같이 사는 고양이도 우리보다 몇 배는 더 살고, 우리 강아지는 그보다 더 삽니다. 인간이 원래 그런 겁니까? 우리는 길가에서 살아가며 두 번의 겨울을 겨우 넘기는 길고양이의 수명과 다를 바가 없습니다. 이게 자유입니까? 이게 사람 사는 겁니까? 4년 동안, 우리는 너무 숨 가쁘게 살아가고, 한번 실패하면 벼랑 끝으로 내몰립니다. 우리가 6년을 살 수 있다면, 훨씬 더 인간답게 스스로를 돌아보면서 성숙해 갈 수 있을 것입니다. 저는 4년이라는 우리의 수명을 담보로, 자신들의 탐욕만 채우는 저 낡은 정치 집단들과 이제 싸우려고 합니다. 국민들을 위한 정치, 이게 국민당이 갈 길이고, 제가 가려는 길입니다. 헌법이 보장하는 또 다른 조항인 행복추구권, 그걸 저는 강력하게 주장하고 싶습니다. 울산공화당이 부당하게 막고 있는 우리의 행복, 그걸 저는 국민 여러분에게 다시 돌려드리고 싶습니다. 행복을 이기는 정권은 없습니다!"

서울국민당의 창당과 함께 대통령 후보로 나선 피천수는 일순간에 스포트라이트 한가운데로 들어오게 되었다. 특히 인기 있는 배우 등 셀럽들의 SNS 발언들이 쏟아져 나왔다.

"피천수를 지지합니다. 사실 우리가 4년밖에 못 산다는 게 불합리하다는 생각은 다들 해보셨잖아요? 옛날처럼 60년 아니 100년, 그런 게 아니라 딱 2년만이라도 더 산다는 게 좀 그래요. 저는 정치에 관심 갖는 스타일은 전혀 아니었는데, 이제는 좀 가져보려고 합니다. 피천수, 파이팅!"

인기 정점에 있는 두 살 여자 배우가 남긴 글이었다. 또 다른 최정점의 세 살 남자 배우도 글을 남겼다.

"저는 피천수가 대통령이 되고, 헌법도 고치고, 그래서 수명 관련 연구가 좀 더 활발해지면 좋을 것 같습니다. 솔직히 2년 아니 1년만 더 살 수 있으면 좋겠다는 생각을 예전부터 많이 했습니다. 게다가 울산공화당, 너무 오래 해 먹었습니다. 이제는 정권도 좀 바뀔 필요가 있다고 생각합니다."

수많은 셀럽 중 가장 많이 언급된 글은 두 살 탑 모델이 남긴 글이었다.

"저는 오래 살고 싶은 건 모르겠는데, 피천수가 좀 멋지다고 생각합니다. 다른 정치인이 말하면 무슨 말인지 잘 이해가 안

가는 경우가 많은데, 피천수가 하는 말은 딱딱 이해가 갑니다. 저도 고양이 키우는데, 저 죽고 나면 애는 어떻게 살아야 하나, 애 계속 살려면 나도 빨리 결혼해서 애를 낳아야 하나, 이런 고민 실제로 많이 합니다.”

줄줄이 터져 나온 유명인들의 피천수 지지선언을 모두 한성유통에서 준비한 것은 아니었다. 초기 몇 명에 대해서는 약간의 작업이 있었던 건 사실이다. 그렇다고 해도 이 엄청난 규모의 사건이 애초에 기획만으로 가능한 일은 아니었다. 삶이 안정된 4년생 중산층들에게 수명은 엄청난 스트레스였다. 그 스트레스가 욕망으로 바뀌는 데에는 긴 시간이 필요하지 않았다.

#37
TV 토론

방송국 중형 스튜디오의 문 앞. 김다익과 피천수, 잠시 서로 눈이 마주쳤다. 김다익이 새끼손가락에 낀 반지를 피천수에게 보여주면서 말했다.

"이런 자리에서 이렇게 만나게 될 줄 몰랐네. 잘해보자, 천수. 많은 사람이 지켜볼 거야."

피천수도 빙긋 웃었다.

"좀 봐주면서 해라. 1년 서울 살면서 서울 촌놈 다 됐다."

잠시 후 방송국 대선 후보 TV 토론이 진행되는 스튜디오에는 현재 격돌 중인 두 후보의 지지율에 대한 그래프가 떠있다. 피천수의 지지율 선은 왼쪽 아래에서 오른쪽 위로 빠른 경사로 올라가고 있었다. 반면에 김다익의 지지율 선은 왼쪽 위에서 오른쪽 아래로 급격히 내려가고 있었다. 두 선은 이제 막 교차

하기 직전이었다. 간단한 그래프 애니메이션이 끝난 후 사회자가 말을 이어나갔다.

"3주 앞으로 다가온 공화국의 대통령 선거, 1년 임기의 대통령을 어떻게 선택할 것인가. 공화국의 미래가 걸린 선택의 순간입니다. 시청자 여러분, 지금 막 그래프로 보셨다시피, 신생 정당인 서울국민당의 신인 피천수 후보가 돌풍을 일으켜 집권여당의 김다익 후보가 고전하는 중입니다. 추세상 곧 역전이 있을 수도 있습니다. 자, 지금부터 이번 선거의 핫코너 중 핫코너, '호모 섹스투스'에 관한 토론을 진행하겠습니다. 인간이 6년을 살 수 있다, 저도 매우 흥미롭게 지켜보고 있습니다. 자, 김다익 후보 먼저 발언하시죠. 두 분 다 시간 엄수 등 규칙을 잘 지켜주실 것을 부탁드립니다."

규칙에 따라 김다익이 먼저 발언을 시작했다.

"국민 여러분, 4년을 살 것이냐, 6년을 살 것이냐, 이게 이번 선거의 본질이 아닙니다. 2045년 독일의 사포엔치 박사가 발견한 사포엔치는 변이에 변이를 계속하며 지구를 뒤덮은 팬데믹이 되었습니다, 결국 호모 사피엔스의 정자 등 생식기능을 급격하게 공격하는 사포엔치 변이가 등장했고, 그 과정에서 우리 정자와 생식세포들이 사포엔치 바이러스를 뚫고 생존하기 위한 뮤턴트가 나왔습니다. 그게 바로 우리입니다. 우리를 두려워한 구인류들을 피해 모였던 세계의 수많은 게토 중에서 마지막까지 버티고 버텨, 결국 구인류들이 멸종한 이후에 지금의 번영의 틀을 만든 것이 바로 울산 게토였습니다. 그게 커지고 발전해서 지금의 공화국이 된 것입니다. 울산 게토가 우리에게 남겨준 가장 큰 공화국의 정신이 바로 '인간 수명에는 인위적으로 손대지 마라', 바로 이 헌법 정신입니다. 이걸 무시하면 결국 호모 사피엔스가 지구에서 멸망하게 된 것처럼, 우리도 그 길을 따라가게 될 겁니다. 이건 우리가 합의해서 바꿀 수 있는 게 아니라, 우리의 선조이자 우리가 이렇게 살아갈 수 있게 해준 울산 게토의 명령이자, 의무입니다. 우리 문명의 본질입니다."

"네, 잘 들었습니다. 피천수 후보 발언하시죠."

손을 들어 카메라 쪽으로 손을 든 피천수가 날카롭게 발언을 시작했다.

"교과서 수준의 이야기나 하는 걸 보니, 김다익 후보는 토론 준비는 전혀 안 하셨나 봅니다. 무능하고 부패한 집단이 울산 게토니, 이런 옛날 이야기나 하면서 발전을 가로막고 있었던 거 아닙니까? 제가 무슨 60년을 살고, 100년을 살고 그런 이야기를 하자는 게 아닙니다. 2년, 딱 2년만 더 살면 좋겠다는 아주 소박한 소망에 대한 이야기입니다. 4년, 그 기간 동안 우리는 한 가지 일에만 숙련될 수 있습니다. 6년, 2년만 더 있으면 새로운 분야나 기술 한 가지를 더 익힐 수 있습니다. 그게 어려워서 지금 이 한반도에 우리가 묶여 살고, 이 밖으로 나갈 엄두도 못 내는 것 아닙니까?"

"피천수 후보, 말이 2년이지, 그게 금방 4년이 되고, 10년이 되는 겁니다. 호모 사피엔스가 왜 멸종했는지, 그게 그렇게 이해가 안 가십니까?"

김다익의 얼굴이 살짝 붉어졌다. 목소리도 조금씩 커져갔다.

"금방 소망이라고 하셨죠? 그 소망이 결국 욕망이 되고, 그게 우리를 파멸시키게 되는 겁니다. 커질 대로 커진 공룡들이 멸종하고, 지구를 온통 뒤덮은 구인류가 멸종하고, 이게 지구의 역사였습니다. 호모 사피엔스도 결국 그런 이유로 멸종했습니다. 수명과 관련된 기술이나 상품들이 자본과 결합되면, 사회 질서가 근본적으로 교란될 것입니다. 지속가능한 공화국의 번영을 위해서, 지금 국민당 후보가 주장하는 위험한 불장난은 우리 공화국에 재앙이 될 것입니다. 만약 그런 상품이 시장에 풀려 나오면, 기업만 돈 벌게 되고, 공동체는 붕괴됩니다."

피천수는 테이블 위에 공약집을 올려놓았다. 그가 본격적으로 반박을 하기 시작했다.

"기업만 돈 번다구요? 김다익 후보, 제 공약집이나 한번 제대로 보셨습니까? 호모 섹스투스는 암 치료제일 뿐입니다. 초기 단계에서 처방할 수 있으면 안전하고도 완벽한 치료제가 됩니다, 아시겠어요? 제가 대통령이 되면, 좀 더 확실하게 기술을 안정화시켜서 원하는 모두에게 무상으로 처방하는, 그런 의료 복지 차원에서 접근할 겁니다. 뭐가 새로운 길을 개척하기는커녕, 그냥 부패해서 자기 이익만 지키는 정치, 그게 무슨 보수입니까? 기득권 지키기죠. 오죽하면 회사에서 월급 받고 살던 제가 이 자리까지 나서게 됐겠습니까?"

"이건 인위적 수명 연장에 얼마가 드느냐, 그런 개인적 비용의 문제가 아닙니다. 그렇게 기술이 균형을 무너뜨리다 보면 결국에는 우리 문명 자체가 한계에 부딪히게 된다는 이야기입니다. 저 화려한 번영을 이루었던 호모 사피엔스가 왜 멸종하게 되었는지, 그들이 설계수명의 두 배에 가까운 기대수명을 이루고도 파국을 피하지 못했는지, 피천수 후보, 다시 한번 생각해 보시기 바랍니다. 우리라고 그들과 다를 게 있겠습니까? 더 오래 살게 되면, 더 많은 욕망이 생기고, 더 많은 개발이 생기고, 결국 바이러스의 역습으로 바이러스 폭풍을 맞게 되었습니다. 과연 돌변변이 등장에 의한 새로운 진화가 호모 사피엔스를 거쳐 호모 콰트로스에서 끝나겠습니까? 피천수 후보와 서울국민당이 가자고 하는 길로 걸어가면, 결국 또 다른 뮤턴트가 우리를 대체하게 될 겁니다. 역사가 그랬습니다."

김다익의 장황한 어투에 피천수가 조소 섞인 미소를 시었다.

"1년짜리 대통령, 그것도 당선 가능성이 그다지 높지도 않은 후보가 너무 긴 몇백 년, 아니 몇천 년 후에 벌어질 일을 걱정하시는군요. 먼 훗날 혹시라도 발생할 뮤턴트가 문제가 아니라 지금 당장의 현생이 문제 아닐까요. 게다가 섹스투스는 이제 막 증가하기 시작하는 신종 암에 대한 가장 효과적인 치료법입니다. 제가 보여드리겠습니다."

피천수가 테이블 위에 놓여있던 태블릿을 집어 들었다. 서류

한 장이 홀로그램으로 공중에 떴다.

"진행상 양해를 해주신다면 여기서 제가 간단한 시연을 보여드리겠습니다. 여기 있는 이 서류는 제가 신종 암 1기라는 확진 진단서입니다."

"경고합니다. 수명 연장을 위한 어떠한 연구도 공화국에서는 불법입니다. 피천수 후보, 바로 이 자리에서 현행범으로 체포될 수도 있습니다."

점점 험악해지는 분위기 속에서도 피천수는 느긋하게 말을 이어나갔다.

"치료 목적, 특히 신종 암과 같은 불치병의 치료를 위한 연구는 수명 연장 연구가 아니죠. 수명이 늘어나는 것은 연구 목적이 아니라, 연구진이 의도하지 않은 부작용입니다. 당연히 의도하지 않은 결과를 법이 금지할 수는 없죠. 어디까지나 부수적 결과에 불과하니까요."

피천수가 슈트 안쪽에서 주사기 케이스를 꺼냈다. 그 안에서 작은 금속형 정맥 주사기가 나왔다. 그는 슈트 상의를 벗고, 와이셔츠 왼쪽 소매를 걸어 올렸다. 그리고 잠시도 머뭇거림 없이 자기 팔에 주사를 놓았다. 생방송 중 대선 후보의 주사, 충격적인 사건이었다. 사회자가 당황하기는 했지만, 그도 궁금증이 강해서 그런지 딱히 제지하지는 않았다. 피천수는 김다익 쪽을 정면으로 보며 말했다.

"신종 암 환자였던 저는 금방 섹스투스 주사 처방을 했습니다. 이제 제 암은 관리 가능한 상황이 되었습니다. 이론적이라면 저는 아무 부작용 없이 추가로 2년을 더 살게 될 것입니다. 지금은 신종 암 환자만 섹스투스 처방을 받을 수 있습니다. 이나라 법이 그래요. 헌법이 그래요. 국민 여러분, 이번에 저를 대통령으로 찍어주시면, 법을 싹 다 고쳐서, 누구나 원하시면 무상으로 이 섹스투스 처방을 받을 수 있게 하겠습니다. 공화당 김다익 후보가 무지막지하게 과장하는 것처럼 50년, 100년 그렇게 살자고 주장하는 게 아닙니다. 단 2년, 그것도 안 됩니까?"

피천수가 도발적으로 자신의 주사 맞은 팔뚝을 카메라 앞으로 내밀어 보였다.

"저는 이제 공인이라서, 국민 여러분이 제 삶을 다 지켜보실 것입니다. 저는 이제 2년 반을 살았습니다. 벌써 인생의 반이 훌쩍 지났습니다. 지금 태어나는 아이들과 저에게 주어진 3년 반 더 즐겁고 행복하게 살 생각입니다. 여러분도 이 여분의 2년을 위해서 꼭 투표해 주시기 바랍니다."

#38
울산 노인들의 격론

울산의 어느 선술집. 노인 몇 명이 모여 소주 한잔 마시는 중이다. 전날 있었던 대선 TV 토론이 술자리 대화로 올라왔다. 검은색 운동복을 입은 노인이 이야기를 시작했다.

"어제 TV 토론 봤어? 야, 놀랐어. 피천수, 바로 거기에서 주사를 놓아버리더라고. 화끈해."

건너편에 앉은 파란색 운동복을 입은 노인이 술잔을 입에 털어 넣으면서 맞장구를 쳤다.

"하여간 서울 놈들이 임팩트가 있어! 장사 하나는 기가 막히게 하더니, 정치도 끝내줘. 나도 순간 조금만 더 살고 싶다는 생각이 들더군. 그럼 뭐 하나. 우린 1년도 안 남았잖아. 우린 이렇게 죽지만, 다음 세대를 위해서라도 피천수 찍어줘야 하나, 막 그런 생각이 들더라고."

안경을 낀 또 다른 노인이 건너편 노인의 잔에 소주를 채우며 말했다.

"모르는 일이야, 서울 것들 워낙 속이 흉악해서. 지금은 그렇게 무상으로 준다고 하지만, 결국 다 뜯어갈지 모르는 놈들 아냐? 쇼핑몰도 그렇잖아. 결국에는 서울 것들이 돈을 다 쓸어가 버렸어."

안경을 낀 노인이 뭔가 모르는 불편한 속내를 보이자, 빨간색 운동복을 입은 노인이 서둘러 빈 잔을 채워주면서 이야기를 다른 쪽으로 돌렸다.

"어이, 하나만 알고 있네. 피천수, 울산 사람이야. 몰랐어? 울산학교 출신이라는 거 아냐, 김다익이랑 친구고. 워낙 유능해서 서울에서 스카우트 해갔대."

그러자 안경을 낀 노인이 분위기에 휩쓸렸다. 고추장을 발라 구운 돼지고기를 씹으면서 말했다.

"그래? 울산 사람이었어? 몰랐지. 그럼 이번 한번만 서울 것들에게 투표할까? 일단 수명을 늘릴 수 있게 해놓고, 다음부터는 다시 공화당 찍어주면 되는 거 아냐?"

파란 운동복을 입은 노인은 여전히 떨떠름했다.

"그것도 방법이기는 하겠네. 그렇지만 피천수는 믿어도 그 뒤의 서울 놈들까지 믿을 수 있을까? 말이야 바른 말이지, 이걸 딱 공화당에서 하고, 피천수가 아니라 김다익이 주사를 놓았다면 고민이 없었을 텐데 말이야."

"내 말이!"

안경을 낀 노인이 말하자, 주변 노인들이 모두 고개를 끄덕였다. TV 토론으로 피천수가 많은 사람의 마음을 얻은 건 맞지만, 그래도 새로 생긴 정당 그것도 공공연하게 서울당을 표방하는 정당에 투표하기에는 아직 울산 사람들은 좀 꺼림칙했다.

선택은 늘 어려운 법이다. 그렇지만 수명이 늘 수 있다는 이야기에 노인들의 마음이 흔들린 것은 사실이었다. 그럴 수밖에 없지 않겠는가? 살날이 줄면 아쉬움도 많아지는 법이다. 그리고 지나간 시간을 돌려받을 수 있다면, 결국 마음은 그쪽으로 가게 된다.

어쨌든 TV 토론이 끝나고 3일째, 지지율은 역전되었다. 피천수가 김다익을 앞섰다. 그리고 추세상, 그 차이는 곧 오차 범위 밖으로 벌어지게 될 것으로 보였다.

#39
역전, 방법을 찾아봅시다

"상황이 많이 안 좋습니다. 역전도 역전이지만, 3세 이상 노령층에서 급격하게 기우는 중입니다. 여기가 원래 우리 주요 텃밭인데 말입니다. 여론국 의견으로는 이 흐름이 구조상 뒤집기 어렵다는 겁니다. 추세도 안 좋고, 구조도 안 좋습니다."

막 총장실에 들어온 최선아가 다급하게 상황을 보고했다. 박상인이 약간 흥분한 어조로 말했다.

"피천수, 그게 그렇게 돌아이처럼 나올 줄 알았나. 원래 모범생 스타일이라고 하지 않았어? 완전 파이터야, 파이터! TV 토론 하다 말고, 자기 팔에 주사를 팍 쑤셔 놓고, 약을 팔아버릴 줄이야. 완전 당했어."

아직 해가 뜨기 전, 이른 새벽 선거 관련된 몇 명의 간부가 공화당 총장실에 모였다. 대선 여론조사가 역전되면서 다급해졌다. 사실 공화당의 과거 대선은 후보 지명까지가 경쟁이었고, 후보가 결정되는 순간 사실상 종료되었다. 선거다운 선거를 치른 경험이 없었다. 많은 것이 공화국 최초였고, 공화당 최초로 벌어진 일이었다. 지지율이 밀리는 것도 처음이었다.

혼란스러운 사람들의 발언을 김다익은 말없이 듣고만 있었다. 묵묵히 듣고 있던 전략본부장이 책상을 치면서 말했다.

"다익아, 그냥 현행법 위반으로 피천수 확 처넣는 게 속 편하지 않아? 수명 연장 기술은 그 자체로 불법이야."

김다익이 고개를 내저었다.

"법무팀 의견은 애매하대. 그리고 나는 그런 식으로 이기고 싶지 않아. 그렇게 해봐야, 오히려 통치 기반만 더 약해져. 사람들이 납득을 하겠어? 선거 과정에 현행범으로 체포하면 선거도 못 치러. 정당성 없이 하는 정치는 오래 못 가."

박상인이 말꼬리를 흐리는 김다익에게 단호한 목소리로 이야기했다.

"당장 우리가 죽게 생겼는데, 오래가는 걸 걱정할 때야? 다익아, 박창석 대표 같은 영감네들 도움이 필요할 것 같은데. 그것도 하려면 지금 해야 해. 더 늦으면 영감들 약발도 안 받아. 결정해야 해."

이때 이소영이 급하게 문을 열고 들어오다가, 여러 사람이 있는 것을 보고 순간 멈칫했다. 김다익의 표정이 밝아졌다.

"소영이구나. 괜찮아, 지금 공식 회의는 아니야. 할 말 있으면 여기서 그냥 해도 돼. 여기는 제 오래된 친구, 해양농림부의 이소영 국장입니다. 할 말이 있는 것 같아 잠시 여기로 모셨습니다. 자, 하고 싶은 이야기 해도 괜찮아."

"네, 이렇게 불쑥 와서 죄송합니다. 친구랑 하는 이야기라서 잠시 거친 말 좀 해도 양해 좀 부탁드립니다. 다익아, 우리 아버지, 천수가 서울에서 치료한다고 데리고 간 거 알지? 천수 이 새끼, 아버지 가지고 실험하고 난리 친 것 같아. 아버지가 신종암으로 엄청 고생하셨거든. 이거, 인간도 아니야. 얼마 전에 나한테 와서 프러포즈한다고 생지랄을 떨었는데, 이게 완전 인면수심이야. 얘가 서울 가더니 돌아도 완전히 돌았어. 나, 그 연구동 어딘 줄 알아. 경찰 지원만 좀 해주면 지금 당장 아버지부터 모시고 오고 싶어. 부탁한다, 다익아."

이야기를 하는 이소영의 손이 부들부들 떨렸다. 김다익이 말없이 사진 몇 장을 홀로그램으로 띄웠다. 서울 연구동에서 침대로 환자들을 이동시키는 드론 사진들이 펼쳐졌다.

"쌍노무 새끼들, 벌써 아버지 옮긴 거야? 어디로?"

"미안하다. 드론 이동 중에 겨우 찍은 거라서 최종 도착지는 몰라."

"천수 이 새끼가 아버지 살해할지도 몰라."

박상인이 조용히 전화기를 꺼냈다. 그렇지만 김다익이 박상인에게 그만두라는 손짓을 했다. 그리고 조용하게 말했다.

"천수가 제 오래된 친구이기는 합니다만, 확실히 좀 변하긴 했습니다. 정치가 그런 거라고 생각합니다. 지금 경찰이나 법원 도움을 받으면서 선거 캠페인을 끌고 나갈 생각은 없습니다. 서울이 독자적으로 정치 세력화하는 중인데, 꼬투리 좀 잡아서 힘으로 이긴다고 이길 수 있는 게 아닙니다."

잠시 실망하는 기색이 사람들에게 번졌다. 김다익이 박수를 치며 사람들의 주위를 환기시켰다.

"자, 여러분. 유세 등 오늘 일정, 정해진 대로 갑시다. 이제 저쪽 카드 어느 정도 봤으니, 우리 카드 쓰면 됩니다. 저도 아주 조금이지만, 치사한 방법도 좀 쓸 겁니다. 박상인 국장님, 당 대표랑 원로 몇 사람과 약속 좀 잡아주세요. 오영수 영감 방문 일정도 잡아주시구요. 하여간 영감, 엄청 까다로우니까 반나절 정도 넉넉하게 시간 잡아주시기 바랍니다. 자, 움직입시다. 결국 우리는 역전할 겁니다. 방법을 찾아봅시다!"

박상인이 자리에서 일어나며 말했다.

"좋아, 해보자고. 자, 가봅시다, 여러분. 후보가 역전할 수 있답니다. 합시다!"

박수와 응원 소리가 방 안에 가득 찼다. 추운 겨울, 새벽부터 가라앉았던 분위기가 다시 후끈 달아올랐다. 역전당한 상황이지만, 분위기만큼은 좋았다. 일행이 일제히 총장실을 나가고 잠시 김다익과 이소영 둘만 남게 되었다.

"소영아, 내가 너한테는 못 할 말이지만, 그래도 부탁 좀 할게. 너 회사 그만두고 선거 때까지만 나 좀 도와주면 안 될까?

손 하나가 너무 아쉽다. 농민표, 어민표, 그런 거 움직이기에 당 사람들은 너무 도시 피플들이야. 하던 공무원 그만두라고 하는 거라서 못 할 부탁이기는 한데……."

이소영이 크게 고개를 끄덕였다.

"피천수 이 자식, 이거 완전 사기꾼 다 됐어. 그런 새끼가 대통령 되면 이 나라 아작 날 거야."

이소영은 새끼손가락에서 물고기 반지를 뺐다. 그리고 테이블 옆에 있는 쓰레기통에 던져 넣었다. 빈 쓰레기통에 반지 떨어지는 소리가 날카롭게 퍼졌다.

자신의 반지를 던진 이소영은 김다익의 새끼손가락을 쳐다보았다. 김다익은 아직 피천수가 준 우정반지가 있는 새끼손가락을 살짝 등 뒤로 감췄다. 그리고 어색한 미소를 지었다.

"난 변화를 안 좋아해. 원래 보수잖아. 옛날이나 지금이나, 난 천수를 좋아해. 생각해 보면 멋진 일이잖아, 어린 시절 친구랑 이런 대결을 할 수 있다는 게. 영광이지! 우리가 싸우는 건, 사실 피천수가 아니야. 서울의 상업자본, 그들의 탐욕과 싸우는 거야. 그들이 왜 피천수를 내세웠겠어? 울산 출신, 그런 걸로 상업자본에 포장을 씌운 거지. 이 싸움은 결국 내가 이길 거야."

이소영이 김다익의 얼굴을 어이없다는 듯 쳐다보았다.

"다익이, 너 원래 이렇게 말이 많았나? 누나 눈도 똑바로 마주 보지 못하던 게 말야."

"누나 얘기 정말 오랜만에 듣네. 그래 일주일 누나, 이 동생 좀 한번 도와주라. 아버지 찾는 건 우리가 도와줄게. 집권 여당 이야. 우리 나름 정보력도 있고, 물리력도 조금은 있어."

#40
납치범들

늦은 밤이었다.

오영수가 지내는 자택은 산속 한적한 곳에 있었다. 한때 대통령보다 더 많은 실권을 가진 남자였지만, 그는 많은 것을 내려놓고 조용히 사색하는 노년을 보내고 있었다. 그는 늘 산을 좋아했고, 산에서 자신의 삶을 마무리하고 싶었다. 그의 자택으로 검은 복장의 사내 세 명이 조용히 접근했다. 그중 한 사내가 리모컨을 눌러 현관의 잠금장치를 해제했다.

소파에 앉아 TV를 보던 오영수의 눈이 현관 안으로 갑자기 들이닥친 사내들과 마주쳤다. 세 명의 사내가 짧은 칼을 들고 서있었다.

"어르신, 저희가 좀 모셔가야겠습니다."

맨 앞의 사내가 거칠지만 공손한 목소리로 말했다.

"한성에서 오셨는가?"

"저흰 돈만 받고 일하는 사람들이라 그런 건 잘 모릅니다."

오영수에게 당황하는 기색은 전혀 없었다. 그는 편안한 목소리로 말했다.

"오후에 오실 줄 알고 계속 기다렸네."

납치범들은 잠시 당황하는 듯했지만, 그래도 개의치 않고 오영수에게 한 발 더 다가왔다.

"내가 살날이 얼마 안 남았어. 그래서 그냥 이 집에서 계속 지내고 싶네. 살아온 날들 돌아보고, 반성할 건 반성하고 싶어. 좀 미안하기는 하지만, 자네들과 같이 가는 건 좀 그래. 나도 좀 취향이 있어서 말이야."

오영수가 계단을 향해 소리쳤다.

"어이, 이분들 좀 내보내 주시게. 손님 올 시간이 다 됐어."

2층 계단에서 중무장한 경찰 특수부대원들이 뛰어 내려왔다.

#41
흉헌 것들 좀 치워주시게

좁은 산길을 차 한 대가 달리고 있었다. 잠시 후 오영수의 자택에 도착한 차에서 김다익과 박상인이 내렸다. 현관문이 활짝 열려있었다. 두 사람은 열린 문으로 들어섰다.

거실에는 얼굴이 피투성이가 된 납치범들이 포박된 상태로 무릎을 꿇고 있었다. 김다익이 들어온 것을 본 오영수는 가볍게 인상을 썼다.

"미안하네, 못 볼 꼴 보게 해서. 자네들, 기왕 힘 쓴 거, 이 흉헌 것들 좀 치워주게."

경찰들이 결박된 납치범들을 끌고 자택 밖으로 나갔다.

"한성 놈들이 대선 후보를 건드릴 정도로 무모하지는 않고, 아마 살날이 얼마 안 남은 내가 자네 만나는 게 싫었나 보네."

박상인이 외투를 벗으며 말했다.

"후보가 움직이니까 당연히 경비들이 움직였을 뿐입니다. 다만 후보 부탁이 티 안 나게 해달라는 거였습니다."

"그랬군. 고맙게 되었네. 두 분, 위스키는 마시나?"

김다익이 쇼파에 앉으면서 씩 하고 웃었다.

"없어서 못 먹습니다."

오영수가 스트레이트 잔에 위스키를 따랐다. 그리고 투박하게 김다익과 박상인에게 건네주었다.

"선거가 어렵지? 나한테까지 온 거 보면. 나한테 부탁할 성격 아닐 텐데."

김다익이 위스키 한 잔을 입에 털어 넣었다.

"쉽지는 않네요. 부탁 좀 드릴까 해서."

"부탁 안 해도 될 것 같은데. 한성 것들, 나에게 흉헌 놈들 보낸 거 보니까, 사실은 저들이 더 급해. 쟤네 선친들은 여유도 좀 있고, 멋도 있었던 것 같은데, 요즘 애들은 좀 그러네. 장사하는 것들, 너무 천박해."

"어르신, 좀 도와주십시오."

오영수는 김다익의 빈 잔에 위스키를 채웠다. 그의 얼굴은 평소에도 편안해 보였지만, 지금은 더욱 편안해 보였다. 후계자 정도가 아니라 자식 대하는 느낌이었다.

"도와주지, 물론. 자네에게 신세진 것 때문이 아니네. 피천수, 그런 돈 냄새 풀풀 풍기는 장사꾼 애들이 권력을 잡으면 우리가 너무 힘들어져. 상업자본, 이놈들이 인간의 욕망을 다루는 데에는 우리 같은 산업자본보다는 수완이 좋다는 건 인정해. 그래도 이런 방법은 아닌 것 같네. 다 서로 경계가 있는 건데, 이렇게 막무가내는 아니라고 봐. 어차피 내가 안 움직여도 우리 쪽 애들이 가만 안 있을 거야. 그럼 더 거칠어져 보기 안 좋지. 도와줄 테니, 자네는 이제 돌아가서 내일 일정 준비하시게. 선거 아직 한참 남았으니 몸 상하지 않게 주의하시고."

김다익이 일어서서 위스키 병을 들고 오영수의 잔을 채웠다.

"어르신, 기왕 몸 움직이시는 김에 한 가지만 더 부탁드리겠습니다. 금융계 쪽 도움도 좀 받고 싶습니다."

"금융계? 껄껄. 김다익, 자네 마음이 급하긴 급하군. 뱅커들은 나보다 더한 장사꾼이야. 한번 진 빚은 지옥까지 가서 받아내는 놈들이야."

"선거가 험악해졌습니다. 지금 제 상황이, 찬밥 더운밥 가릴 처지가 아닙니다. 빚은 갚으면 되지만, 지금 서울 상업자본에게 권력이 넘어가면 사태 수습하기가 어렵습니다. 지금은 반만 합법으로 하는 일들을 대놓고 합법적으로 할 겁니다."

"하긴, 돈줄을 막으면 다른 유통사들까지 뭉치는 건 막을 수 있겠지. 내가 소개는 해주겠지만, 움직이게 하는 건 김다익, 자네 몫이야. 협박을 하든, 계약을 하든, 재주껏 구워삶아 보시게."

#42
드디어 대선

당 혁신의 결과로 당 이름에서 울산을 떼어낸 공화당과 서울 국민당이 격돌했던 2151년 12월의 대선은 처음으로 벌어진 선거다운 선거였다. 무엇보다도 호모 콰트로스의 수명 연장을 둘러싼 욕망과 돈 그리고 체제의 안정성이 정면으로 부딪쳤다. TV 토론 이후 피천수가 역전에 성공하였고, 점차적으로 10퍼센트 이상 차이를 벌려 나갔다. 그렇지만 선거 후반으로 들어가면서 시스템을 정비해 본격 조직선거로 국면이 전환되었고, 김다익이 꾸역꾸역 지지율을 다시 끌어올렸다. 그러나 김다익이 지지율을 역전하지 못한 상태에서 선거가 치러졌다.

공화당 당사, 넓은 회의실에 개표 상황실이 마련되었다. 저녁 6시가 다가오자 박창석 대표 등 당 간부들이 모여들었다. 후보였던 김다익의 모습은 보이지 않았다. 잠시 후 6시가 되었다.

밝고 화려한 오프닝 시그널과 함께 투표를 끝낸 사람들에게 최종 선택을 묻는 출구조사 결과가 발표되기 시작했다. 투표는 온라인으로 해도 기술적으로 무방하지만, 그 자체가 축제라는 의미에서 여전히 현장 투표 제도가 유지되고 있었다.

"시청자 여러분, 유례없이 격돌을 벌였던 이번 대선 출구조사 결과를 발표해 드리겠습니다. 김다익 49.5, 피천수 50.5, 오차 범위 안에서 피천수 후보의 당선이 예측되었습니다. 다시 한번 말씀드립니다. 출구조사 결과는 1퍼센트의 아슬아슬한 차이로 피천수 후보의 당선입니다."

당황한 모습의 박창석 대표와 공화당 간부들의 모습이 화면으로 나갔다. 화면은 바로 서울국민당 당사로 바뀌었다. 후보인 피천수가 국민당 상황실 맨 앞에 앉아있었다. 후보 주변으로 환호하는 모습의 열기는 TV 화면에 그대로 담기가 어려울 정도였다. 마이크로 생생하게 전달되는 오디오가 뜨거운 열기를 그대로 보여주었다. 잠시 후 카메라는 여의도의 서울국민당 당사 주변으로 모여든 인파를 보여주었다. 교차 편집으로 보여주는 울산의 공화당 당사 바깥으로는 아무도 없었다. 그만큼 서울의 열기가 뜨거웠다. 제2 도시지만, 울산에 힘으로 철저히 눌렸던, 2등 시민처럼 살았던 서울 사람들의 울분이 대통령 선거라는 심지를 타고 뜨겁게 타오른 것이다.

시간이 흘러 새벽 2시가 되었다. 여전히 개표 방송은 진행 중이었다.

"새벽 2시가 막 넘은 지금, 피천수 후보가 다시 역전을 했습니다. 여섯 번째 역전입니다. 두 후보의 차이는 300표. 대선 결과는 아직 예측 불가입니다."

피천수가 역전을 하자 다시 머리를 부여잡고 괴로워하던 박창석이 손짓을 해서 뒤쪽에 있던 박상인을 불렀다.

"내 평생, 이렇게 피 말리는 선거는 처음이야. 돌겠다, 정말. 이거 해 떠야 결정될 것 같으니까, 후보한테 일단은 좀 눈 좀 붙이라고 해."

박상인이 대표의 귀에 대고 작은 목소리로 말했다.

"후보는 12시부터 잠자리에 들었습니다. 그 인간이, 신경이 엄청 굵어요. 어차피 이길 거니까 저한테도 좀 자라고 했습니다."

박창석이 어이가 없는 표정으로 박상인을 쳐다보았다.

"난 직업을 잘못 골랐어. 정치는 이렇게 신경 굵은 사람들이 해야 하는 거였어. 난 선거 때마다 결과 나올 때까지 아직 자본 적이 없어. 이 상황에서 잠이 오나?"

최종적인 선거 결과가 확정된 것은 마지막 개표가 끝난 새벽 녘이었다. 아나운서가 대통령 선거의 최종 결과를 발표하였다.

"새벽 5시 반, 드디어 대선 최종 개표가 종료되었습니다. 215표 차이로 김다익 후보가 당선되었습니다. 다시 한번 알려드립니다. 무려 18번의 역전과 재역전이 벌어졌던 이번 대선의 최종 승자는 전통의 공화당 김다익 후보입니다. 돌풍을 일으켰던 국민당의 피천수 후보가 한때 호모 섹스투스 공약을 내세워 지지율이 60퍼센트까지 올라가며 승기를 잡았지만, 선거 후반 무섭게 따라붙은 김다익 후보가 결국 역전에 성공했습니다."

5장

컨틴전시 플랜

#43
다시 방어진 항구

격렬했던 대선이 끝난 며칠 후, 당선인 신분이 된 김다익과 그의 아내 오영거가 방어진 항구를 찾았다. 큰아들 원우가 울산학교 졸업 미션인 연습 항해를 마치고 항구에 도착하는 날이었다.

잠시 후 항구에 배가 도착했고, 막 성년이 된 학생들이 시끌벅적하게 내렸다. 그중 원우가 끼어있었다.

편안한 캐주얼 차림의 슈트와 외투를 입고 있는 김다익 그리고 두꺼운 패딩을 투박하게 입고 있는 오영거가 팔짱을 끼고 이 모습을 조용히 지켜보고 있었다. 두 사람에게는 이제 청춘의 느낌은 사라지고, 중년의 느낌이 더 강해졌다. 오영거의 표정은 그 어느 때보다 편해 보였다. 배에서 내리는 원우를 향해 오영거가 손을 흔들었다. 잠시 오영거를 쳐다보던 원우는 바로 건너편에 있는 또래 여성인 고나영과 팔짱을 끼었다.

"쟤는 우리한테 관심이 전혀 없네. 난 안 그랬는데. 엄마한테 먼저 갔었어."

김다익이 웃으면서 오영거의 손을 잡았다.

"나도 그랬어. 아마도 우리가 이상한 거겠지?"

오영거가 씩 웃으며 대답했다.

"난 원래 남자한테 아무 관심 없었어. 특히 저 시절에는."

곧 이어 학교장의 짧은 환영사가 시작되었다. 몇 분도 채 걸리지 않았다.

학교장의 인사가 끝나자마자 원우는 고나영에게 반지를 건넸다. 고나영은 받자마자 반지를 손가락에 꼈고, 둘은 키스를 시작했다. 거의 대부분의 커플이 짧은 의식과 동시에 반지를 건네고, 키스를 했다.

멍하니 이 모습을 바라보고 있던 김다익이 결국은 고함을 질렀다.

"야, 김원우. 아빠 바빠. 빨리 안 올 거면 그냥 간다."

원우가 고나영의 손을 잡고 김다익 쪽으로 왔다.

"아버지, 창피하게 왜 소리를 지르고 그래요."

"고나영입니다. 만나 뵈어 반갑습니다."

김다익이 인사를 하려고 손을 내밀었지만, 고나영은 원우의 손을 잡고 바로 등을 돌렸다.

"저기 우리 부모님. 인사 같은 건 후딱 끝내버리자. 오늘 내가 준비한 프로그램이 좀 많아."

고나영의 손을 잡고 걸어가면서 원우가 큰 소리로 외쳤다.

"아버지, 어머니. 오늘 저 아주 늦을 겁니다. 기다리지 마세요. 그리고 저는 대통령궁에 안 들어갑니다. 커플스테이 신청할 거예요."

"원우야, 엄마는 커플스테이 대찬성이다."

"네, 고맙습니다. 어머님 최고!"

원우와 고나영이 고나영 부모 쪽으로 뛰기 시작했다. 하루 만에 루브르박물관 구경을 마치려는 외국인 관광객이 바쁘게 뛰어다니는 것처럼, 젊은 커플들은 방어진 항구 앞을 바쁘게 뛰어다녔다. 격식이나 절차를 지키는 시늉이라도 하는 것이 특별해 보일 정도였다. 사실 부모 인사 같은 것은 의미도 없는 일이었다.

뒤쪽에 서있던 최선아가, 원우가 멀어지자 손짓을 했다. 코트를 입은 수행원들이 김다익에게 가까이 갔다. 수행원들이 접근하자 오영거가 김다익의 등을 탁 치면서 말했다.

"나도 가야 해. 오늘은 야근이야. 참, 말할 기회가 없어서 못 했는데, 나도 대통령궁에는 안 들어가."

"뭐야? 당신도? 나 혼자 가라고? 이거 왜들 이래."

"나는 아직 일 좀 더 하고 싶어. 경찰 일 딱 적성이고, 천직이야! 대통령궁에서 경찰들 호위 받으며 출퇴근했다가는 진짜 놀림감 돼. 아마 동료들이 왕따 시킬 거야. 좀 봐주라."

"원주, 원정 그리고 원호는? 나 혼자 걔들 다 보기 어려워."

"애들은 내가 데리고 있으면 되지. 원주랑 원정이도 이제 어린이집 다니니까 정말로 손 한 개도 안 가. 아무 문제 없어."

"대통령궁에 대통령 달랑 혼자 들어갔던 전례가 없어. 좀 봐주라."

"애들 보면서 고독이 그립다고 하지 않았어? 나라 걱정하면서 고독을 마음껏 즐겨보셔, 김다익 당선인!"

#44
섹스투스 광고 시작

드라마는 여전히 인기 있는 문화 매체이고, 영화 역시 연간 수백 편씩 만들어지고 있었다. 4년생들은 공감능력이 뛰어나기 때문에 드라마에 대한 몰입도가 높았다. 만들어진 이야기를 보는데 너무 몰입을 하기 때문에 '드라마 폐인'이 등장할 정도라서 사회적 문제가 되기도 했다. 특히, 많은 교육을 받아서 집중적으로 성장해야 하는 청소년들에 대해서는 드라마 시청 시간을 제약해야 한다는 의견도 있지만, 아직은 마땅한 사회적 해결책을 찾지 못하고 있는 상황이었다.

어느 한 울산의 중산층 가정 주말. 식구들이 모두 모여 최근 유행하는 드라마의 마지막회를 보고 있었다. 드라마 최종회가 끝나고, 엔딩 크레딧으로 주요 장면들 요약이 탄력 넘치는 애잔한 음악과 함께 흐르고 있었다. 드물게 주인공들이 모두 죽고 끝나는 새드엔딩이지만, 완성도가 너무 높았다. 식구들이 드라마의 여운에서 쉽게 빠져나오지 못하고 있었다. 애잔하게 죽음을 맞은 여자주인공에게 너무 몰입한 아내는 눈물이 쉽게 멈추지 않았다. 남편이 티슈를 아내에게 내밀었다. 드라마 마지막의 애잔하면서도 깊은 흐름을 깨고 TV 광고가 시작되었다.

"신종 암 환자에게 희소식을 알려드립니다. 섹스투스 치료를 받으시면 더 이상 병상에 누워 암에 시달리실 필요가 없습니다. 사소한 부작용은 2년 더 여분의 삶을 사실 수 있다는 점입니다. 전국의 신종 암 환자 여러분, 섹스투스와 함께 바로 행복한 하루하루를 누리실 수 있습니다. 서울권역은 무상, 울산 등 그 외의 지역도 제품 프로모션 기간 중에는 무상입니다."

소파에서 조용히 드라마를 보고 있던 노인이 광고 문구를 듣고는 저절로 허리가 바로 서게 되었다. 좀 더 자세히 듣기 위해서 얼굴이 자연스럽게 정면을 향했다.

"저거 진짜야? 진짜로 2년 더 살아?"

아들은 대수롭지 않은 듯 대답했다.

"지난번 대선에서 피천수가 저거 TV 앞에서 딱 맞았잖아요. 아마 걔가 대통령 되었으면 지금 무상으로 전국에 쫙 풀렸을 거예요."

아직 눈가에 눈물이 채 가시지 않은 며느리가 부자의 대화를 들으며 가소롭다는 눈빛으로 말했다.

"세상 물정 모르는 소리들! 암 아니라도 어지간한 불치병인 사람들은 치료용으로 저거 맞은 사람 많대요. 아 글쎄, 병이 뭐든 며칠이면 싹 다 나아서 벌떡 일어선다고, 기적의 약이라고들 해요."

"내 친구들은 그런 이야기 없던데. 난 처음 봤어."

아들이 답답하다는 표정을 보였다.

"아버지 친구들이 다 너무 점잖아서 그런 겁니다. 신종 암 말고는 아직은 불법이라서, 쉬쉬하면서 몰래들 맞는 거예요. 좀 더 어려서 맞을수록 효과가 좋다고, 몰래몰래 맞는 사람들이 생겨났대요. 왜 아버지도 관심 있어요?"

"아들, 저거 조금 더 알아봐라. 진짜로 2년을 더 살 수 있다니까 알아봐서 나쁠 거야 없지 않겠니? 언제까지 무상 프로모션을 해줄지 알 수도 없고. 이거 내가 투표를 좀 더 실용적으로 했어야 했다는 생각이 드네. 너무 정에 끌려서 하던 대로 했어. 그때 피천수가 되었으면, 법이니 뭐니 싹 다 고쳐서 몰래몰래 할 필요가 없었던 것 아니야?"

신종 암 등 치료가 필요한 환자들에게만 접종한다고 했지만, 불법과 합법의 경계를 타면서 원하는 사람들에게는 어떤 식으로든 제공이 가능했다. 특히, 일찍 맞을수록 효과가 확실하다는 이야기가 퍼져 나가면서 불법으로 주사를 맞는 사람들이 급격하게 늘었다. 정보당국에서 이런 흐름을 파악하기는 했지만, 선거 직후에 벌어진 일이라 정치적 논란으로 들어가는 것에 부담을 느껴 별도의 행정적 조치를 하지 못하고 있었다. 일단은 무상이라서 사람들도 부작용 같은 것에 대해 크게 생각하지 않는 분위기였다. 프로모션 기간 동안에는 무료였지만, 상식적으로 곧 유료화가 될 것이라는 생각에 먼저 맞자는 흐름이 광범위하게 형성되었다. 특히, 학생들 중에서는 반지계 같은 명품계 대신에 '6년계'를 드는 유행도 생겼다. 좋은 싫든, 4년생의 수명은 물밑에서 공화국의 최대 질문이 되었고, 선거의 후폭풍은 선거 이후에 훨씬 커졌다. 피천수의 인기도 같이 올라갔다. 거의 차이가 없었던 두 사람의 지지율이 급격하게 피천수 쪽으로 기울게 되었다. 다시 대선이 치러진다면 볼 것도 없이 피천수가 압승을 할 분위기였다.

#45
주인에게 가는 유골함

　석영서와 석영난, 석영진의 두 여동생은 총수 석원주의 임종 때 아직 학교를 졸업하지 않은 학생이었다. 시간이 흘렀고, 두 사람은 섹스투스 프로젝트의 히든카드가 되었다. 석영서는 몸을 쓰는 일을 더 좋아했고, 석영난은 컴퓨터를 다루는 일, 특히 정교한 시스템 디자인 그리고 그걸 깨는 해킹에 매력을 느꼈다.

　선대의 유지를 받아 석영진이 준비하는 일은 두 가지로 나누어져 있었다. 오상환과 피천수 라인은 정치를 비롯 외부에 드러나는 화려한 일을 맡았다. 회사 내에서 어두운 일을 주로 처리하는 박진호 라인에는 석영서와 석영난이 합류하며 더 많은 권한을 가지게 되었다.

　석영서의 강화도 별장. 거실 창문 너머로, 갯벌 위로 밀고 들어오는 밀물의 흐름이 보였다. 커튼 사이로 들어오는 아침 햇

살이 거실을 은은하게 밝히고 있었다. 편한 옷차림을 한 석영서가 침실 문을 살짝 열고 들어갔다. 침대에는 피천수가 깊게 잠들어 있었다. 조용히 피천수의 침실로 들어간 석영서는 침대 아래에 놓인 보자기에 싸인 유골함을 들고 방 밖으로 나왔다. 거실에서 잠시 유골함을 보면서 생각을 하던 석영서는 핸드폰을 꺼내 전화를 했다.

"이소영 씨? 안녕하세요, 저는 한성시큐러티 대표 석영서라고 합니다. 절차상, 연구원에서 사망하신 부친의 신변 처리는 저희가 하게 되어있기 때문에 연락 드렸습니다."

전화기 너머로 큰 소리가 들려오자 석영서는 표정 변화 없이 전화기를 귀에서 잠시 떼었다.

"이소영 씨, 죄송하지만 저희 쪽 연구수 규정이 그렇게 되어 있습니다. 저희가 해드릴 수 있는 것은, 정중하게 인편으로 이걸 보내드리는 것과, 그게 번거로우시면 우리 내부에서 잘 모셔드리는 방법이 있습니다. 유족께서 편하신 대로 선택하시면 됩니다."

다시 한번 석영서는 전화기를 귀에서 떼었다. 그렇다고 딱히 표정이 일그러지는 것은 아니었다. 눈을 덮은 머리카락을 쓸어내리는 것처럼 그냥 기능적이고 기계적인 일처리 방식이었다. 그래도 귀찮은 일은 귀찮은 일이었다. 석영서는 숨을 한번 크게 내쉬고 말을 시작했다.

"그간 저희 연구에 협조해 주셔서 저희도 최대한 예의를 차리는 겁니다. 욕은 이 정도 하시구요. 받으실 건지 말 건지, 그 것만 결정해 주시면 됩니다. 네, 그렇죠. 고맙습니다. 오늘 내로 받으실 수 있게 해드리겠습니다."

전화를 끈 석영서는 유골함을 들고 현관문을 나섰다. 밖에는 경비들과 경호 차량들이 서있었다.

"영철아, 여기 와봐."

한성시큐러티 유니폼을 입은 남자 한 명이 뛰어왔다.

"너 이거 가지고 울산 좀 갔다 와라. 가서 그냥 전해주기만 하면 돼. 주소는 곧 보내줄게."

"네."

남자는 짧고 강하게 대답했다.

"유가족이 선뜻 안 받고 복잡하게 이야기하면 그냥 들고 나 와서 바닷가 적당한 데에 처리하고 와."

석영서가 다시 집 안으로 들어왔다. 그사이 피천수가 잠에서 깨어, 침대 머리맡에 앉아있었다. 뭔가 찾는 눈치를 석영서가 금방 알아챘다.

"유골함 찾아, 오빠?"

피곤과 술기운 그리고 당황 속에 피천수의 눈이 잠시 멍해 졌다.

"울산 주인에게 보냈어. 다 지나간 일이야."

석영서는 가죽 가방을 열고, 주사기 세트를 꺼냈다. '섹스투 스 관리액'이라고 쓰인 병에 주사기를 꽂고 주사 준비를 했다.

"2년을 더 살 수 있지만, 아직은 좀 관리해야 해. 약간 불편하지만, 뭐 한 달에 한 번 정도야. 오빠, 팔."

피천수가 얌전히 팔을 내밀었다. 석영서는 피천수의 팔뚝에 주사를 놓았다. 창가에 서해 바다가 보였다.

#46
훈련과 계획

　석영서 별장에서 그리 멀리 떨어지지 않은 언덕에 한성시큐러티 연수원이 있다. 한성시큐러티는 한성유통 내의 경비와 경호 등을 전담하는 회사인데, 성인이 된 석영서가 대표가 되면서 인원과 장비에 대대적인 보강이 이루어졌다. 그 과정에서 물리적인 경비만 하는 게 아니라 해킹 등 IT 관련 방어도 하는 회사로 성장했다. IT본부에는 석영서의 여동생인 석영난이 실무 지휘를 맡고 있었다. 석씨 일가가 경영진에 합류하면서 그룹 내 발언권도 대폭 강화되었다.

　강화도 연수원 실내에서는 100여 명의 대원이 검은색 유니폼에 방탄조끼를 입은 채, 기관단총을 들고 돌격훈련을 하고 있었다. 그리고 그 반대편에는 흰색 유니폼을 입은 또 다른 대원들이 방어훈련을 하고 있었다. 고전적인 전투훈련이지만, 군대가 존재하지 않는 호모 콰트로스의 세계에서는 흔히 볼 수 없는, 아주 이질적인 장면이었다. 본격적인 훈련을 시작한 지 얼마 되지 않았지만, 대원들의 행동은 제법 숙련되었다.

대형 모니터로 훈련 모습을 지켜볼 수 있는 상황실에 첫째 석영호부터 석영진, 석영서, 석영난, 석씨 일가 4남매가 모두 모였다. 말없이 훈련 과정을 지켜보던 석영진의 어깨에 석영호가 손을 얹었다.

"대선 결과는 참 유감이다. 한참 이기고 있었는데."

"지난 얘기 해서 뭐 해, 형. 울산 놈들, 야비하고 치사하게 나올 거야 다 예상했었지, 뭐. 산업자본이야 그렇다고 하더라도, 중립을 지키던 금융 쪽에서 머니게임으로 막판에 끼어드는 바람에 밀렸어. 은행들이 목 조르겠다고 나서니 다들 발 뺐지."

"1년 후 한번 더 기회가 있지 않겠어? 피천수, 걔는 섹스투스 주사 맞아서 한번 더 나설 여유가 있지 않나?"

석영진이 고개를 저었다.

"형, 이건 시간의 문제가 아니라 힘의 문제야. 사람들은 점점 더 6년을 살고 싶어 하겠지만, 그만큼 그걸 막으려는 울산의 힘도 강해지겠지. 결국은 힘으로 우리 다 잡아넣고, 피천수 걔는 아주 비참하게 구경거리로 전락할 거야. 지금 섹스투스 풀리면서 울산 사람들도 우리에게 아주 우호적이지만, 이 흐름이 얼마나 갈지 장담할 수 없어. 지금이 우리 힘이 가장 강할 때야. 생산자본이 결국은 유통인 우리를 밀어내고 자기들이 직접 하겠다고 나설 거야. 돈줄부터 막겠지. 지금이 사실 마지막 기회고, 아니면 우리가 당해. 너희는 어떻게 생각해?"

훈련 과정을 꼼꼼하게 지켜보던 석영서가 의자에 앉은 채로 무덤덤하게 말했다.

"큰오빠, 컨틴전시 플랜이 이미 가동되고 있어요. 대선에서 실패할 때를 대비한 비상계획이 처음부터 있었죠. 그걸 지금 하는 거예요. 본사의 박진호 전무 통해서 소규모 무기 회사들 인수합병은 완료했고, 지난 몇 달 동안 직원들도 2만 명 이상 새로 뽑고, 훈련도 시켰어요. 로버트 노직이라는 사람이 가장 이상적인 국가는 경비국가라고 했다던데, 내가 운영하는 한성 시큐러티가 지금 공화국 최고의 경비 회사야. 울산이든 서울이든, 우리 쇼핑몰과 거점 창고마다 수백 명씩 경비원들이 준비하고 있으니까. 사람도 있고, 무기도 있어. 난 기동 준비 완료!"

석영호가 걱정스러운 눈빛으로 석영서에게 물었다.

"물리력만으로 될까? 결국은 마음의 문제인데. 네가 말하는 컨틴전시 플랜, 그건 돌아올 수 없는 강이야."

"문제없대두! 마음, 바로 그거야 큰오빠. 요즘 피천수 인기가 아주 괜찮아. 선거 기간이 며칠만 더 있었으면 분명히 이겼을 거야. 학생들이 요즘 피천수계를 든다고 그래. 나중에 섹스투스 유료로 풀리면 사겠다고 돈을 모은대. 젊은 사람한테도 인기가 높고, 늙은 사람한테도 인기가 높지. 뭔가 하기에는 지금이 딱 좋아! 1년 후는 장담 못 해!"

고개를 끄덕이면서 석영서 이야기를 듣던 석영진이 이번에는 석영난을 쳐다봤다.

"석씨 일가 최고의 천재, 막내 석영난! 오빠는 니가 진짜 자랑스럽다. 장사만 하던 우리 가문에서 너 같은 애가 나오다니, 놀라울 뿐이야. AI 문제는 잘 풀려? 우리 컨틴전시 플랜의 핵심은 뭐니 뭐니 해도 결국은 AI 문제일 텐데 말야."

"언니는 국가의 기본이 경비라고 했지만, 지금은 달라. AI야. 울산 게토 시절에 같이 살았던 생태학자 오현아의 마음을 기본으로 지금의 AI 체계와 행정 시스템이 형성되어 있어. AI 현아는 정치적인 결정 같은 데에는 전혀 개입하지 않고, 개인들의 훈련과 과학, 기술 같은 역할만 해. 정권이 바뀌든 말든, 그런 건 관여 안 하지. 그런데 이게 말야, 이 아줌마가 인간이 4년만 살 게 되었다는 걸 아주 좋아했다는 거야. 지구 생태계에는 그게 더 낫다고 생각했겠지. 호모 콰트로스끼리 쿠데타가 있든 말든, 반란이 있든, 공화국이 붕괴할 정도가 아니라면 현아는 개입하지 않아. 주인이 누가 되든, 중립이지. 그러나 수명 연장을 내건 움직임이 있다, 그럼 아마 이 아줌마가 개입할 거야. 악몽이지."

석영서가 씩 웃으며 말했다.

"확 뿌샤버리면 되잖아. 백업 서버가 다섯 군데라며? 그거 다 부숴버리면, 거꾸로 재네가 장님처럼 되는 거 아냐?"

"하여간 영서는 성질이 급해. 영난이 이야기 좀 들어보자."

"문제는 우리도 그 현아 아줌마만큼 안정적이고 신뢰할 만한 AI가 있어야 한다는 거야. AI 스위칭은 또 다른 문제고. 우리 집안 캐릭터 가지고 다 시도해 봤는데, 뭐 다들 숙지하고 계시다시피, 여기 석씨 일가들 캐릭터들이 AI 캐릭터로는 양 아니올시다입니다. 오빠는 너무 차가워서 세밀하게 돌보는 성격이 아니고, 우리 영서 언니님께서는 무조건 직진, 그런 스타일로는 시스템 전혀 안 돌아갑니다. AI 캐릭터는 좀 더 사려 깊고, 어지간히 잘못된 것이 있더라도 개인의 자유의지 차원에서 좀 눈감아 주고 못 본 척하기도 해야 해. 뭐든 자기 맘대로 하면 사람들이 AI를 싫어하거나 무서워하게 돼. 결국 거부할 거야. 그러면 시스템 안 돌아가지. 사람들이 느끼기에 진짜 엄마나 누나, 혹은 친구 같아야 사람들이 AI와의 접속을 거부하지 않아. 우리 집안사람들은 이런 점에서 다 꽝이야, 꽝! 오빠나 언니나, 다 존재 자체가 버그야! 장사꾼 아니면 할 게 없는 인간들이야."

석영진의 얼굴에 짜증이 올랐다. 순전히 말하는 스타일 때문이었다. 최근 석영진에게 이렇게 길게 돌려가면서 말하는 사람은 없었다.

"영난아, 그럼 전혀 방법이 없니?"

"방법이 없지는 않지요. 뇌 스캔 결과를 해석해 보면, 우리 주변에 믿을만한 사람 중에서는 피천수가 가장 안정적인 AI 캐릭터 특징이 나와. 영진 오빠가 사람은 진짜 잘 본 거지. 돌봄

성향도 적당히 있고, 캐릭터가 너무 모노톤 하지도 않고 다면 적이야. 거기에 유연성도 강해. 딱 괜찮아. 다만……."

석영진이 석영난의 이야기 속으로 점점 빨려 들어갔다.

"다만?"

"정서 영역에 집착 현상이 좀 있어. 뭔 미친년을 짝사랑하는 지, 감성 에너지 절반 이상이 한 군데에 좀 뭉쳐서 꼬여있어. 의식의 영역이야, AI 판단 회로에서 숏컷 처리하면 되는데, 문 제는 무의식이야. 이게 전체적으로 AI의 톤 앤 매너에 영향을 주거든. 어린 시절에 부모에게 학대 심하게 받았던 사람의 무 의식이 AI 작동에 영향을 준다고 보면 돼. 거부당한 사랑도 부 모의 학대만큼 충격 에너지가 정서적으로 강하거든. 물론 그런 에너지가 있으니까, 저 나이에 힘든 일들도 다 처리해 내고, 대 선 같은 외로운 자리에서 딱 버텨낸 거겠지만."

"햐, 그거 복잡하네, 무의식. 프로그램에서 디자인하면서 그 런 건 그냥 잘라낼 수는 없나?"

"사람의 의식이라는 게 좀 복잡해. 무의식은 그냥 더미 변수 라서 의미 없어 보이는 것도 사실은 선호와 의사에 조금씩은 영향을 미쳐. 사람의 캐릭터를 이용하면 완전 기계어 AI보다 AI 크기가 확 줄기는 하는데, 무의식 같은 더미 변수들 손 잘못 대면 통합성에 문제가 생길 수 있어. 그거 잘못 손대면 결정적 으로 중요할 때 어떤 미친 짓을 할지 몰라."

석영난이 석영서를 바라보면서 말을 이어나갔다.

"언니가 좀 도와주고 있어. 그놈의 짝사랑이 만든 무의식, 누군가에 애정도 받고 사랑도 받으면 변할 수 있을지도 몰라."

"불확실한데. 다른 대안은 없나? 아니면 캐릭터 AI 빼고 가면 안 돼?"

석영난이 빙긋 웃었다.

"저를 믿어요, 오빠. 우리 쪽에도 충분히 전문가도 많구. 두 달 내에 회사 네트워크에 새로운 AI 탑재 준비 가능하도록 만들 수 있어. 아무려면 지금 최신 기술로 만드는데, 원시 시절에 만든 AI 현아보다 잘 만드는 게 어려울 리 있겠어?"

#47
아빠, 안녕

어느 일요일, 동해바다는 그날따라 한없이 잔잔했지만, 이소영에게는 모든 것이 정지한 것 같은 기분이었다. 검은 옷을 입은 이소영이 바닷가 절벽에 선 채 아무 말 없이 유골함을 안고 있었다.

유골함을 열어 하얀색 유골 가루를 무심하게 만지던 이소영은 한 줌, 두 줌, 그렇게 몇 번을 절벽 위에서 뿌렸다. 잠시 복잡한 감정에 휩싸인 듯, 이소영은 유골함을 뚫어지게 바라보았다. 그리고 낮지만 약간은 떨리는 목소리로 말했다.

"아빠, 안녕. 이제는 진짜 안녕!"

유골함 뚜껑을 얌전하게 다시 덮은 이소영이, 조용히 유골함을 쳐다보다가 순간 발작적으로 유골함을 절벽 너머로 확 던져버렸다. 유골함은 절벽 아래로 떨어져 차가운 바다로 흘러

가기 시작했다. 이소영은 유골함을 계속 쳐다보지 않고 등을 돌렸다.

조용히 뒤에서 묵묵히 지켜보던 차민정이 이소영의 손을 잡으며 위로했다.

"이소영, 이제 아버지는 보내드렸어. 끝난 거야."

"하도 오래되어서, 이제는 제 감정이 뭔지도 잘 모르겠어요. 인생의 반 너머가 벌써 지나가 버렸는데, 갑자기 저 꼴로 나타나서…… 장관님, 제 이야기 좀 해드릴까요?"

차민정이 이소영의 어깨를 안았다.

"자기, 이제 옛날 이야기는 필요 없을 것 같아. 아직 남은 인생도 길어. 그걸 즐겁게 잘 지내면 돼. 지금도 충분히 잘하고 있어. 난 지난 일들은 의미 없다고 봐. 내 철학이야."

"천수 이 새끼가 아버지 치료해 준다고 할 때, 사실 그게 이별이라는 걸 알았어요. 그렇지만 이렇게 실험 대상이 되고, 갑자기 유골함으로 오게 될 줄은 몰랐어요. 아니, 어쩌면 이것도 알았을지 몰라요. 아주 예전 일인데, 한번은 너무 힘들어서 AI 현아에게 어떻게 해야 할지 물어본 적이 있어요."

"마음 가는 대로 하라고 했지?"

이소영이 묵묵히 고개를 끄덕였다.

"나도 AI에게 물어본 적이 있었어. 그때 대답도 그랬어. 누구를 사랑할지, 그런 개인들의 질문에도 현아는 대답을 잘 해준다고 하는데, 내 경우는 실제로 그랬어."

"저는 아빠는 신경 쓰지 말고, 내 인생을 살라고 대답해 주기를 바랐어요. 마음 가는 대로 하라고 하는데, 마음이 갈피를 못 잡겠더라고요. 좀 더 확실한 답을 간절하게 바랐던 것 같아요."

"오현아의 성격이 원래 그랬던 것 같아. 시스템에 문제가 되지 않는 것들은 개인들의 성격을 존중하는 편이니까. 그래서 사람들이 AI에 무조건 기대지 않는 것 같아. 자기가 듣고 싶은 답만 해주는 거, 그랬다면 결국 AI를 아무도 신뢰하지 않았겠지. 소영, 내가 커피 좀 준비했어. 커피나 한잔할까?"

"고맙습니다, 장관님."

두 사람은 언덕 아래 바위에 앉았다. 차민정이 어깨에 멘 가방에서 보온병과 플라스틱 잔을 꺼냈다. 이소영이 목으로 커피한 모금을 넘겼다. 달달한 느낌이 찬 바닷바람으로 경직된 몸을 풀어주었다.

"신종 암 때문인지, 아빠는 아주 야비하고 비겁한 인간이 되었어요. 그때는 그게 신종 암인지도 몰랐어요. 엄마는 떠났고, 아빠는 남은 재산을 모두 저에게 주었어요. 저는 끝까지 아빠를 미워하면서도 주변의 눈 때문에 떠나지 못했어요. 아빠 새끼, 아주 야비한 인간이었죠. 저는 너무 어렸구요. 아빠한테 평생 당하고 살아서, 그런 인간이 뭘 할지 내가 잘 알아요. 이제는 도망 안 가요. 도망간다고 풀리는 문제가 아니라는 걸 이제는 알아요. 이제 제 주변에는 장관님도 있고, 해양농림부의 동료들도 있어요, 아주 멀쩡하게 어른이 된 다익이도 있구요. 이제는 피천수 같은 야비한 인간들에게 당하고 살지 않을 겁니다."

"그럼 장관직 받기로 했어? 나야 자기가 내 뒤를 이어준다면, 그저 영광일 뿐이지."

이소영이 핸드폰을 꺼냈다.

"AI 현아, 뭐 좀 물어보자."

AI 현아가 홀로그램으로 나타났다.

"대통령 당선자가 장관을 해달라는데, 어떻게 해야 해? 난 이제 좀 더 자유롭게 나의 중년을 보내고 싶은데. 그냥 내 마음 가는 대로 할까?"

"소영, 나는 장관을 꼭 해야 한다고 말해주고 싶어. 편안한 삶을 희생해야 하는 선택이라서 나도 그렇게 권유하고 싶지는 않지만, 소영이 그 역할을 해주는 게 좋다는 게 내 계산이야. 소영, 정말 미안한 말이지만, 이건 내가 부탁하는 거야. 공화국에 매우 큰 위기가 올 가능성이 92퍼센트 이상이야. 소영이 지금 장관을 맡지 않으면 다익이가 6개월 후에 죽을 가능성도 95퍼센트 정도 돼. 소영이 장관이 되면 그 확률이 조금 내려가."

AI 현아의 대답에 이소영과 차민정이 크게 놀랐다. AI 현아는 스타일상, 개인의 삶에 대해서는 기술적 분석 이상을 제시하는 일이 거의 없었다. 물론 모든 AI가 그런 것은 아니지만, AI 현아는 인간의 자율성을 최대한 보장하는 스타일이다. 좀 더 적극적인 AI로 대체해야 한다는 의견이 공화국 내에 전혀 없었던 것은 아니지만, 공화국의 파운더 중 한 명인 오현아 박사가 가지고 있는 상징적 권위가 여전히 강했다. 그리고 그런 게 공화국의 스타일이 되었다. 어지간해서는 다른 사람의 삶에 교훈을 주거나 간섭을 하지 않으려는 분위기가 강했다. 그렇지만 이 순간 AI 현아는 자신의 스타일과 전례를 깨고 이소영에게 매우 강한 조언, 아니 결정을 들이밀고 있었다. 그리고 미안하다고 말하고 있었다.

#48
김다익 대통령 취임식

울산공화국의 대통령궁은 단아한 3층 건물이다. 약간 큰 단독주택을 떠올리면 크게 다르지 않고, 빨간 벽돌집이라 고풍스러운 느낌마저 들었다. 울산 게토 후반기 사령부로 사용되었던 건물이고, 건국 이후에는 게토 사령부 대신 대통령궁으로 사용되고 있었다. 대통령의 기능이 점점 커져가면서 인근 건물들에 대통령 기능 일부가 퍼져있다. 주변 부속 건물의 지휘부 같은 곳인데, 대통령과 측근들이 대통령궁에서 일을 한다.

아직은 당선인 신분인 김다익이 쌍둥이인 원주와 원정 그리고 막내인 원호의 손을 잡고 현관 쪽으로 걸어갔다. 그 뒤에는 김다익과 함께 일할 수십 명의 동료와 공화당 간부들이 웅성거리며 모여있었다. 대통령의 아내인 오영거와 첫째 원우는 취임식에 나오지 않았다. 그들은 전례를 따르지 않았다. 대통령의

식구로 산다는 것은 부담스러운 일이고, 그들은 그런 삶을 선택하지 않았다.

잠시 후 현관문이 열리고 이제 곧 전직 대통령이 될 대통령 신문영이 걸어 나왔다. 동시에 엄청난 박수가 터져 나왔다.

"고생했어, 김다익. 역대 대통령 중 자네가 가장 힘든 길을 걸어 여기까지 왔네. 그렇지만 앞으로 더 힘든 일이 기다리고 있을 거야."

"네, 각오하고 있습니다."

신문영이 다정하게 김다익의 어깨를 안고 현관문 안으로 들어갔다. 다시 박수가 터져 나왔다. 울산공화국에서 대통령 취임은 대통령이 대통령궁에서 국가 기밀을 후임 대통령에게 인수인계하는 과정으로 이루어진다. 유사한 방법으로 영국의 총리 이취임식이 있었다. 총리가 국왕에게 신임 총리를 인사시키는 과정이 취임식의 결정적 과정이다.

대통령궁 지하에 설치된 상황실로 김다익을 안내한 신문영, 두 사람이 들어서자 AI 현아가 기다리고 있었다.

"대통령궁 밖에 사람들이 기다리고 있으니 짧게 할게."

신문영이 목에 걸린 크리스털 목걸이를 풀었고, 이걸 김다익의 손에 넘겼다. 목걸이 펜던트를 돌리자 길쭉한 금속 열쇠가 나왔다. 그리고 상황판의 금속 덮개를 가리켰다.

"이건, 정말 비상 상황 때 쓰는 장치야. AI 현아를 정지시키는 비상 스위치. 이건 대통령으로서 승계하는 게 아니라, 울산 게토 리더의 승계자로서 받는 거야."

신문영의 짧은 설명을 들으면서 김다익은 얼떨결에 목걸이를 손에 받아 들었다. AI 현아의 설명이 시작되었다.

"당선 축하해, 다익. 간단히 설명할게. 울산 게토에서 처음 AI를 만들 때, 중간 과정에서 AI 말평션, 즉 오작동에 대한 우려가 있었어. 그래서 비상시 AI를 정지시킬 수 있는 긴급 정지 스위치를 만들었고, 게토 리더에게 이 스위치가 계속 건네졌거든. 공화국이 생겨나고 게토 리더를 공화국 대통령이 승계하면서 대통령이 넘겨받게 되었어."

게토 시절 리더들이 AI 현아에게서 긴급 정지 스위치를 넘겨받는 장면들이 순차적으로 영상으로 흘러나왔다.

"호모 콰트로스는 아직 덜 완성된 문명이고, 앞으로도 위기가 많을 거야. 나는 대통령을 지키는 게 아니라 울산 게토의 리더를 지키도록 기본 코딩이 되어있고, 그게 설계자인 오현아 박사의 뜻이었어. 그렇지만 시간이 오래 흐르면, 당시에 우리가 예상하지 못한 데이터 충돌 같은 게 생길 수 있고, 여러 가지 이유로 AI 말평션이 발생할 수 있다고 예측했어. 이걸 울산 공화국 건국 이후로는 대통령들이 맡아왔는데, 이걸 갖는 건 다익이 네가 울산 게토의 공식적인 계승자라는 의미야. 너한테 나를 세우거나 없앨 권한이 생기는 거지."

목걸이를 목에 걸며 김다익이 물었다.

"울산 게토 리더, 영광입니다. 그런데 현아, 이걸 정지시키고

나면 그다음에는 어떻게 해야 돼? 다시 부팅시키면 되나? 아니면 백업 데이터에서?"

"매번 새로운 대통령이 당선되면 얼마 후 뇌 스캔을 떠서 새로운 백업 버전을 만들어. 혼란스럽기는 하겠지만, 진짜 리셋을 하는 거지."

AI 현아가 설명을 이어나갔다.

"김다익 대통령, 아마 혼돈의 시기가 올 가능성이 높아. 아직까지 긴급 정지 스위치를 쓴 적은 없지만, 지금은 그럴 가능성이 높아. 명심해. 지나치게 공화국의 메인 AI가 이것저것 깊이 관여하려고 하면, 그게 바로 말평션이야. 그때는 머뭇거리지 말고 리셋을 해야 해. 어쨌든 말평션 시나리오는 나랑 천천히 고민하면 되고, 지금은 신문영, 이 오래된 친구를 집으로 돌려보내 줄 시간이야. 문영, 진심으로 감사해."

"고마워, 네 도움 덕분에 나도 이제 인생이 뭔지 조금은 알것 같아. 자, 다익, 나가자. 사람들 목 빠지게 기다리는 중이야."

잠시 후 대통령궁의 현관문이 열리고, 신문영과 김다익이 손을 잡고 밖으로 나왔다. 박수가 터져 나왔다. 신문영이 손을 들고 짧은 인사를 했다.

"여러분, 공화국 대통령 승계 절차가 마무리되었습니다. 공화국의 신임 대통령을 여러분에게 소개하면서 저는 이제 그만 집으로 돌아가겠습니다. 공화국에 행복이 가득하기를 기원합니다. 아무쪼록 우리 공화국의 새로운 대통령 김다익이 저처럼 이렇게 편안하게 후임 대통령에게 임무를 넘기고 즐거운 마음으로 집에 돌아갈 수 있기를 바랍니다. 더 이상 욕 먹을 일 없는 일상으로 돌아가게 되어서 저는 너무나 기쁩니다."

#49
영거, 속 좀 그만 썩여라

새로운 대통령의 장관 임명은 신속하게 이루어지고 있었다. 신임 경찰청장은 강력 범죄를 주로 다루었던 오영거의 상관 최종묵이 되었다. 외부 행사를 마친 후 경찰 정복을 벗고 잠시 쉬고 있던 최종묵의 방에 노크 소리가 들렸다. 노크만 하고 바로 문을 열고 들어오는 폼이 영락없는 오영거다.

"청장 승진을 축하드립니다. 이 방에는 처음 들어와 보네요."

오영거가 책상 앞으로 가까이 와서 명패를 읽었다.

"최종묵 청장. 멋지다, 멋져!"

넉살 좋게 웃고 있는 오영거를 최종묵이 지겹다는 표정으로 쳐다보았다.

"영거, 너 우라지게 말도 안 들어 처먹는다. 대통령궁에 안 들어간다고 버티면, 차라리 대통령궁 경비대장으로 발령 내버리라고 간부들이 나에게 아주 생난리들이시다. 적당히 좀 하자. 속 좀 그만 썩여라. 선거 때 경찰 가족 대통령궁에 보낸다고 나름 알아서 애들 썼다. 순수한 사람들이야, 경찰이라는 게. 더 버티면 나도 그냥 대통령궁 경비대장으로 발령 내버린다!"

"청장님, 전 현장에 뼈를 묻을 겁니다. 대통령은 김다익 씨가 된 거지, 전 아무 상관도 없습니다. 공화국 헌법 5조에 "모든 국민은 자기가 하고 싶은 일을 할 권리가 있다", 이렇게 되어있습니다. 전 공화국의 안전을 현장에서 지키는 일, 이 일을 하고 싶습니다. 인생 짧습니다. 어영부영 대통령궁에서 1년 버티면 곧 저도 은퇴할 나이입니다."

'고개를 빳빳이 든다'는 표현이 있다. 신임 경찰청장 앞에 선 오영거가 딱 그렇다. 청장을 정면으로 보면서 말을 이어나갔다.

"그런 장식품으로 살려고 범인 잡고, 애 낳고, 그렇게 아등바등 살지 않았습니다."

"너도 애 넷의 엄마야. 이제 곧 간부로 승진할 차례기도 하고. 내가 언제까지 너랑 같이 일하겠냐? 청장 몇 달 하다가 은퇴해서 마지막 6개월은 성공한 사람들의 상징처럼, 나도 빈둥거리다가 생의 마지막을 보내고 싶다. 1년 공부하고, 2년 반 일하고, 마지막 6개월 정리하고. 난 이 공화국의 뻔한 삶의 그 패턴이 너무나 좋아, 정말 좋아. 우리 집은 좀 가난했는데, 나름 만족할 만한 인생을 살았어. 그런데 오영거, 넌 나보다 더 좋은 인생이야. 부럽다. 솔직히 난 네가 부러워. 그렇지만 경찰이 얼굴 알려지고 너무 주목받으면 아무것도 못 해. 너한테 이제 현장은 없어! 대통령궁 경비대장이 우리가 해줄 수 있는 최대한의 배려야. 경찰 일 하느라고 대통령 부인이 대통령궁에 안 간다, 이거 경찰에게는 스캔들이야, 스캔들."

"솔직히 공화국 대통령궁에 무슨 하는 일이 있습니까? 그냥 의전만 하는 곳, 그게 무슨 현장입니까? 다 대통령 관계자라고 편의 봐주는 거라 생각할 겁니다. 눈 가리고 아웅이죠. 전 싫습니다."

"상관이 시키면 시키는 대로 좀 해라. 나는 이제 무려 청장이다. 국민들은 우리 영부인이 이런 꼴통이신지 아실런가 모르겠네."

최종목이 책상 위 서류 한 장을 집어 들었다.

"하여간 나는 발령장 낸다. 그리 알아라."

"싫습니다. 정 그렇게 나오신다면, 저는 사직서 냅니다. 차라리 저는 민간 경비 회사로 이직하겠습니다."

"어, 그러셔? 야, 요즘 한성유통에서 경호원 자리로 현장 경찰들 싹 쓸어가서 안 그래도 간부들이 신경 곤두세우는데, 너까지 왜 이러냐. 넌 소문도 안 듣냐? 하이고, 진짜 꼴통은 꼴통이다. 자, 내가 제시할 수 있는 마지막 카드다, 이건 받아라."

"뭔가요?"

"너도 들어는 봤을 거야. 경찰 내 위기 상황에 대처하기 위한 게토 수비대라는 비밀 부대가 하나 있어. 상징적으로 존재하는 건데, 이건 경찰이기는 하지만 대통령 지시도 받지 않는 독립 부대야. AI 현아가 경찰청장에게 직접 오더 때리면 움직이는 곳이야. 즉, 너는 내 직접 지시에 의해서 움직이는 거지. 서류에만 있지, 외부에서는 실체를 모르는 곳이야."

"그건 노는 데 아닙니까?"

최종묵이 씩 웃었다.

"너 내가 노는 거 봤냐? 내가 널 놀게 하겠냐? 외부에는 경찰청장 직할 조직 정도로만 소개할 거다. 네가 그렇게 원하는 작전 현장에서 박박 구르게 해줄 테니, 그렇게 하자, 영거야."

오영거는 잠시 최종묵의 얼굴을 보았다. 수없이 곤란한 상황 속에도 언제나 오영거의 버팀목이 되어주고, 늘 감싸주었던 직속상관이다. 그래도 직장 생활에서 상관 눈치를 아주 안 볼 수는 없다. 비리 수사하다가 역공 받았을 때, 그래도 교통과로 옮기면서 재기의 발판을 만들어 준 것도 최종묵이었다.

"네가 원하는 건 다 맞춰줄 테니까, 너도 내 부탁 하나만 들어줘라. 사는 건 그냥 대통령궁에서 살아라, 제발. 그냥 좀 큰 아파트라고 생각하고. 내 처지 좀 봐줘."

결국 오영거는 대통령궁에 들어가 살게 되었다. 뜻을 잘 굽히지 않는 오영거지만, 사람들의 눈을 완전히 무시할 수는 없었다.

#50
위기인가?

박상인, 최선아는 김다익과 함께 공화당 혁신을 주도하던 인물이다. 이제 새로운 정부에서 박상인은 대통령 비서실장, 최선아는 정보를 총괄하는 정보처장이 되었다. 그들이 김다익의 방인 대통령실에서 최근의 변화에 대해 비공식적으로 이야기를 나누는 중이었다.

"섹스투스가 은밀히 퍼지고 있어. 신종 암 치료제라고는 하지만, 법적으로는 방치하기가 좀 곤란해. 대선 직후부터 시작된 건데, 대통령 취임까지는 너무 정치적으로 보일 것 같아서 그냥 놔뒀었어. 하지만 더 이상은 곤란할 것 같아. 조치를 취해야 해."

박상인이 서울의 움직임에 대한 우려를 이야기했다. 김다익의 반응이 이미 알고 있다는 분위기였다.

"참, 천수는 요즘 뭐 한대요?"

정보를 취합하고 분석하는 역할을 맡은 최선아가 대답했다.

"외형적으로는 쉬고 있는 중입니다. 석영진의 최측근인 오상환 서울국민당 당대표를 중심으로 슬슬 총선 준비하면서 본격적인 야당으로 활동하기 위한 준비가 진행 중입니다. 서울시장 출마도 계획 중이고, 서울을 중심으로 다음 총선에서 전면전을 치를 기세입니다. 정무 라인에서는 큰 도전 중이라고, 대응책 마련이 한창입니다."

"대통령, 내가 누차 말했지만 섹스투스 그냥 방치하면 안 돼. 울산에서도 피천수 인기가 요즘 걷잡을 수 없어. 지금 다시 대선 치르면, 정말 어쩔 수 없는 상태야. 학교 다니는 학생들과 네 살 된 노인들이 섹스투스 처방받겠다고 아주 난리야. 말만 항암 치료제지, 그냥 억지로 수명 늘리는 불법 약제야. 더 커지기 전에 지금 쳐야 해. 서울에서 별도로 당이 생긴 것도 머리 아픈데, 물밑으로 그 인기가 너무 급속히 높아지는 중이야. 대통령실 정무 라인과 사법 라인 전부 다 조치를 취해야 한다고 난리야. 여기 최선아 정보처장 쪽 정보 라인들도 같은 의견이고."

김다익의 표정이 어두워졌다.

"천수는 제 친구예요. 불법이라고 하면 결국 조사하고 사법처리해야 하는데, 그런 험악한 모양새는 좀 피하고 싶어요. 막 생긴 신생 야당 탄압처럼 보일 수도 있고."

박상인이 발끈하면서 김다익의 말을 잘랐다.

"무슨 소리야, 지금! 이건 헌법 위반이고, 공화국 질서에 대한 근본적 부정이야. 피천수는 더 이상 학교 친구가 아니라 그냥 한성유통 끄나풀인 거야. 선거 때라서 덮고 그냥 넘어갔지만, 요인 납치 미수도 있었잖아. 무지막지한 놈들이야. 상인들, 울산의 공장 사장들하고는 접근 자체가 달라. 아주 끈적끈적해. 대통령 비서실장으로서, 지금 바로 움직여야 한다는 게 내 의견이야."

잠시 듣고 있던 최선아도 말을 거들었다.

"우리 쪽 정보 라인이 울산에서는 강하지만, 서울에서는 사실 별로 힘을 못 씁니다. 부끄러운 말씀이지만, 그 안에서 무슨 일이 벌어지는지 정확히는 잘 모릅니다. 서울에서 경비 및 보안을 맡고 있는 한성시큐러티 쪽에서 보안 전문가와 경호 쪽 인력들 싹쓸이해 간다고 현장에서 아주 말이 많습니다. 워낙 보수 조건이 좋아서, 경찰은 물론이고 정보원들도 사직서 내고 그쪽으로 꽤 넘어가는 중입니다."

"다익아, 그놈들 아주 흉악해. 먼저 안 치면, 결국은 우리가 당해. 대통령 암살도 할 놈들이라니까."

"상인 선배, 그렇게 감과 느낌만으론 움직일 수 없어요. 이렇게 합시다. 섹스투스는 기술적 검토를 좀 해보고, 불법 요소가 과연 정치 탄압으로 보이지 않을 정도로 충분히 보여질 수 있는지, 그때 가서 판단을 합시다. 일단은 상황을 좀 더 파악해 봅시다."

최선아의 눈빛이 순간적으로 빛났다. 정보 라인이 깊게 움직이기 위해서는 어쨌든 대통령 지시가 필요했다.

"조사에 대해서는 일단 오더 내리신 겁니다, 각하."

"우리도 다 정책 로드맵이 있고, 우선순위가 있어요. 지금 급한 건 피천수가 아니라, 자원 수급 등 당장 대처해야 할 문제들이 많아요. 약속한 것도 있구요. 산업계에서 고철 등 자원을 우선 확보하기 위해 노력 중인데, 지금 구조적으로 한계에 봉착한 상황입니다. 이제는 정말 해외 진출에 대한 준비를 시작해야 합니다. 우리 능력으로는 아직 그런 대형 선박들 마음대로 만들 형편이 아니고, 그렇다고 비행기도 맘껏 만들 수 있는 형편도 아닙니다. 나는 그런 문제에 해법을 제시한 대통령이 되고 싶어요."

최선아가 다른 이야기를 꺼내기 위해 잠시 눈치를 보았다.

"각하, 이 이야기, 여기서 할 좋은 타이밍인지는 모르겠습니다만……."

박상인이 최선아를 거들었다.

"해야지, 지금이 바로 그 타이밍이야."

"기술적 문제로 위성 발사가 잠시 중단되었습니다. 그걸 비밀 발사로 하자는 정보 라인 쪽의 건의가 있습니다."

김다익이 얼굴을 찌푸렸다. 기존의 GPS 드론의 한계가 너무 명확해서 위성으로 대체하자는 것이 지난 수년 간 가장 중요한 국책 사업 중 하나였다.

"그건 모두가 촉각을 세우고 기다리는 중 아닌가요? 늦어진다고 안 그래도 말들이 좀 있던데."

"저희 서울 쪽 정보 라인이 워낙 취약해서…… 죄송합니다.
위성을 활용할 수 있으면, 서울에 정보 라인을 어느 정도 구축
할 때까지 위급한 상황은 좀 커버할 수 있을 것 같습니다."

"얼마나?"

"몇 달이면 됩니다. 위성 발사 비밀 건은 기술적 안정화까지
시간이 좀 걸려서 그랬다고 말할 수 있습니다."

김다익이 커피 잔을 보았다. 커피가 비었다. 자리에서 일어
나 커피 머신 쪽으로 걸어갔다. 문득 창밖 풍경이 눈으로 들어
왔다. 잔디에 조금씩 파란 물이 올라오기 시작했다. 꽃이 피기
에는 아직 시간이 좀 남았다. 커피 잔에 다시 커피를 채운 김다
익이 목소리 톤을 바꾸어 말했다.

"정보처장, 솔직히 말해줘. 지금 하는 이야기가 정보 라인 의
견이야, 아니면 AI 현아의 의견이야?"

최선아가 대답을 하지 못했다. 박상인이 머리를 잠시 흔들고
침을 꿀꺽 삼켰다. 잠시 침묵과 함께 긴장이 흘렀다.

"둘 다야. 정보 라인, 정무 라인, 전부 공화국의 위기라고 하
고, AI 현아도 계속해서 경고를 하고 있어. 전례 없이, 끊임없이
개입. 공화국 역사에서 지금처럼 거센 도전을 받은 적은 없
어. 지금 처리 잘 못 하면, 서울은 따로 독립하겠다고 나설 수
도 있어. 물리력으로 바로 제압하지 않으면, 결국은 국민당에
서 총선 몇 번 거치면서 국회의원 숫자들 확보해서 독립 밀어

붙일 수도 있어. 다익, 전임 대통령들하고 너는 사정이 달라. 지금까지는 경쟁이 없었어, 한번도."

김다익이 목걸이에 달려있는 펜던트를 가리키면서 두 사람에게 말했다.

"이 이야기 처음인데, 두 사람 다 잘 들으세요. 이건 AI 현아 비상 정지 열쇠입니다. 공화국 메인 AI인 AI 현아는 정치적 중립의 의무가 있습니다. 그게 어긋나면 AI 말평션입니다. 작동 오류죠. 공화국 대통령으로서, 아니 게토 리더의 승계자로서 AI 현아의 말평션이 발생하면 저는 AI를 정지시켜야 합니다. 시스템 오류가 커지면 걷잡을 수가 없습니다. 두 분 다 세밀하게 관찰해 주시기 바랍니다. 그럼 피천수 건은, 일단은 조심스럽게 내사 정도만 하는 걸로, 그렇게 정리하죠."

#51
비밀 위성 발사

한적한 지역, 위성 발사를 위한 카운트다운이 시작되었다. 공화국 최초의 위성이다. 과학 기술의 성과, 특히 우주 기술의 성과는 정권의 중요한 홍보 수단이다. 호모 콰트로스의 사회에서는 우주에 대한 판타지가 크게 없었다. 4년이라는 수명이 감당하기에 우주 진출은 너무 기간이 긴 사업일지도 모른다. 너무 멀어 보이는 일들에는 관심이 잘 안 가게 된다. 그렇지만 위성은 다르다. GPS를 사용하기 위해 드론을 대규모로 띄우는 것은 너무 비효율적이고, 기상 조건에 따른 제약도 많았다. 공화국이 많은 자원과 에너지를 끌어 모아서 위성을 개발하게 된 것은 너무 당연한 일이었다.

"3, 2, 1."

오퍼레이터의 카운트가 끝나고 위성 점화가 시작되었다. 잠시 후 하늘을 향해 수직으로 로켓이 출발하기 시작했다. 모니터를 응시하던 발사팀장이 잠시 숨을 돌렸다.

"큰 문제는 없을 것 같네. 다행이다."

"1단 분리, 성공입니다."

잠시 후 순차적으로 로켓이 2단 분리를 하였다.

"2단 분리, 성공입니다."

발사팀장이 손으로 오케이 사인을 보냈다. 처음이지만 로켓 발사 과정은 순조롭게 진행되었다. 다만 흔히 볼 수 있는 위성 발사 제어실에 비하면 인원이 많지 않았다. 필수 요원들만 제어실에 입장할 수 있었다. 제어실 벽과 입구에는 오퍼레이터들보다 더 많은 검은 슈트를 입은 정보계통 요원들이 서있었다. 어색하지만, 이게 공화국의 현실이었다.

잠시 후 위성이 본 궤도에 올랐다. 박수 소리가 터져 나왔다. 분위기가 무거워서 환호를 지르지는 못했지만, 위성 개발에 참여한 연구진들과 오퍼레이터들 사이로 성공을 축하하는 수신호가 오갔다.

"저는 공화국 정보처장 최선아입니다. 모두에게 축하받아야 하는 상황인데, 이렇게 은밀히 진행하게 되어 매우 유감입니다. 정부 기밀 상황이라 이럴 수밖에 없는 것은 제가 정부를 대신해 사과드리겠습니다. 그렇지만 여러분이 기밀 유지에 잘 협조해 주신다는 조건으로, 위성 2호기 제작에 바로 들어갈 수 있게 해드리겠습니다. 예산과 절차상 1년 뒤에 시작되는 계획을

수정해서 바로 제작에 들어갈 것입니다. 여기에 더해서 기밀 유지에 협조해 주시는 여러분에 대한 작은 위로로, 연봉 100퍼센트에 해당하는 특별 위로금을 정보처 예산으로 지원하겠습니다. 부디 사명감을 가지고 일해주시기 바랍니다."

눈으로는 위성의 모습을 비추는 스크린을 보면서도 최선아의 목소리에 귀를 기울이던 오퍼레이터들이 연봉 100퍼센트를 인센티브로 지급한다는 이야기를 듣자, 소리 없는 환호를 외쳤다. 돈만으로 기밀이 유지될 수 있을까? 어쨌든 최선아를 축으로 하는 공화국의 정보 라인은 불리한 상황에서 최대한 서울 쪽 정보를 확보하기 위해 안간힘을 쓰고 있었다.

#52
오영수의 마지막 순간

오영수는 담백한 인간이었지만, 동시에 아주 다크한 인물이기도 했다. 경제와 정치, 양쪽에 서있게 되었고, 일반인에게는 드러나지 않은 많은 의사결정을 내려야 했던 게 그의 삶이었다. 키는 작았지만 운동을 많이 해서 어깨가 떡 벌어진 다부진 체격을 하고 있는 그는, 하는 일만으로는 남보다 몇 배의 인생을 살았다. 그렇지만 모두에게 공평하게 4년의 시간이 주어진 것처럼 그에게도 더 긴 시간이 허락되지는 않았다. 무엇보다도 김다익에게 깊은 인상을 남긴, 그가 진심으로 존경하는 몇 안 되는 시니어 중 한 명이기도 했다.

오영수의 병실 문을 막 열고 들어가려던 순간, 김다익이 동행한 비서실장 박상인에게 아쉬움과 슬픔을 감추기 위해 입을 열었다.

"영수 어르신께서는 심장이 안 좋으시다고요?"

"4년 꽉 채워서 사셨어. 며칠 주변 사람들 만난다고 기계에 좀 의지하셨는데, 오늘쯤 기계 뗀대. 너무 감사해서 돌아가시기 전에 훈장 수여라도 하려고 했는데, 한사코 거절하셔. 기업, 특히 산업자본이 정부와 너무 가까우면 안 된대."

"훈장 가지고 되겠어?"

훈장 이야기를 하면서 문득 김다익이 옆에 있는 박상인의 얼굴을 쳐다보았다. 거의 하루 종일 붙어있다 보니, 그에게 고맙다는 이야기를 하지 못했다는 생각이 들었다.

"내가 형한테 신세진 거, 그게 달랑 훈장 하나 가지고 되겠어? 영수 어르신에게도 마찬가지고. 갚을 방법이 없는 거지, 짧은 4년 동안. 그냥 마음속에 담아두고 고마움과 함께 사는 거야."

"무슨 소리야. 김다익 대통령, 당신 임기 동안 살아서 버티는 게 내 마지막 소원이야. 거의 딱 플랫이야."

"4년이 길다면 길고, 짧다면 또 짧고, 아쉽기만 하네. 그렇지만 천수가 하는 이야기처럼 6년을 살아도, 결국 아쉬운 순간이 오는 건 마찬가지일 거 아냐."

박상인이 먼저 문을 열고 김다익을 병실 안으로 안내했다. 침대에는 오영수가 누워있고, 가족들이 모여있었다. 김다익이 들어오는 것을 본 오영수가 손짓을 했다.

오영수를 본 지 몇 달 지나지 않았지만, 그 사이 20년은 지난

듯 나이 먹은 모습이었다. 호모 콰트로스의 노화는 마지막 몇 달 사이에 집중적으로 이루어진다. 오영수의 얼굴에는 이미 죽음이 한 발 앞에 와있는 듯했다. 온화한 오영수의 표정만이 그가 행복한 삶을 살았던 사람이라는 흔적을 보여주고 있었다.

"의사 선생님, 심장 연명 장치는 이제 끄셔도 됩니다."

"괜찮으시겠습니까? 금방 쇼크 오고, 심정지 올 수도 있습니다."

오영수가 숨을 한 번 크게 쉬고, 막 병실로 들어온 김다익의 얼굴을 쳐다보았다.

"괜찮습니다, 의사 선생님. 어차피 한번 맞는 순간 아닙니까? 애들한테 할 이야기도 다 했고, 여기 이 양반 보고 싶어서 연명 치료 받아들인 겁니다. 이제 왔으니까 되었습니다. 애들아, 너희도 이제 돌아가라. 할 일 많은 나이들이다. 여기서 괜히 시간 보낼 것 없다. 가서 자신의 인생을 맘껏 즐기거라. 내 마지막 유언이다!"

"네, 아버님. 그럼 저희는 돌아가 보겠습니다."

장남이 울먹이는 목소리로 말하고 아버지의 손을 잡았다. 그리고 천천히 넓은 VIP 병실을 나갔다. 다른 식구들도 그를 따라 병실을 떠났다. 이별은 오영수의 성격만큼이나 담백했다.

"박상인이라고 하셨나, 대통령 비서실장? 아니, 김다익의 그림자쯤 되시겠지. 나 허리 좀 잠깐 도와주시겠소? 짧지만 내 인생 최고의 파트너이자, 운명의 친구인 김다익과의 마지막 만남인데, 누워만 있기는 좀 그렇습니다."

박상인이 겨우 호흡만 하는 오영수의 등을 받쳐서 상반신을 일으켜 세웠다.

"회장님, 그냥 편히 계셔도 됩니다."

"아니야, 다익아. 이기는 거 많이 해봤지만 이겨서 좋았다는 말도 해주고 싶었어. 아마 다익이 너에게도 위기가 왔는데, 이 제는 내가 도와줄 수 없어서 미안하다는 말도 해야겠고."

순간 터져 나올 것 같은 울음을 참으며 김다익이 오영수의 손을 잡았다.

"어르신 덕분에 참 많이 왔습니다. 짧은 기간, 이렇게 많은 도움을 받을 줄 몰랐습니다. 얼마 전 아버지 돌아가셨을 때에 도 눈물이 안 났습니다."

"내 시대는 끝났고, 이제는 당신들의 시대야. 내 딱 하나만 부탁을 하려고 버티고 있었어. 집에서 마무리하고 싶었는데, 결국은 병원까지 왔네."

"송구합니다, 회장님. 편안하게 말씀하십시오."

"울산공화국은 이제 에너지든 자원이든, 한계에 부딪혔어. 어떻게든 남아있는 걸 가지고 최적화할 수 있었던 마지막 시대 가 나의 시대였어. 이제는 이 땅 바깥으로 나가야 해. 그 출발 점을 다익 대통령이 좀 풀어줘. 물질자원이 뻔한 이 상황에서 서로 자기가 먼저 쓰려고 하다 보면, 결국 경쟁이 격화되고, 싸 움만 계속해서 벌어져. 없는 걸 먼저 확보하려다 보니, 뒷돈도 주고, 그렇게 된 거야. 이러다가는 뒷돈 정도로 끝나지 않고 전쟁도 벌어질 수 있어. 그걸 풀 사람이 바로 김다익이라고 생각했어. 그래서 나도 운명을 걸었지. 대통령이 한번 해보시겠어?"

"네, 이미 준비하고 있습니다. 저도 그 문제를 풀려고 대통령 자리까지 왔습니다."

"그래. 아마도 공화국이 오랫동안 김다익이라는 이름을 기억하게 되겠지. 작은 부탁 하나만 더 하겠네. 의사 좀 불러주시겠나? 이제 정리할 시간이야. 심장이 뻑뻑하네."

김다익이 병실 문을 열자, 밖에서 기다리던 담당 의사가 작은 은색 박스 하나를 들고 들어왔다. 의사는 조심스럽게 호흡기와 작은 스프레이 통을 연결했다. 칙 하고 기체가 빠지는 소리가 짧게 들렸다.

"안정제와 약간의 아편이 들어있습니다. 살아오신 삶이 짧지만 기억 속에서 한번쯤 스쳐 지나갈 수 있습니다. 가능하면 즐겁고 행복한 기억들이 보이도록 아편 블렌딩에 신경을 좀 썼습니다."

"고맙습니다, 의사 선생님. 제 나름대로는 즐겁고 유쾌했던 인생이었습니다."

담당 의사가 오영수에게 호흡기를 천천히 씌웠다. 그리고 스위치를 손에 쥐어주었다.

"회장님, 여기 스위치입니다."

오영수는 잠시 주변을 둘러보았다. 숨을 크게 한 번 쉬고 스

위치를 올렸다. 하얀색 기체가 호흡기 안으로 들어오는 것이
느껴졌다. 오영수의 표정이 편안해졌고, 잠시 후 눈을 감았다.

심장이 멈추었다. 김다익이 조용히 누운 오영수의 손을 잡
았다.

"신세 많이 졌습니다. 어르신께 진 빚, 꼭 갚겠습니다."

53

한성시큐러티 울산지점 운동회

울산의 어느 실내 체육관에서 한성시큐러티 직원들의 운동회가 진행 중이었다. 최근 한성시큐러티는 울산지점에 직원들을 신규 채용하기도 하고, 전국 다른 지점들의 경력직들을 전출시켰다. 한성유통은 울산만 놓고 보면, 물건을 팔거나 관리하는 사람보다 그걸 지키고 경비하는 사람들이 더 많게 되었다.

연녹색 유니폼을 입은 울산지점 직원들과 연보라 유니폼을 입은 서울 직원들이 한창 400미터 트랙을 달리는 달리기 시합 중이었다. 결승선에는 서울 직원들이 먼저 통과했고, 울산 직원들은 이보다 한참 뒤떨어져서 통과했다. 그래도 응원 소리가 운동장을 가득 채우고 있었다.

막 서울에서 도착한 석영서와 박진호가 조용히 체육관 안으로 들어섰다. 연락을 미리 받아 대기하고 있던 울산 지점장이 호들갑스럽게 두 사람을 맞이했다.

"환영합니다. 석 대표님, 박 본부장님, 지시하신 대로 체력 테스트 겸 단합대회를 지금 각 지점별로 치르는 중입니다. 서울 본사 직원들이 확실히 체력 조건들이 좋습니다."

박진호가 고압적인 태도로 지점장을 나무랐다.

"지점장, 지금 누가 강하나 이런 거 보려고 이런 행사를 전국적으로 하는 건 아니지. 최근에 10만 명이 넘는 직원을 보강했어. 상업자본끼리의 독점 경쟁 정도로 설명하고 있는데, 특별한 의도가 없다는 걸 보여주기 위해 하는 행사 아냐. 적당히 해, 호들갑 떨지 말고."

"울산지점 아주 잘하고 있어요. 맨날 대테러 훈련만 반복한다고 능력이 높아지는 건 아니죠. 게다가 승부를 좀 해야, 피가 끓죠. 인간의 본성이에요."

석영서가 지점장을 두둔하자, 그의 얼굴이 환하게 풀어졌다.

"그렇게 얘기해 주셔서 감사합니다, 대표님. 자, 이제 곧 100미터 결승입니다. 화끈할 겁니다."

"100미터 경찰 평균 기록이 11초라지요?"

지점장이 기분이 좋아졌다.

"우리는 그것보다 잘 나옵니다."

트랙 한쪽에서 100미터 출발 준비가 완료되었다. 출발 신호와 함께 여덟 명의 대원이 일제히 출발했다. 보라색 유니폼의 서울 직원들이 앞으로 빠르게 나서고, 녹색 유니폼의 울산 직원들은 몇 미터 뒤로 처졌다. 시계를 든 심판이 외쳤다.

"8초 플랫!"

1등으로 통과한 서울 직원의 기록이 8초였다. 비상식적인 수치였다. 제일 빠른 울산 직원도 10초. 늦은 기록은 아니지만, 서울 쪽 기록이 비정상적으로 빨랐다. 구경하던 직원들은 놀라움에 잠시 멈칫하다가, 일제히 박수를 치기 시작했다. 장내 방송이 흘러나왔다.

"오늘 100미터 우승자는 서울 본사의 김윤희 대리입니다. 8초 플랫, 놀랍습니다. 전문 육상선수들도 아직 9초대인데, 우리 회사에서 이 마의 9초를 돌파한 사람이 나왔습니다, 세 명이나요. 그것도 여성들입니다."

'김윤희'를 연호하는 목소리가 점점 커지고, 실내 체육관이 뜨거운 열기로 후끈 달아올랐다.

"우리도 최대한 과학적이고 체계적인 방식으로 저들을 훈련시켰습니다. 그렇게 해서 평범한 일반인들도 10초까지 가게 한 건데, 8초 플랫, 이게 어떻게 가능합니까, 대표님? 그저 놀라울 뿐입니다."

"울산의 산업자본들이 결국 물건 파는 건 우리에게 맡겼죠. 그거랑 같은 원리입니다, 울산 지점장님."

"그게 뭡니까? 저는 계속 경비만 맡아서……."

"마케팅의 원리죠. 무의식!"

"무의식?"

석영서가 슈트를 벗으면서 설명했다.

"산업자본은 논리와 이성으로 움직이려고 하다 보니, 무의식은 불안한 것이고 일시적인 것이라서 데이터로 안 치죠. 그렇지만 소비자, 대중을 대상으로 하는 마케팅에서 무의식은 핵심 데이터입니다. 울산 사람들은 이걸 서울 장사꾼들의 상술이라고 하지만, 생각보다 본질적인 겁니다. 인간의 심장, 두뇌, 근육, 이런 것들도 한편으로는 생물학적 한계에 갇혀있지만, 두려움에 대한 무의식으로 최대 성능치를 내지 않습니다. 호모 콰트로스는 순간적 에너지를 사용할 수 있도록 진화했고, 무의식을 움직이면 근육이 거기 맞게 발달합니다. 한성유통이 무의식을 아주 잘 다루는 회사죠. 제가 보여드리겠습니다."

울산 지점장에게 설명을 끝낸 석영서가 트랙 쪽으로 천천히 걸어갔다.

"저도 한번 뛰어볼까요, 지점장님? 무의식이 호모 콰트로스의 잠재력과 결합되면 어떻게 되는지 보여드리겠습니다."

석영서는 슈트 바지를 그대로 입은 채 상의만 탈의하고 출발선에 섰다. 진행원이 가져다 준 운동화를 갈아 신고, 잠시 어깨를 풀었다. 다시 방송이 흘러나왔다.

"조금 전 격려차 본사의 석영서 대표가 울산을 방문하셨습니다. 지금 우리에게 방금 전 우승한 김윤희 대리와 100미터 대결을 보여준다고 하십니다. 직원 여러분, 뜨거운 박수 부탁드립니다."

이 돌발적인 상황에 의아해하는 직원들, 어쨌든 박수를 치기는 했지만, 전혀 뜨거운 박수는 아니었다. 환호는 없고, 형식적인 반응이었다. 아직도 울산 등 많은 지방 직원들에게 석영서는 낯설고 이질적인 존재였다.

100미터 출발선 앞에 선 석영서, 잠시 숨을 고르면서 긴장을 풀었다.

"탕."

출발 신호와 함께 석영서가 김윤희를 따돌리고 빠르게 뛰어나갔다. 사람들의 상상과 달리 석영서의 질주는 놀라웠고, 잠시의 주저함도 없이 결승선을 통과했다.

"7초 플랫!"

스톱워치를 본 심판의 목소리가 가볍게 떨렸다.

"석영서 대표, 7초 플랫입니다, 7초 플랫. 정말 놀랍습니다!"

숨을 거칠게 헐떡이며 석영서가 주변을 둘러보았다. 7초 플랫이라는 수치를 들은 체육관의 직원들은 순간적으로 정지한 듯 놀라움에 빠졌다. 얼음과 같은 정적이 흘렀다. 머리를 한번 돌리고 숨을 잠시 고른 석영서가 오른 주먹을 굳게 쥐고 높이 추켜올렸다. 체육관에 있던 모든 직원이 기립해서 박수를 치기 시작했다. "석영서, 석영서", 연호 소리가 실내 체육관을 가득 채웠다. 석영서가 숨을 고르며 지쳐 앉아있는 김윤희의 어깨를 토닥였다.

"김윤희라고 했나? 너도 꽤 잘 뛰네. 나도 죽을 힘을 썼어."

이날 석영서는 한성시큐러티 내에서 이미지가 완전히 바뀌었다. 장막에 가린 신비로운 공주 같은 분위기에서 일순간에 폭발적으로 질주하는 현장 지휘관 같은 느낌을 주게 되었다. 일부 입 무거운 서울 직원들 말고는 석영서와 제대로 말을 섞어본 직원들도 거의 없었다. 그렇지만 이날 운동회에서 석영서가 보여준 인상은 강렬했다. '7초 플랫'이 직원들이 부르는 석영서의 새로운 별명이 되었다.

#54
두 번의 뇌 스캔

대통령궁의 작은 방, 수술용 침대에 설치된 뇌 스캔 기계 앞에 김다익이 누워있었다. 그 옆에 박상인과 최선아 그리고 이소영, 최측근들이 모여있었다. AI 현아가 설명을 시작했다.

"다익, 이건 대통령 임기가 시작되면 매번 하던 AI 백업 절차야. 내가 말평션 하거나 백업 실패가 생겼을 경우를 대비해 계속해서 지도자의 캐릭터를 가지고 백업 AI를 만들었지. 게토 시절부터 했던 작업이고, 지금은 대통령이 게토 리더를 승계하니까, 백업 AI를 만들 차례가 되었어."

"설명은 들었는데, 난 좀 불안해. 나는 인격적 결함이 좀 있는 스타일이야. 나도 내가 믿음직스럽지 않은데, 내 캐릭터가 과연 메인 시스템이 될 수 있을까? 선택의 여지가 있다면, 난 선택하지 않을 것 같아."

AI 현아가 가벼운 미소를 지었다.

"걱정하지 마. 모든 인간은 다 불완전해. 오현아 시절의 나도 그랬고. 그리고 시뮬레이션 테스트에서 심각한 오류들은 잡아나가니까 너무 걱정하지 않아도 돼. 그리고 김다익, 태어날 때부터 너에 대한 데이터는 내가 다 가지고 있어. 성격이 좀 급하기는 하고, 때론 너무 냉정하지만, 인격적 일관성 지수는 아주 높아. AI 시스템 용어로는 인테그러티라고 하는데, 이게 낮은 사람들도 정상 생활에는 아무 문제가 없지만, AI 캐릭터로 사용하기는 좀 그래. 너는 아주 우수한 인테그러티 지수를 가지고 있어."

"그렇게 말해주니 고마워, 현아. 난 내가 천하에 못 믿을 사람이라고 늘 생각했어."

AI 현아가 김다익에게 가까이 가서 귀에 대고 아주 작게 말했다. 물론 실제로는 스피커의 볼륨을 줄인 것뿐이다.

"네 친구 피천수는 아주 다정다감하고 인간적인 감성은 매우 높아. 좋은 사람이지. 그렇지만 이 인테그러티가 좀 낮은 편이야. 말썽을 줄이기 위해서는 캐릭터 감도를 낮춰야 하는데, 그러면 효율이 좀 떨어져. 그런 점에서 넌 AI 캐릭터로서는 아주 우수하고 안정적이며 인간 오현아보다 더 낫다니까. 맘 편하게 먹고. 자, 이제 시작한다."

"그래도 여전히 불안하네. 난 변덕이 심한 편인데."

"사람은 원래 다 그래. 그렇지만 비상사태가 안 벌어져서 'AI

다익'을 쓰는 일이 없는 게 최선이지. 이건 정말 비상용 백업일 뿐이야. 이제 시작할 거니까 다익, 입 좀 다물어 줄래?"

AI 현아의 손가락이 움직이자, 나지막한 기계음을 내며 뇌 스캔 기계의 커버가 닫혔다.

같은 시간, 한성시큐러티의 여의도 전산 본부 안의 작은 방에 피천수 역시 뇌 스캔 장치가 달린 침대에 누워있었다. 계기판을 살펴보고 있는 석영난 뒤로, 석영진과 오상한이 서있었다. 잠시 후 석영난이 계기판 수치들이 조율된 것을 확인하고 스캔 절차를 시작했다.

"자, 아픈 것 없으니까 편하게 생각하시면 되요, 천수 오빠."

피천수가 고개를 끄덕였다.

석영난이 컨트롤 보드와 연결된 호흡기를 피천수에게 장착했다.

"좀 더 안정적인 뇌 스캔을 위해 가수면 상태로 들어갈 겁니다. 무의식 영역을 캡처하기 위해 약하게 각성제도 사용될 거예요. 그렇다고 아주 푹 자는 건 아니구요. 스캔 과정에서 의식을 깨우기 위해 전기 충격을 가끔 줄 건데, 잠깐 따끔할 겁니다."

석영난이 스위치를 누르자 커버가 닫혔고, 푸른색 광선이 위아래로 지나가기 시작했다. 피천수의 눈이 감겼다. 뒤에서 지켜보던 석영진이 걱정스러운 눈빛으로 석영난에게 물었다.

"결함 걱정은 없니? 확실하게 안정화시킬 수 있는 거지?"

석영난이 스캔 데이터들을 유심히 지켜보면서 입을 열었다.

"플라토닉 러브와 에로스, 아니 짝사랑과 섹스의 차이에 관한 거겠죠. 요 몇 달 동안 무의식의 밸런스가 많이 잡혔어요. 사람들은 영서 언니가 무섭다고만 생각하는데, 그만큼 속도 깊고 정도 많은 인간이에요. 이 경우에는 아주 효과적이었죠. 피천수의 무의식 속에 이소영 영역이 많이 줄어들었고, 영서 언니의 영역이 확 많아졌어요. 새로 만들어진 우리의 AI 의식 영역은 완전히 피천수지만, 무의식의 영역에서는 영서 언니 캐릭터가 상당한 역할을 할 거예요."

한성유통 내에서 대외 활동을 주로 했고, 특히 서울국민당 운영을 맡고 있는 오상환은 지난 대선부터 피천수와 파트너처럼 지냈다. 그렇지만 기술적인 측면에 대해서는 깊은 지식이 없었다. 잘 모른다는 게 티 날 것 같아서 질문을 참는 편이지만, 궁금한 것을 참는 게 더 힘들었다.

"영난아. 그래서 좋은 거야, 안 좋은 거야? 난 무슨 말인지 잘 모르겠다."

"울산 놈들 것보다 더 우수한 AI라는 말이죠. 울산 AI는 사람을 겉모습으로만 보고 있는 거예요. 자기들은 논리적이라고 생각하지만, 사실 표면만 보고 있는 거죠. 당연히 인간의 가능성을 다 활용하지 못하고, AI의 성장도 제한적이죠. 우리가 만드는 AI는 그것보다 훨씬 더 풍부해요. 인간이란 게 워낙 다크함도 가지고 있는 다면적 존재니까요. 인간의 욕망을 AI 안에서도 활용해야죠. 그리고 그 욕망은 무의식에서 나와요. 다만……."

석영난의 입을 뚫어지게 보고 있던 오상환의 조급증이 더 커졌다.

"그래서 좋다는 거야, 안 좋다는 거야?"

"캐릭터 원형인 인간도 불안한데, AI도 똑같이 불안하면 결국 폭주하게 됩니다. 말평션 일어나죠. 그래서 기본 캐릭터 안에 돌봄이 강하게 내재된 피천수 스타일이 우리에게는 꼭 필요해요. 인간과 AI 사이의 밸런스, 이성의 영역만이 아니라 무의식의 영역에서도 필요하죠. 그게 우리의 AI가 게토 시절의 오래된 이론으로 만든 울산 AI보다 우수한 이유죠. 그들은 AI 캐릭터의 인테그러티만 보지만, 우리는 의식과 무의식의 인테그러티 그리고 인간과 AI의 인테그러티도 봅니다. AI 현아가 겉으로는 문제를 일으키지 않아서 그렇지, 언제든지 말평션, 즉 작동 오류가 발생할 수 있습니다."

오상환의 얼굴이 밝아졌다.

"좋은 거라는 거지! 그럼, 얼마나 좋은 거야?"

석영난이 장난스러운 표정을 지었다.

"제가 IT 분야를 총괄하고 있잖아요. AI 전투에서는 반드시 우리가 이긴다는 거죠."

| 6장 |

내전

#55
만남

울산공화국은 6월과 12월에 총선 등 임기직 선거들을 치른
다. 12월 선거에는 총선만이 아니라 대선도 같이 끼어있다. 김
다익이 승리한 이전 선거에서 서울국민당은 대선에 집중했다.
원래의 시나리오는 대선을 이기고, 그 6월 선거에서 여세를 몰
아 여당이 되는 것이었다. 비록 대선에는 졌지만 은밀하게 거래
되는 호모 섹스투스가 사람들에게 욕망을 만들었고, 그걸 공개
적으로 보여주었던 피천수의 인기는 확고하게 자리를 잡았다.

한성유통은 6월 총선에서 그룹 차원의 모든 전력을 다 쏟지
는 않았지만, 그래도 공화국의 흐름을 뒤집을 만한 약진을 보
여주었다. 서울 지역의 모든 의석과 단체장을 확보했고, 울산
도 대부분의 지역에서 박빙의 승부를 보였다. 결국 서울국민당
이 세 석을 차지하면서 서울 밖으로 나설 교두보를 확보하였

다. 그렇지만 한성유통은 총선의 약진에도 불구하고 들뜨거나 흥분하는 기색이 전혀 없었다. 마치 미리 준비된 절차를 하나씩 밟아가는 듯한 차분한 모습에 공화국의 권력층은 초조함을 느꼈다. 최악의 시나리오는 서울 쪽에 대선에서 지고, 총선에서도 과반 의석을 빼앗겨 야당으로 전락하는 것이었다.

공화당 정세팀의 분석가들이 제시한 최적의 대안은 법대로 절차를 밟는 것이었다. 헌법의 규정에 따라 막을 것은 막고 처벌할 사람은 처벌하는 것이 그 시점에서는 가장 정치적인 결정이었다. 김다익은 이런 비정치적인 절차를 통하는 것이 아름답지 않다고 생각했다. 그렇지만 6월 총선 이후로 지지율만이 아니라 실질적인 정치 교두보를 확보한 피천수 지지율의 고공행진에 김다익도 별 다른 대안을 제시할 수가 없었다.

7월 중순, 여의도 국민당 당대표실 창문 너머로 점점 몸집을 불리고 있는 여의도 상가의 모습과 한강이 어우러졌다. 자리에 우두커니 앉아있는 피천수가 창밖의 강 풍경을 잠시 즐기고 있었다. 노크 소리와 함께 잠시 후 문이 열렸다. 박상인의 목소리가 들렸다.

"대통령 들어가십니다."

많은 경호원을 문밖에 남기고 김다익이 혼자 대표실 안으로 들어갔다. 피천수가 자리에서 일어나 김다익을 맞이했다.

"오랜만이다, 다익아."

"그래. 너도 이제는 중년이네."

"너도 마찬가지야. 아저씨가 따로 없다."

"별수 없지. 여기 참 풍경이 좋네. 네 덕에 배달하느라, 나도 간만에 서울 나들이다."

김다익이 서류 한 장을 피천수에게 건넸다.

"소환장이다. 워낙 거물이라고 다들 고민들을 하길래 내가 배달 간다고 뺏어서 들고 왔다. 그래도 친구 일인데, 내가 어떻게 남에게 맡기겠어."

"눈물 나게 고맙다, 친구. 커피 한잔 마실 시간 되나?"

"되지."

"안 그래도 준비해 놨다. 커피 한잔 안 마시면 또 김다익이 아니지."

피천수가 인터폰을 눌렀다.

"여기 커피 두 잔 주세요."

다시 문이 열렸고, 석영서가 커피를 들고 들어왔다. 김다익은 석영서의 사진은 봤지만 직접 만난 적은 없다. 김다익이 습관적으로 가벼운 인사를 했다.

"고맙습니다."

피천수가 씨익 웃었다.

"다익이 네가 온다고 해서 일부러 모셨어. 여기 커피 들고 오신 분이 석영서, 한성시큐러티 대표야."

김다익이 당황했다. 그는 사람 얼굴을 비교적 잘 기억하는 편이지만, 전혀 알아보지 못했다.

"아, 그러십니까? 프로필은 여러 번 봤는데, 바로 못 알아봐서 죄송합니다."

"괜찮습니다. 워낙 제가 외부 활동이 적어서, 제 얼굴 아는 사람이 별로 없습니다. 마침 여기 오신다기에, 저도 한번 뵙고 싶다고 부탁드렸습니다."

피천수가 가볍게 미소를 지으면서 말했다.

"나, 이분이랑 다음 달에 결혼해."

커피를 막 마시던 김다익이 결혼 이야기를 듣고 커피를 뿜었다.

김다익이 엄청나게 당황했고, 피천수가 급히 책상 위에 있는 휴지를 집어서 건네주었다.

"넌 변한 게 없네, 김다익!"

황급히 코 근처를 휴지로 닦아내며 김다익이 석영서에게 사과를 했다.

"죄송합니다, 석 대표님. 워낙 놀라서. 천수가 결혼을 한다고 하니, 워낙 뜻밖이었습니다."

석영서가 크게 웃었다.

"하하하, 다들 인간 김다익이 매력적이라고 하더군요. 지금 직접 보니까 치명적 매력이 있습니다."

피천수의 얼굴에서 웃음이 터져 나왔다.

"다익이의 엉뚱한 매력이야, 예전에 더 했지. 결혼식은 작게 하기로 했어. 아마 외부 사람은 부르기 어려울 거야."

"꼭 불러라, 천수야. 너도 정치인이잖아. 늦었으니까 제대로 좀 해라."

"정치인이기 이전에 비즈니스맨이기도 하지. 장사에 도움 안 되면, 괜히 돈 쓰는 거, 이젠 싫어."

김다익의 손목시계에서 알람이 울리자, 조용히 커피 잔을 내려놓았다.

"너네 연구소, 방금 압수수색 시작했다. 섹스투스, 아마 법으로 금지될 거야."

"그 이야기 하려고 왔냐? 난 오랜만에 친구 만나러 온 줄 알았는데."

"친구 만나러 온 거 맞아. 서울에서 고민하는 수명 연장 문제, 친구로서 너랑 같이 풀고 싶어. 이건 정치로 풀 문제지, 사법으로 갈 이야기는 아닌 것 같아. 내가 공화국의 대통령이야. 사람의 모든 건 다 타협의 여지가 있어."

피천수의 눈빛에 경멸의 기운이 나타났다.

"타협? 너 선거 얼마나 비겁하게 치른 줄 알아? 정적에게 소환장 들고 와서 타협하자고? 감옥에는 안 보낼 테니까 항복하라고 할 거 아냐? 이게 네가 말하는 타협이냐? 무슨 타협이 이래. 통보 아냐?"

"다들 감옥 보내고 끝내자고 하지만, 그게 정치는 아니라고 봐. 내부 검토안이지만, 1국가 2체제, 연방제도 옵션 중 하나야. 힘으로 누르는 정치 안 좋아해. 서울 쪽에 더 많은 자치권을 허용할 수도 있어. 다들 반대하지만, 난 가능하다고 생각해."

김다익이 뭔가 말하려고 하는데, 석영서가 검지손가락을 들어 세웠다.

"흥미롭군요, 대통령 각하. 연방제 등 여러 가지 타협안에 대해 저희도 진지하게 검토해 볼 테니까 시간을 좀 주시겠어요? 울산에서 타협의 여지가 있다면, 저희로서는 고마운 일이지요. 민간 업체에서 장사는 안 하고, 언제까지 정치 문제에만 매달려 있을 수는 없죠. 장사와 정치의 공통점이라면 언제든 타협할 수 있다는 거 아닐까 싶네요. '네고', 환영입니다."

김다익이 소파에서 일어나면서 피천수 손에 들려있던 소환장을 빼앗아 들었다.

"천수야, 일단 이건 내가 다시 가지고 갈게. 우리 시간을 좀 갖고 대화를 하는 게 좋을 것 같다. 소환 건은 내 선에서 일단 미뤄둘게."

석영서가 피천수의 어깨에 손을 얹으며 대답했다.

"네, 고맙습니다. 며칠이라도 여유를 주시면 최대한 의미 있는 답변 드리도록 하겠습니다."

"그럼 기다리겠습니다. 결혼식이 다음 달이라니까, 문제들은 그 전에 싹 해결하고 큰 잔치 한번 할 수 있으면 좋겠습니다."

#56
안녕, 오현아

울산 한성시큐러티의 중앙상황실에는 김윤희 등 몇 명의 스태프가 긴장한 상태로 지시를 기다리고 있었다. 그들의 상관인 석영서는 유리문 밖에서 한창 통화 중이었다.

"그럴 일은 없겠지만, 혹시라도 상황이 긴박해지면 강화도로 일단 피해. 거기에서는 충분히 방어가 될 테니까, 좀 버텨야 하면 거기서 버텨. 하여간 난 당신이 대통령 되는 거 꼭 보고 싶고, 나도 대통령궁에서 살고 싶어. 할아버지 인생 대신 살아 주는 영진 오빠랑 나는 달라. 난 내가 원하는 방식으로 내 시간을 살고 싶어. 꼭 이기고 만나자. 수고."

짧게 통화를 끝낸 석영서가 유리문을 열고 상황실 안으로 들어왔고, 지시를 시작했다.

"자, 서울 연결해 주세요."

스크린에 박진호 등 서울 지도부의 모습이 떴다. 그리고 그 옆으로 동생인 석영난이 이끌고 있는 IT팀의 상황실 모습이 나왔다. 본부에 해당하는 서울센터의 박진호가 먼저 입을 열었다.

"석영서 단장, 여기는 모두 정위치, 스탠바이 오케이."

"언니, 여기도 준비 오케바리. 서버랑 백업 날리면 바로 우리 AI 들어갈 수 있어."

석영서가 카메라를 똑바로 쳐다보면서 말했다.

"좋아, 현장 준비되는 대로 바로 시작합니다."

석영서는 잠시 팔을 쭉 뻗어 스트레칭을 하며 긴장을 풀었다. 옆에 긴장한 얼굴로 서있는 김윤희의 얼굴이 보였다.

"윤희, 이런 상황실 작업 익숙하지 않지? 현장에만 있어서."

"아닙니다. 몇 주간 충분히 훈련해서 숙달되어 있습니다."

석영서가 가벼운 웃음을 지었다.

"자기야, 나도 처음이야. 공화국에서 누가 이런 걸 해봤겠어. 이런 건 한 번이면 충분해. 자, 윤회. 서버 티격팀 연결!"

김윤희가 외부 마이크를 연결했다.

"여기는 울산 본부입니다. 서버 타격팀들, 준비 되셨나요?"

울산 메인 서버와 다른 네 개의 백업 서버를 파괴하기 위해 중무장을 한 요원들이 정문 근처에서 대기하고 있었다. 서로를 확인한 요원들이 손으로 오케이 사인을 보냈다. 이미 안으로 들어간 침투조들이 서버에 폭탄 장착을 마무리한 상태였다. 침투조들이 저마다 오케이 사인을 냈다. 메인 서버 쪽에 있는 침투조 조장이 짧게 보고를 했다.

"폭탄 설치는 전부 완료되었습니다."

AI 서버 폭파 작업의 준비 상황을 확인한 석영서는 후속 작전에 대한 상황을 점검하였다.

"타깃 지점, 타격 준비 상황은?"

김윤희가 스크린들을 살펴보면서 대답을 하였다.

"울산 쪽의 대통령궁, 정부청사, 경찰청, 국회 그리고 서울의 서울시청, 인근 대기 포인트에서 출동 준비 완료입니다."

석영서가 두 팔을 뻗어 가볍게 스트레칭을 하면서 차분한 목소리로 말했다.

"좋아. 자, 가보자고! AI 오현아 없는 시대, 기대되네. 윤희, 카운트 시작해."

"10, 9, 8, 7, 6, 5, 4……."

카운트 중간에 석영서가 작은 목소리지만 감정을 듬뿍 담아 말했다. 공화국의 모든 사람이 마찬가지겠지만, 석영서 역시 AI 현아와 관련된 많은 기억을 가지고 있었다. 작전의 현장 사령관으로서 석영서는 AI 현아가 중립을 지키고 직접 개입하지 않을 것이라는 것을 알고 있었다. 그래도 감정마저 생겨나지 않는 것은 아니었다.

"안녕, 오현아!"

"3, 2, 1, 폭파!"

김윤희의 카운트가 끝나자 울산공화국 메인 AI의 서버와 분

산되어 있던 네 개의 백업 서버가 동시에 폭파되었다. 폭발음과 함께 밖에서 대기하고 있던 한성시큐러티 공격조 요원들이 정문을 돌파하고 달려 들어갔다. 게토 시절 이래로 정지는 물론이고 오작동이 거의 없던 AI 현아가 사라지면서 울산공화국의 미래는 불투명한 미로로 빨려 들어가게 되었다.

#57
AI 천수 발진

서울 한성시큐러티의 메인 서버룸은 여의도에 위치해 있었다. 석영난이 새로운 AI인 'AI 천수'를 발진시킬 준비를 한 채 대기하고 있었다. 천정에 매립된 실링 스피커에서 폭발음이 들렸다. 동시에 석영서의 목소리가 울려 펴졌다.

"AI 서버 폭파 완료, AI 현아 제거 완료! 백업 서버와 함께 백업들도 모두 폭파되었습니다."

AI 모니터링 화면에 아무것도 표시되지 않은 텅 빈 화면만 나오는 것을 확인한 석영난은 즉시 컴퓨터를 조작하기 시작했다.

"자, 우리 쪽 신규 AI 네트워크로 들어갑니다. AI 천수, 잘 부탁합니다!"

석영난이 스크린 터치를 몇 번 하자, 모니터에 빠른 속도로 신규 AI 설치를 위한 코딩들이 지나갔다. 잠시 후 설치 완료 시 그널이 떴고, 석영난이 손으로 오케이 사인을 보냈다. 그리고 AI를 소환했다.

"AI 천수, 반가워요."

홀로그램으로 AI 천수가 모습을 드러냈다.

"나, 석영난이야. 너 만든 사람. 워낙 시간이 없어서, 바로 얘기할게. AI 현아는 무장과 전투 같은 걸 아주 싫어했어. AI 천수, 업그레이드 버전이라서 전투 지원도 좀 해야 되는 게 우리 형편이야. 괜찮지?"

"서울공화국을 위해서 그 정도는 해야겠지. 문제없어."

AI 천수가 잠시 눈을 감았다가 다시 떴다.

"한성유통의 여러분, AI 천수입니다. 저는 오늘부터 일합니다. 지금 마이너 튜닝 중이기는 하지만, 기본 기능은 문제없습니다. 통합 조율과 네트워크 지원은 이제부터 제가 담당합니다. 잘 부탁드립니다."

"알았어, 알았어. 일단 울산의 AI 사고 등 정부 통신부터 좀 막아줘."

AI 천수가 가볍게 눈을 감았다.

"이미 하고 있었어. 과기부 쪽 라인은 더미 정보로 이미 덮어버렸어. 경찰청은 아직 모르고, 대통령궁에서도 아직 인지 못하고 있어."

AI 천수가 두 팔을 움직였다. 전방 스크린에 특별한 변화가 없는 경찰청의 여러 모습들 그리고 평온한 대통령궁의 모습이 나타났다. 석영난을 비롯한 IT 스태프들이 일제히 박수를 쳤다.

"와, 대단한데. 바로 네트워크 장악했어."

석영난이 울산 쪽 스크린을 보면서 외쳤다.

"언니, AI 문제는 다 해결됐어. 쟤들 지금 장님이야. 바로 출동하면 돼!"

울산 쪽 스크린을 통해 석영서와 김윤희가 총을 들고 상황실을 급히 빠져나가는 모습이 보였다. 울산의 한성유통 쇼핑몰 전 지점에서 대기하고 있던 무장 타격 요원들을 태운 배달 트럭 수백 대가 일제히 시동을 걸고 움직이기 시작했다. 평소 같으면 이상행동으로 AI가 반응을 시작했겠지만, AI는 아무 반응도 보이지 않았다.

#58
경찰청 본부 접수

경찰청 본부는 울산공항에서 멀리 떨어지지 않은 북구의 상가 한쪽에 자리하고 있었다. 울산공화국은 물자 부족으로 비행기를 운행하지는 못하지만, 그 대신 원거리 교통으로 헬리콥터는 많이 이용했다. 울산공화국에는 군대가 없다. 범죄, 특히 조직범죄가 없는 것은 아니지만, 전쟁을 할만한 다른 나라가 없기 때문에 처음부터 군대가 필요 없었다. 그 역할을, 내치를 담당하는 경찰이 대신 했기 때문에 물리력이라는 관점에서 가장 중요한 기관은 경찰이었다. 혹시라도 있을 소요 사태나 무장 집단의 등장을 고려하여 울산에서도 전국적 기동력이 좋은 곳에 본부가 만들어졌다.

경찰청 본부로부터 몇 블록밖에 떨어지지 않은 북구 쇼핑몰에서 배달 트럭들이 도착하는 데에는 몇 분 걸리지 않았다. 팀장이 대기 명령을 내렸다.

"전원, 스탠바이."

뒷자리에 앉아있던 요원 한 명이 물었다.

"바로 들어가서 교전하지 않습니까?"

트럭 유리를 통해 전방을 주시하던 팀장이 씩 웃었다.

"너, 영화 너무 많이 본 거 아니야? 교전은 무슨 교전, 그냥
접수할 거야."

잔뜩 긴장해서 손에 쥔 총구를 매만지던 요원이 알쏭달쏭한
표정으로 말을 이어갔다.

"그래도 여기가 경찰청 본부 아닙니까?"

"그래서? 일단 지켜봐."

운전대를 잡고 있던 또 다른 요원이 불평을 했다.

"여기 이렇게 주차 오래하고 있으면, 단속 옵니다. 그럼 곤란
해집니다."

"하이고, 말들 많네. 봐봐. 우리 회사는 군대가 아니라 기본
적으로 상인들이잖아. 귀하들이나 나나 다 월급쟁이 회사원들
이고."

월급쟁이라는 단어를 듣자 요원들의 긴장이 조금 풀어졌다.

"그렇죠. 다 월급 받고 하는 일이죠. 칼퇴 제일 좋아하고요."

"상인들은 말이야, 돈 될 일 아니면 안 해. 그리고 가장 결정
적으로……."

팀장이 이야기를 하다가 잠시 말을 멈췄다. 배달 차량의 화

물칸에 앉아있는 타격대원들도 모두 팀장의 말에 귀를 곤두세웠다.

"상인은 말이야, 돈으로 되는 일은 무조건 돈으로 해. 돈으로 사는 게, 사실 가장 싼 거야. 대통령궁 정도나 돈으로 매수가 안 되지, 다른 데는 아무 문제 없어. 돈으로 안 되는 데는 석영서 단장이 직접 가서 열 거야."

차 안에 잠시의 정적이 흘렀다. 얼마 지나지 않아 경찰청 정문의 차단막이 올라갔다. 팀장의 기분이 확 좋아졌다.

"봐, 열렸지. 이제, 들어가자."

쇼핑몰 배달 트럭들이 줄지어 경찰청 안으로 들어갔다. 별제지 없이 차에서 내린 타격대원들이 일제히 건물 안으로 뛰어들어갔다.

차에서 내린 한성 쪽 요원들은 달려서 건물 안으로 일제히 진입했다. 배달 옷을 입고 기관단총을 든 요원들이 경찰청 1층의 상황실 등 주요 지점을 빠른 속도로 제압했다. 경찰청 본부 자체가 공격당할 것이라고 생각한 적이 없어서, 경비 자체가 약소했다. 건물 외부에서는 수십 대의 배달 트럭이 택배 집하장처럼 빠르게 요원들을 내리고 있었다. 경찰청 내부의 CCTV가 상황을 촬영하고 있지만. AI가 장악한 통신망 바깥으로는 나가지 않았다. 오로지 한성 쪽 상황실로만 현장이 중계되고 있었다.

최종묵 경찰청장은 밖에서 나는 어수선한 소리에 뭔가 이상하다고 생각했다. 잠시 후, 경찰청장실에 요원들이 몰려 들어왔다, 최종묵은 서랍 안에 있는 권총을 꺼내 들었지만, 기관단총을 들고 몰려든 타격대에게 금방 위력으로 제압되고 말았다. 중앙 경찰조직은 이렇게 접수되었다.

#59
불안한 대통령궁

대통령궁 비서실, 박상인이 인터폰을 눌렀다.

"너무 추워요. 냉방 조금만 줄여주시면 안 될까요?"

비서실 직원이 노크를 하고 박상인의 방으로 들어왔다. 그녀의 손에는 노란색 비상용 안전조끼가 들려있었다.

"냉방 조절기가 오늘 고장이라서, 방별로 조절을 할 수가 없습니다. 정 추우면 이거라도 걸치세요, 비서실장님."

박상인은 안전조끼를 받아 들었다. 코를 훌쩍이면서 주섬주섬 조끼를 입었다. 어색했다.

"오늘은 별다른 일 없나요?"

"네, 특별한 일 없습니다."

비서실 직원이 시계를 보면서 말을 이어나갔다.

"20분 넘게 아무 연락 없네요. 아무 별일 없는 게 특별한 일이라면 특별한 일입니다. 에어컨 제어장치 고장이 지금은 제일 큰일입니다."

"그래요?"

뭔가 싸한 느낌이 든 박상인이 핸드폰을 꺼내 통화를 시도했다.

"경찰청장이 전화를 안 받아. 최종묵 이 인간, 내 전화는 자다가도 받을 사람인데."

박상인이 이번에는 오영거에게 전화를 걸었다. 역시 받지 않았다. 이때 비서실장 문이 벌컥 열리며 오영거가 핸드폰을 들고 뛰어 들어왔다. 박상인과 오영거의 눈이 마주쳤다.

"비서실장님, 전화 왜 안 받으세요?"

"저는 막 여사님한테 전화하던 중이었는데요. 경찰청장이 전화가 안 됩니다."

오영거가 황당하다는 표정을 지었다.

"경찰청에 전화 받는 놈이 지금 없어요. 비서실장님도 전화가 안 돼요. 이상해서 뛰어왔습니다."

뭔가 이상하다는 것을 직감한 박상인이 다급하게 움직이기 시작했다.

"경호실장 찾아서 바로 대통령 집무실로 오라고 해. 우리도 집무실로 가자."

박상인과 오영거가 다급하게 방을 뛰어나갔고, 비서실 직원들도 뛰기 시작했다.

#60
대통령궁 교전

울산 대통령궁 앞 도로 한편에 여러 대의 한성유통 차량이 서있었다. 그리고 좀 더 대통령궁 가까이 서있는 차량에는 석영서가 타고 있었다. 석영서가 무전기를 들고 지휘를 시작했다.

"울산 대통령궁, 지금 돌입할 겁니다. 전부 출발 준비하고 계십시오."

석영서의 전화기가 울렸다. 서울 총괄지휘본부의 박진호였다.

"계획대로 순서에 맞춰 주요 기관 접수 진행 중이야. 영서, 너는 그냥 상황실에 있으라는데, 어른들 속 터지게 현장에 나가고 그러냐. 영진이가 너 현장 내보냈다고 나한테 엄청 뭐라고 한다. 내가 원로들한테도 이렇게 깨진 적이 없어."

석영서가 씩 웃었다.

"데스크에 앉아 말만 많은 인간들, 진호 전무님이 잘 좀 막

아주세요. 나머지 이야기는 김다익, 이 인간 잡고 나서 합시다. 할배들은 어떨지 몰라도, 지금은 내가 공화국에서 제일 빠르고 솜씨가 좋다니까. 훼방 그만들 좀 놓고, 자빠져서 구경이나 잘 하라고 해요."

석영서가 손에 쥔 기관단총에 입을 맞추었다.

"자, 잘 부탁한다."

그녀는 옆에 앉은 김윤희를 돌아보았다.

"윤희야, 잘할 수 있지?"

"네, 단장님."

석영서가 김윤희의 어깨를 두드렸다.

"오늘 인류 역사가 새로운 길을 찾는 거야. 변화를 막는 구 시대의 수괴가 김다익이고. 그 새끼는 우리가 잡자! 자, 전 대 원 돌진!"

석영서가 탄 1호 차량이 굉음을 내며 출발했고, 대통령궁 앞 의 차단기를 밀어버리고 요란한 소리를 내면서 정문을 통과했 다. 차량 후미에 있던 지원 차량 지붕이 열리면서 중무장을 한 중형 드론들이 일제히 대통령궁 정문을 향해 날아올랐다. 굉음 과 함께 하늘로 날아오른 드론에 장착된 총들이 빠르고 정확하 게 경비들을 제거해 나갔다. 석영서가 1호 차량에서 마이크를 잡고 돌격 명령을 내렸다.

"대통령 집무실은 1층 출입구 반대편, 저 현관만 돌파하면 바로야. 자, 가자!"

석영서와 김윤희가 1호 차량에서 내려 대통령궁을 향해 빠른 속도로 달려 나가기 시작했다. 대통령궁 건물 안에 서있는 경비들이 사격을 시작했다. 대통령 집무실에서 총소리가 선명하게 들렸다.

"쿠데타야!"

박상인이 외쳤다. 오영거가 권총을 꺼낸 후, 문을 열어보았다. 1층에서 경호원들이 대오를 만들고 사격을 했지만, 역부족이었다. 대통령 집무실 문 사이로 오영거의 모습을 본 석영서의 눈이 빛났다.

"저기야, 저기! 오영거다."

뒤에서 잠시 상황을 지켜보던 김다익이 다급하게 외쳤다.

"AI 현아, 여기 긴급 상황이야."

AI는 나타나지 않았다. 박상인도 AI를 불렀다.

"AI 현아, 여기 대통령 집무실, 급해!"

거듭된 호출에도 AI는 작동하지 않았다. 김다익이 상황을 파악하고 외쳤다.

"AI가 오작동이야. 실장, 영거, 이쪽으로 뛰어와. 내게 방법이 있어."

박상인과 오영거가 책상이 있는 김다익 쪽으로 움직였다. 김다익이 좀 더 가까이 오라는 손짓을 했다.

"나는 공화국의 대통령 김다익. 울산 게토 리더의 계승자 자격으로 게토 비상 시퀀스 발동!"

김다익이 주문 같은 명령을 내리자 대통령 집무실 앞의 천장에서 두꺼운 강철 벽이 기계음을 내며 내려오기 시작했다. 벽이 내려오는 것을 본 석영서가 사격을 멈추었다.

"양아치들. 내 저것들이 이딴 거 숨겨놓았을 줄 알았어. 뛰어, 윤희!"

석영서와 김윤희가 엄청나게 빠른 동작으로 차단벽이 미처 다 내려오기 전에 밑으로 굴러서 대통령 집무실 안으로 들어왔다. 바로 일어서서 사격 자세를 잡은 석영서와 차분하게 상황을 지켜보고 있는 김다익의 눈이 마주쳤다.

"잡았어, 김다익!"

석영서와 김윤희가 김다익을 향해 기관단총 난사했다. 그렇지만 총알은 김다익에 닿지 못하고 허공에 부딪히며 떨어져 버렸다. 석영서는 더욱 더 총을 난사했다. 그래도 총알은 허공에서 부서진 채로 바닥에 떨어졌다. 대통령 책상 바로 앞으로 두꺼운 방탄유리가 한 겹 더 천정에서 내려와 총알을 막고 있었다. 방탄유리에 조금씩 금이 갔지만, 그래도 아직 관통될 정도는 아니었다. 두 사람은 사격을 멈추었다.

"단장님, 방탄유리가 있습니다."

방탄유리를 사이에 두고 김다익과 석영서의 눈이 마주쳤다. 김다익은 당황하지 않고 책상에서 금속 가방 하나를 집어 들고 스위치를 눌렀다. 대통령 집무실의 책상 근처 바닥 자체가 밑으로 내려가기 시작했다. 대통령 집무실 책상 근처가 일종의 엘리베이터였다. 방탄유리 너머로 김다익의 얼굴이 점점 아래로 내려가는 것이 석영서의 눈에 비쳤다.

석영서는 기관단총으로 방탄유리의 아래쪽 한 지점을 집중 타격했다. 유리가 계속 버티지는 못했다. 조금씩 금이 가다가 결국에는 총알이 관통되기 시작했다. 총알이 몇 번 관통된 사이로 틈이 생겼다.

"윤희, 수류탄!"

김윤희가 빠른 동작으로 수류탄을 꺼내는 사이 석영서는 기관단총의 개머리판으로 관통된 구멍을 쳐서 약간의 공간을 만들었다. 그리고 김윤희가 건네준 수류탄을 방탄유리의 작은 구멍 사이로 밀어 넣었다. 아직 김다익의 집무실 엘리베이터는 바닥으로 다 내려가지 않았다. 김다익 옆에 있던 박상인이 몸을 날려 순간적으로 수류탄을 집어 들었다.

몇 초 사이에 많은 일이 벌어졌고, 집무실 엘리베이터는 완전히 밑으로 내려갔다. 석영서가 방탄유리 너머로 사라진 바닥을 응시했다. 집무실 엘리베이터가 내려간 책상 부위에 금속 커버가 옆에서 나와 바닥을 밀폐하기 시작했다. 몇 초 후, 폭발음이 들렸고, 약간의 먼지가 아래에서 올라왔다.

"됐어!"

석영서가 오른쪽 주먹을 불끈 쥐었다.

울산공화국 초기에 워낙 긴박하게 많은 일이 벌어졌고, 어쩔 수 없이 리더 중심으로 의사 결정을 내리는 고전적 시스템을 갖게 되었다. 공화국의 많은 것이 안정되어서 대통령의 권위나 역할이 많이 완화되는 시기가 왔지만, 김다익의 경우는 새로운 도전 앞에서 거친 대선을 거쳐 그 상징성이 더 커졌다. 한성유통이 세운 계획에는 김다익 제거가 핵심이기는 하지만, 그보다는 시스템을 장악하는 것이 우선이었다. 석영서는 그중에서 가장 중요한 일을 해결해 공을 세우고 싶었다. 그것도 아주 큰 공을……

#61
탈출 시퀀스

대통령궁 지하 4층에 집무실 엘리베이터가 도착하자 지하 공간에 조명이 켜지기 시작했다. 폭발 후 먼지가 가득한 엘리베이터에서 김다익이 수류탄을 안고 사망한 박상인의 시체를 업고 걸어 나왔다. 그 옆에서 선 오영거의 손에는 대통령 가방이 들려있었다.

육각형으로 생긴 넓은 지하 홀에는 각 방향으로 두꺼운 문여섯 개가 있었다. 그리고 홀에는 냉장고를 비롯한 간단한 비품들이 준비되어 있었다. 오영거가 냉장고를 열고 차가운 생수두 병을 집어 들었다. 그녀는 먼지 가득한 입을 생수로 헹구었다. 김다익에게도 생수병을 건네주었다.

스피커에서 소리가 흘러나왔다.

"게토 리더 김다익, 신원 확인 완료. 5번 문으로 들어가시기 바랍니다."

하얀 색으로 5라는 숫자가 적힌 문 하나가 위로 올라갔다. 문 뒤로 순차적으로 조명이 켜졌다. 강철로 된 밋밋한 형태의 특수 레일이 보였다. 잠시 후 레일을 따라 한 량짜리 자기부상 열차가 도착했다.

"타자, 영거."

두 사람이 자기부상열차에 올라타자, 문이 닫혔다. 그리고 두 사람이 방금 떠난 육각형 홀의 천장에서 시멘트를 닮은 검은색 접착액이 쏟아져 내려와 공간을 밀봉하기 시작했다. 일회용 탈출 장치인 셈이다. 누가 뒤쫓아 오더라도 출발 방식은 물론 방향조차 알기 어려웠다. 한번 쓰기에는 아까운 장치지만, 그만큼 만든 사람들은 절박했다고 할 수 있다.

자기부상열차는 출발하자마자 속도를 높여 곧 전속력 주행을 시작했다. 열차가 지나가고 나면 레일 천정이 무너지면서 터널이 메워졌다. 역시 일회용 시설이다.

텅 빈 열차의 빈자리에 김다익은 박상인의 시체를 얌전하게 눕혔다. 수류탄을 껴안고 사망한 박상인의 시체를 보면 눈물이 날 것 같았지만, 그럴수록 김다익은 눈물을 참을 수밖에 없었다.

"형, 이제 좀 쉬어. 미안해, 내가 너무 바쁘게 해서."

박상인의 시체를 향해 오영거가 잠시 목을 숙여 예를 표했다. 몸을 일으킨 오영거는 품속에서 권총 한 자루를 꺼냈다. 그리고 열차 창문 바깥을 살폈다. 어두워서 잘 보이지 않았다.

"지하 터널이 열차가 지나가면 무너지네. 이런 비싼 설비를 한번만 쓰면 아깝지 않나?"

"울산 게토 사람들이 도망가는 건 역대 최고였어. 탈출에 아낌없이 투자했지. 덕분에 전 세계 수많은 게토 중에서 울산 게토만 살아남은 거고, 그 덕에 인류가 멸종을 피한 거야. 상인이형도 탈출 시퀀스는 몰랐어. 공화국 대통령에게 내려오는 게 아니라, 게토 리더에게 넘어오는 거라서. 아마 이 열차 종착역이 원래의 게토 본부일 거야."

"게토 본부는 시내에 있는 거 아니야? 지금 게토 박물관으로 쓰는 건물?"

"나도 전에는 그런 줄 알았는데, 그게 아니야. 이렇게 도망 다니면서 나라를 만든 사람들이라, 언제 무슨 일이 벌어질지 모른다고 생각했겠지. 매뉴얼 좀 자세히 봐둘걸."

김다익이 가방에 손을 대자, 철컥 하고 잠금 장치가 해제됐다. 황급히 가방을 열고 작은 팸플릿 하나를 꺼냈다. 표지에는 '게토 리더 탈출 시퀀스'라고 적혀있었다.

"종이 매뉴얼, 정말 오랜만이네."

김다익은 매우 빠른 속도로 매뉴얼을 확인했다. 그렇지만 그가 매뉴얼을 다 읽기 전에 열차 안에 방송이 나왔다.

"열차는 곧 게토 본부에 도착합니다. 게토 리더 탈출 비상시퀀스 2번이 시작됩니다."

열차가 정지하자 문이 열렸다. 김다익이 박상인의 시체를 업고 무거운 걸음으로 열차에서 내려 문이 열린 홀 안으로 들어갔다. 아주 넓고 단정한 홀이 펼쳐져 있었다. 홀 한쪽은 유리벽으로 되어있고, 그 너머로 깊은 바다 풍경이 보였다. 게토 본부는 바닷가 절벽 깊숙한 아래에 위치해 있고, 바다가 봉쇄되는 경우에도 잠수정을 통해 탈출할 수 있도록 설계되어 있었다. 오영거가 바다 쪽 유리벽을 잠시 두드려 보았다.

"꽤 두껍네. 진짜 바닷속이야. 정신이 하나도 없어. 이제 끝난 건가?"

홀 한쪽의 세면대에서 피에 묻은 손을 씻던 김다익이 말했다.

"아직 시퀀스 하나가 남았어. 매뉴얼에 따르면 여기 게토 본부는 한번도 털린 적이 없기는 하지만, 그래도 안심하기는 좀 어렵지. DB 깊숙한 곳에 게토 자료들 지키는 게토 AI가 따로 있지만, 거기까지 뚫리면 여기 자료도 같이 유출되겠지. 이 아래 어디 잠수정이 있을 거야. 그게 탈출 시퀀스 3번이야."

"잠수정? 바다로 나가면? 바다 건너 일본 같은 데로 가게?"

"아니지! 탈출까지가 울산 게토가 하는 거고, 반란을 진압하는 건 공화국 정부의 일이지. 지금쯤 해상 지휘함이자 구축함인 번영함이 준비하고 있을 거야. 싸우는 건 내가, 아니 우리가 해야지."

김다익이 손을 닦은 타월을 옆에 걸면서 물었다.

"완전 새 타월이야, 벽에 먼지도 없고. 비밀 시설인데, 누가 여길 관리하고 있었을까? 대통령궁에서 하는 것 같지는 않고."

오영거도 피 묻은 손을 세면대에서 닦으면서 뭔가 생각이 난 것 같았다.

"나, 얼핏 알 것 같아. 명목상이지만, 내가 경찰청에서 게토 수비대 대장이잖아. 거기 지휘하다 보니까 관련 기관으로 게토 재단이라는 데가 있었어. 거기 재산이 어마어마해."

"게토재단? 부동산 관리회사? 하긴! 거기라면 돈도 있고, 인 력도 있겠지. 게다가 정부 기관도 아니니까 상대적으로 비밀 다루기도 좀 더 수월할 거고. 그거였어!"

두 사람이 잠시 숨을 돌렸을 때 홀에서 방송이 나왔다.

"게토 리더, 여기까지 오시느라 고생하셨습니다. 여기서 1년 이상 지내실 수 있게 충분한 준비가 되어있기는 하지만, 지금 은 긴급상황이라 모시지 못하는 걸 죄송하게 생각합니다. 아래 잠수층에 잠수정이 준비되어 있습니다."

김다익이 어깨를 풀고 잠시 박상인의 시체를 쳐다보았다.

"갑시다, 상인이 형. 갈 길이 아직 남았나 보다."

긴장이 약간 풀리자 김다익의 눈에서 눈물이 흘렀다. 감정이 복받쳤다.

"대통령 임기 끝날 때까지 같이 일하는 게 소원이라며. 그런 쓸 데 없는 소리를 하고 그래. 나만 혼자 두고 이게 뭐야!"

방송이 끝나자, 수중 홀 한쪽 구석에 있는 엘리베이터 문이 열렸다.

#62
이제는 당이 나설 때

서울 한성유통 쪽 작전상황실, 박진호가 스태프들과 함께 전체적인 상황을 지켜보고 있었다. 상황실 메인 스크린은 울산 대통령궁 지하 4층의 모습을 보여주고 있었다. 어수선하다. 대통령이 급박하게 탈출한 뒤 바로 공간을 채운 에폭시 계열의 접착액이 이제는 단단하게 굳어서 어찌할 방법이 없었다.

요원들이 지하 3층 쪽에서 엘리베이터 수직터널을 해체하고 약간의 공간을 만들었다. 엘리베이터 위쪽에서 휴대용 콘크리트 파쇄기를 사용해 단단하게 막혀있는 접착액를 뚫고 지하 홀로 들어가려고 시도했다. 그렇지만 굳은 접착액이 워낙 튼튼해서 쉽게 뚫리지가 않았다. 휴대용 파쇄기 날이 부러져 튀었다. 공교롭게도 부러진 날이 석영서 쪽으로 튀어서 황급히 몸을 피하는 장면이 모니터 스크린에 그대로 나왔다. 말없이 지켜보던 박진호 입에서 저도 모르게 웃음이 튀어나왔다. 순간 다른 스태프들이 박진호를 사납게 쳐다보았다. 웃음이 나올 상황은 아니었다. 박진호는 분위기가 어색해지는 것을 느꼈다.

"울산 놈들 하여간 음침해, 인간들이! 시민과 함께 하는 대통령, 소박한 대통령궁, 잔뜩 일반 가정집 같은 곳이라고 폼은 다 잡더니. 저게 다 뭐야. 장치는 엄청나게 심어놨네. 흉악한 놈들. 여봐, 석영서 단장 통화 좀 연결해 줘."

오페레이터가 울산 쪽 통신 오디오 스위치를 올렸다.

"석영서, 그래서 김다익은 잡았어, 못 잡았어?"

"밀실에서 수류탄이 터졌으니까, 살아남기는 어렵다고 봅니다."

"영서야, 네 의견은 이 시점에서 별로 안 중요해. 시신, 그걸 확인해, 빨리. 저 흉악한 놈들 해놓은 거 보면, 뭐가 또 있을지도 몰라. 내가 너한테 뭐라고는 안 할 테니, 김다익 처리는 확실히 좀 해줘라."

"네, 알았으니까 좀 기다려보세요, 전무님. 여기도 지금 먼저 풀풀 나는 곳에서 최선을 다하고 있는 겁니다."

이때 슈트 차림의 석영진과 오상환이 상황실 안으로 들어왔다. 상황실 안에 있는 스태프들이 일제히 일어나 90도로 인사를 했다. 박진호도 자리에서 뒤늦게 일어났다.

"어 왔어? 여기까지 안 와도 되는데. 영진이, 상환이, 너넨 너네대로 해야 할 일이 있을 거 아냐. 정부청사랑 경찰청, 국회까

312

지 핵심 기관들은 다 장악 완료! 나이스하게 해결되었는데, 대통령궁에서 김다익 사망 확인이 아직 안 됐어."

석영진이 담담하게 말했다.

"들었어. 뭐, 확실하게 하고 넘어가면 제일 좋았겠지만, 대통령 '유고'인 것은 확실하니까 별문제는 없어. 전산망과 정부 장악이 끝나면, 혹시 살아있더라도 자기 혼자 뭘 하겠어. 중요한 건 명분이야. 김다익, 그게 정치 공작을 해서 생명 연장 연구팀을 다 망가뜨리려고 했다, 그래서 인류의 미래를 지키기 위해 우리가 조치를 취한 거다, 그런 명분이면 될 거 같아."

오상환이 석영진의 말을 거들었다.

"그게 사실이기도 하고. 피천수한테 막 협박하는 긴박한 상황 아니었으면, 그냥 순리대로 가도 서울국민당 통해서 문제를 풀 수 있었어. 지난 6월 총선에서는 서울 지역은 다 먹었고, 다음 선거에서는 여당도 되고, 대선도 이길 수 있어. 우리가 약진하는 흐름이니까, 정치 보복 나온 게 사실 아냐?"

"그래서 말이야. 이렇게 된 마당에 시나리오를 2안으로 갔으면 해. 김다익이 바로 죽고, 위기 수습차 바로 피천수 내세우는 것도 있었지만, 원래도 이건 너무 과격하고 급박하다는 의견이 있었어. 내가 보기에도 너무 쿠데타 티 많이 내는 것 같아서, 딱히 마음에 들었던 것도 아니고."

박진호는 오상환과 석영진의 이야기를 듣다가, 뭔가 분위기가 바뀐 것을 느꼈다. 그가 애매한 표정으로 말했다.

"아니 지금 피천수가 안 나서면 누가 나서? 오상환? 당대표이기는 하지만 인지도가 피천수랑 비할 바가 아니고, 일반 국민이 보기에도 그냥 듣보잡이잖아. 영진이 네가 나서는 건 우리 쪽에서 너무 부담되고. 어떻게 하자는 거야? 이거, 석영서가 한 방에 마무리를 못 지어서 복잡하게 된 거 아냐. 그러게 내가 석영서는 현장에 투입하지 말자고 했잖아. 간단한 거 하나 해결을 못 해서."

석영진은 박진호의 불평에도 크게 개의치 않고 자기 할 말을 계속해 갔다.

"이렇게 된 거, 좀 돌아가기로 하지. 영서가 피천수랑 결혼한다고 한 마당에 피천수 카드를 너무 험하게 쓰는 건 좀 그렇고, 명분과 실익 사이의 균형을 좀 생각해 볼까? 나는 사람을 내세우는 것보다 수명 연장을 하자는 우리의 가치를 내세우는 게 더 낫다고 봐. 결국 이 싸움은 수명을 손대지 말자와 조금 더 살자, 그런 가치의 싸움 아니야? 지금부터 2개월 후에 개헌을 위한 국민투표를 하는 게, 누가 대통령이 될 것인가, 그런 논쟁보다 낫지. 그 길이 우리의 길이라고 생각해. 이런 건 당이 나서줘야 할 것 같아. 할 수 있겠지, 오상환 서울국민당 대표님? 이번에 울산공화당이 울산 떼어버린 것처럼 우리도 서울 떼어버리고, 싹 분위기 바꿔서 제대로 된 전국 정당으로 가보자고."

오상환이 차분하지만 단호한 어조로 이야기를 시작했다.

"개헌 좋아! 바로 그거지! 호모 섹스투스가 가능하도록 국민

투표로 가는 거야. 우리도 재창당하면서 서울 정당이 아니라 전국 정당으로 완전히 자리를 잡고 말이야. 그런데 영진아, 당장 오늘 저녁 퇴근 시간 무렵이면 아마 난리가 날 거야. 첫 메시지는 누가 발표하지? AI 현아도 죽었잖아? 지금쯤 대혼란일 거야. 그 뒤는 어떻게 할 건지, 기자들에게 뭐라도 이야기를 해줘야 하는데, 발표는 누가 해? 무슨 이야기를 해? 그게 정치야!"

오상환이 잠시 호흡을 가다듬으면서 박진호 쪽을 보았다.

"대통령 제끼고, 피천수 내세운다. 그게 저 박진호 돌대가리 새끼가 짠 대책의 다야. 폭력만으로는 통치가 안 돼! 다음 플랜? 사람 이름만 있지, 아무 내용이 없잖아. 정치가 지금부터 움직여야 하는데, 밑작업이 너무 안 되어 있잖아. 뭐라도 소재가 있어야 당에서 요리를 하든지 말든지 하지! 지금까지는 전부 무력 라인하고 IT 라인에서 자기들끼리 알아서 다 했잖아!"

석영진이 불만을 털어놓은 오상환의 어깨를 두드렸다.

"상환아, 마음이 좀 상했구나. 진호야, 앞으로는 상환이랑 상의 좀 더 많이 해라. 정부 장악이 끝나면 통치의 시대로 넘어가게 된다. 정치랑 외부 라인은 상환이가 담당이잖아. 제일 오래 했고. 그렇게 하기로 하자. 자, 총리는 서울에 도착했나?"

스크린에 여의도 고층 빌딩 옥상에 착륙한 헬기에서 끌려 내려오는 총리 안성호의 모습이 나왔다. 박진호가 만족스러운 듯 당당한 목소리로 말했다.

"우리 애들이 총리 등 서열 높은 놈들 죄다 서울로 배달해 왔어. 난 정치는 잘 모르지만, 하여간 배달은 확실하게 했어. 나머지는 정치 쪽에서 해주는 거지?"

"그런 건 본사에서 직접 할게, 걱정하지 마. 배달 잘했어. 훌륭해, 진호야."

사실 총리 이송 등 고위직 처리 문제도 석영서가 세심하게 짠 계획으로 진행된 것이지만, 석영진은 그냥 모르는 척 넘어갔다. 그리고 만족스러운 듯 박수를 쳤다.

"자, 그렇게 하는 걸로 하고 울산 쪽 기획실에 공장들 움직임 잘 살피라고 해. 문제 생기면 내가 바로 울산 넘어갈 테니까, 너무 거칠게 하지 마라. 그리고 진호야, 총리는 내가 처리할게. 넌 오늘부터 정말 할 일이 많다."

"햐, 내가 살면 이제 얼마나 살겠다고 이 험악한 일을 해야 하나 싶다. 영서만 조심하면 여긴 거친 사람 없다. 여기 다 월급 받고 일하는 사람들이야. 우린 원래 장사꾼들 아니냐?"

박진호의 말에 뼈가 있다 느낀 석영진이 씩 웃었다.

"오늘부터는 너희가 혁명군이다. 박진호, 네가 총사령관이고, 혁명군을 공화국 군대로 만들어 가는 것도 네가 할 일이다. 그 정도는 해야 내 친구지."

총사령관이라는 단어에 박진호의 기분이 썩 좋아졌다. 그는 여전히 석영서가 불편했다.

#63
총리님, 협조 부탁드립니다

여의도 국민당사 인근의 한성유통 안가, 고층 사무실. 창밖으로 한강의 모습이 얼핏 보였다. 초로의 안성호 총리가 심적으로 매우 지친 모습으로 의자에 앉아있었다. 추진력이 좋다는 평가를 받는 정치인이었고, 김다익과도 여러 면에서 잘 맞았던 총리다. 그러나 그는 한번도 생각해 보지 않은 급작스러운 일과 거친 취급에 많이 지쳤다. 물론 한성유통 쪽에서는 그런 안성호의 특징을 잘 파악하고 있기 때문에, 특별히 더 거칠고 우악스럽게 그를 다루기도 했다.

문이 열렸다. 중년의 매력적인 여성 하유진과 젊은 여성 이보람, 차영아가 들어왔다. 그리고 하얀색 가운을 입은 건장한 남자 여러 명이 그 뒤를 따라 들어왔다. 하유진이 밝은 미소를 띤 채 안성호에게 자신을 소개했다.

"총리님, 저는 한성유통 마케팅본부장인 하유진이라고 합니다. 지금은 한성시큐러티의 지원 부서로 파견 근무 중입니다. 제가 분기별 전국 판매 1위를 다섯 번 했습니다. 입사하고 내내 1위였던 거지요. 대면 판매는 언제나 제가 최우수자였습니다. 사람 만나는 걸 잘한다고 영광스럽게도 이 자리에서 총리님을 만나게 되었습니다. 뒤의 이 친구들은 이번 분기에서 1, 2등을 한 차영아와 이보람입니다. 총리님께 여러 가지로 예의가 아닌 건 지금 미리 사과드리겠습니다."

하유진과 함께 이보람, 차영아도 머리를 90도로 숙여 인사를 하였다.

"저희가 시간이 없어서, 바로 섹스투스 접종하고 설명드리겠습니다. 지금이 오후 4시입니다. 우리는 지금 창문 밖으로 보이는 저 해가 내려가기 전까지 누군가 저희의 의견을 대중들에게 설명해 줄 사람이 필요합니다. 때문에 총리님이 제 앞에 계시는 겁니다. 아, 굳이 안 하고 싶은데 억지로 부탁드릴 생각은 없습니다. 지금 옆방에서 대통령 권한 대행 우선 순번인 국무위원들이 지금 총리님과 같은 주사를 맞을 겁니다. 우리가 지금 시간이 넉넉하지 않아서 말입니다. 모양내기로는 총리님이 제일 낫기는 하지만, 누가 해도 상관은 없습니다. 휴먼경영이 저희의 모토이기는 하지만 어쩔 수가 없네요, 시간에 쫓겨서. 자, 섹스투스 접종 시작할까요?"

흰색 가운의 남성들이 거칠게 안성호의 팔과 어깨를 잡고 전

자식 주사기를 들이댔다.

"이놈들아, 너희가 지금 무슨 짓을 하는지 알고 있느냐?"

하유진이 가벼운 미소를 띠면서 벽의 스위치를 눌렀다. 벽에 설치된 모니터가 켜지면서, 옆방에서 벌어지는 상황을 비추었다. 다섯 개의 모니터에서는 강제로 섹스투스 주사를 맞는 장면들이 중계되었다.

"오늘 죄송하다는 말을 거듭하게 되네요. 고객 프라이버시 절대 보장이 제 마케팅 비결 중 하나인데, 오늘은 그러지 못해 송구합니다. 총리님이 네 살이니까 대략 반년 정도 더 사실 수 있는데, 잘 아시다시피 섹스투스 처방으로 추가 2년은 더 사실 수 있습니다. 다만 우리 고객으로 관리를 받으실 때 그런 거구요. 추가 관리 없으면 상당히 고통스럽게 남은 시간을 보내게 됩니다. 안타깝지만, 헌법과 정부 방침 때문에 좀 더 완벽한 상품을 개발하지 못한 게 현실입니다. 우리 고객이 되실지, 아니면 오늘 해지기 전에 삶을 마감하실지, 이제 선택을 하시기 바랍니다."

3번 모니터에서 유독 강하게 거부하면서 몸부림을 치는 한 남성의 모습이 보였다.

"저희가 시간이 없습니다. 총리님이나 저분 중에 누군가 해주실지, 아니면 결국 피천수 후보나 오상환 국민당 대표 등 우리 쪽에서 직접 할지, 저희도 빨리 결정을 내려야 합니다. 총리님께서 현실을 이해하시는 데 도움을 좀 드리겠습니다.'

하유진이 책상 위의 마이크를 집어 들었다.

"저, 하유진입니다. 3번 방이 경제부 장관이시죠? 저항이 너무 심하셔서, 거기는 고객으로 모시기 좀 어렵겠습니다."

3번 방의 직원이 마이크를 들고 말했다. 이 대화 소리는 여섯 개의 방 모두에 퍼져 나갔다.

"네, 본부장님. 분부대로 하겠습니다."

3번 방의 직원이 품에서 권총을 꺼내 경제부 장관 머리에 바로 발사를 했다. '탕' 하는 총소리가 각 방의 스피커를 통해서 스산하게 울려 퍼졌다. 경제부 장관의 몸이 의자 위에 축 늘어졌다. 4번 방에 있는 교육부 장관이 분노의 눈초리로 카메라를 똑바로 쳐다보았다. 하유진이 무겁지 않은 미소를 지으면서 말했다.

"4번 방, 거기는 교육부 장관이죠? 우리가 너무 시간이 없어서 고객으로 모시기 어려울 것 같습니다."

"네, 본부장님."

4번 방 직원이 마찬가지로 권총을 들어 교육부 장관의 머리에 사격을 하였다. 하유진의 감정 없고 기능적인 이야기와 기계적인 직원들의 사격에는 과장이 없었다. 정해진 매뉴얼처럼 물 흐르듯이 움직인 이 과정에 총리는 한번도 경험해 보지 못한 공포를 느꼈다.

"총리님, 마케팅이 그렇습니다. 교과서에서는 모든 사람을 잠재적 고객으로 간주하라고 하지만, 그렇게 해서는 실적 1등이 어렵습니다. 물건을 사줄 고객과 사주지 않을 고객을 빠른 시간 안에 구분하는 것, 그게 제가 했던 마케팅의 비결입니다. 저는 지금 판단을 해야 합니다. 저기 눈이 공포에 가득한 6번 방 행안부 장관을 1번 고객으로 모실지, 아니면 제가 직접 모시고 있는 총리님을 1번 고객으로 할지 이제는 결정을 해야 합니다. 이해해 주시기 바랍니다. 이보람, 그것 좀 줘봐"

이보람이 품에서 권총을 꺼내 하유진에게 건넸다. 하유진이 안성호의 머리에 권총을 바짝 붙였다.

"차영아, 당신이 가장 신입이지? 가장 젊은 당신 의견대로 해볼까? 내 직관으로는 지금 이 방아쇠를 빨리 당기고 6번 방으로 가서 행안부 장관하고 협상하는 게 최적안이야. 최근에 그래도 차영아, 자기 실적이 톱이니까 당신 느낌이 궁금해. 자기 생각은 어때?"

차영아가 뭔가 말을 하려는 순간, 안성호가 떨리는 목소리로 입을 열었다.

"잠깐! 대통령은, 대통령은 지금 어디 계시는가?"

차영아가 아무 감정 없는 목소리로 말했다.

"김다익 대통령은 밀실에서 수류탄을 맞았지만, 아직 시체 확인은 못 한 걸로 알고 있습니다. 시신이 확인된 건 아니니까 법률적으로 사망은 아니지만, 근무지에 있거나 연락이 가능한 건 아니니까 유고 상황이라고 법률팀에게 들었습니다."

차영아가 이야기를 하다 말고 하유진 쪽을 보았다.

"본부장님, 저도 본부장님과 같은 의견입니다. 여기 총리님은 아직 대화할 마음의 준비가 덜 되어 있으신 것 같습니다. 6번 방 행안부 장관은 이미 눈이 반쯤 풀렸고, 감정적으로는 대화할 준비가 다 된 것 같습니다."

하유진이 권총을 안성호의 관자놀이에 바짝 붙였다.

"총리님, 저와 올해 판매 실적 1위 직원의 의견이 같습니다. 혹시 다음 생에 만나면 고객으로 제가 성심성의껏 모시겠습니다."

안성호가 눈을 질끈 감고, 고개를 푹 숙였다.

"하유진 본부장, 내가 뭘 도와드리면 되겠는가?"

#64
정부 청사 앞

굳게 문이 잠겨있는 울산의 정부 청사, 중무장을 한 한성시 큐러티 경비원들이 청사 담장을 빙 둘러서 지키고 있고, 출입을 철저하게 통제했다. 그리고 그 주위로 방송 중계차들이 여러 대 서있었다. 정문 안으로 들어갈 수 없는 기자들도 긴장한 듯 상황을 지켜보고 있었다.

"대통령궁에서 총격전이 있었고, 폭발음도 들렸다는데, 여기는 그 정도는 아닌가 보네요."

날도 더운데 붉은 넥타이를 하고 있는 기자가 옆의 기자에게 물었다.

"저것들이 저러고 있어서 도통 알 방법이 없지만, 여긴 안에서 누군가 문을 열어준 모양입니다. 무혈입성! 매수된 사람이 있었답니다."

"이게 딱 보면 쿠데타인데, 어떤 놈들인지도 아직 모르지요? 우리 회사 출입기자가 안에서 못 나오고 있어요. 연락도 두절이고. 저도 막 도착해서 상황 파악이 전혀 안 돼요."

뒤에 서있던 또 다른 기자가 말을 보탰다.

"우리 회사도 마찬가집니다. 딱 봐도 지금 공화국에서 이런 짓 벌일 놈들은 서울 놈들밖에 없을 텐데요."

긴장해서 목을 돌리던 빨간 넥타이 기자의 눈에 막 비행하려는 드론이 들어왔다.

"아, 중계차에서 지금 드론 띄우려나 봅니다. 위에서 보면 좀 낫겠죠."

중계차에서 내린 카메라 감독이 리모컨으로 조종을 시작했다. 드론은 프로펠러 회전음을 내며 하늘로 날아올랐다. 방송국 드론에 기자들의 시선이 온통 쏠렸다. 드론이 정부청사 담장을 넘어서려는 순간 청사 옥상에서 날아온 초소형 미사일이 드론을 폭발시켰다. '펑' 소리가 나며, 작은 불꽃과 파편늘이 건물 아래로 쏟아졌다. 앞줄에 있던 기자들이 파편을 피하느라 넘어졌다. 작은 불똥이 튀어서 옷을 터는 기자들도 있었다.

붉은 넥타이 기자가 분노했다.

"뭐야, 이 인간들. 우리나라에 저런 무기가 있었나요? 없던 걸로 아는데요."

"우리는 군대가 없고 경찰만 있는 나라라서, 저런 초소형 미사일이 있을 리 없는데요. 진짜, 이렇게 막무가내로 나오면 천하의 김다익도 방법이 없을 것 같습니다."

뒤에 있던 기자도 흥분해서 대꾸를 했다. 기자들은 아직 김다익의 상태에 대해 전혀 모르고 있었다.

초소형 미사일에 흥분한 기자들의 쿠데타 세력에 대해 성토가 점점 커져가고 있었다. 잠시 후 청사 건물에서 슈트를 멀끔하게 차려입은 남자가 나왔다. 기자들이 일제히 몰려들었다.

"기자 여러분, 수고가 많으십니다. 저희는 민간인들의 일상적 삶에 가급적 아무런 피해를 주지 않고 이 혼란을 최대한 짧게 끝내기 위해 노력 중입니다. 여기 정부 청사에서는 큰일이 벌어질 게 없습니다. 불필요하게 이 앞에서 고생하시지 않게 미리 알려드립니다. 중대 발표는 한 시간 후, 서울시청에서 있을 예정입니다. 다시 말씀드리지만, 여기에서 고생하시고 있을 필요가 전혀 없습니다."

순간적으로 기자들의 질문이 쏟아졌지만, 남자는 특별한 대답 없이 다시 청사 문 안으로 들어가 버렸다. 청사 문은 다시 굳게 닫혔다. 빨간색 넥타이 기자가 대열에서 뒤로 빠져나와 전화를 걸었다.

"국장님, 이놈들이 청사 앞에서 방금 방송국 드론을 초소형 미사일로 날려버렸습니다. 지금 그게 급한 게 아니에요. 한 시간 후에 서울시청에서 중대 발표가 있을 거랍니다. 네네."

통화를 하던 기자는 목이 메었는지 잠시 말을 멈췄다. 그리고 가래침을 확 뱉었다.

"죄송합니다. 여기 먼지가 잔뜩 날려서, 목이 잠겼습니다. 아
네, 병원 갈 정도는 아닙니다. 괜찮습니다, 정말. 그럼 국장님,
저는 여기에서 계속 대기하도록 하겠습니다."

#65
공장 봉쇄와 수색

울산의 어느 자동차 공장. 한성시큐러티 대원들이 공장 밖을 포위하고 봉쇄를 실시하는 중이었다. 공장 차량은 물론이고 사람도 나올 수가 없었다. 공장 안쪽의 경비들은 몽둥이를 들고 경계하면서 서있었다. 형식적으로는 대치하는 중이지만, 기관단총으로 무장한 한성시큐러티 쪽 사람들의 기세가 더 강렬했다.

공장 정문 쪽으로 승용차 몇 대와 중형차들이 도착했다. 맨 앞 차에서 석영서와 김윤희가 내렸다. 뒤이어 다른 차들에서도 석영서의 직계 부하들이 내려 대열을 맞췄다. 석영서가 도착하자 공장을 봉쇄하던 대원들이 일제히 경례를 했다. 이 세계에서 석영서는 신이다. 가볍게 경례를 받은 석영서는 김다익 시신을 찾지 못해 서울의 중앙 간부들에게 당했던 모멸감이 조금 풀어졌다.

"자, 들어가자."

대원들이 공장 문을 열었다. 석영서 일행이 공장 안으로 들어가려고 하자 안쪽에서 경비들이 대열을 만들어 길을 막았다. 정문 앞에서 상황을 살피고 있던 공장장이 석영서 앞으로 당당하게 걸어 나왔다.

"저는 공장장 이명헌입니다. 우리는 정치와 아무 상관없는 민간인이고, 여긴 사유지입니다."

"민간인? 지난 대선에서 김다익한테 붙어 부정선거에 가담한 바로 그놈들 핵심이 이 자동차 공장 아냐? 좀만 기다려 봐, 내 부정선거 혐의로 탈탈 털어줄 테니까. 그건 그거고, 일단은 길 좀 비켜주시지."

석영서가 옆구리의 기관단총을 들어 보였다.

"내가 지금 기분 같아서는 확 다 밀어버리고 싶지만, 상부에서 물의 일으키지 말라는 당부가 있어서 참는 거다."

공장장도 기세로 밀리지 않았다.

"여기는 사유지인 데다, 공장 자체가 국가 기밀 시설로 지정되어 있습니다. 함부로 공장 내부를 공개할 수는 없습니다. 영장 없이는 저희도 열어드릴 수가 없습니다."

"우리가 찾는 사람이 있어서 그래. 우리 쪽 분석원들이 김다익이 도망쳤을 가능성이 제일 높은 곳 중 하나로 여기를 짚었어. 내 생각도 그렇고. 그러니 좀 길 비켜, 힘으로 확 밀어버리기 전에."

공장장이 옆의 직원이 들고 있던 마이크를 빼앗아 들었다.

"나 이명헌 공장장입니다. 작업자 여러분들께 잠시 부탁이 있습니다. 공장 잠시 아이들링 상태로 두고, 시스템 제어부 빼고는 전부 정문 쪽으로 나와 주시기 바랍니다. 우리의 소중한 공장을 정체도 모르는 외부인들에게 그냥 열어줄 수는 없습니다. 각 조장들은 신속하게 조원들이 정문 앞으로 나올 수 있도록 안내하여 주시기 바랍니다."

짧게 방송을 마친 공장장이 석영서를 똑바로 바라보면서 말했다.

"지금 공장 안에 있는 직원이 만 명 정도 됩니다. 뚫고 들어가시려면 한번 해보십시오."

잠시 후 공장 사방에서 직원들이 입구 쪽으로 몰려나오기 시작했다.

"가지가지 한다. 김윤희, 여기가 맞기는 맞는 것 같지? 이 호들갑을 떠는 걸 보면 말이야. 어떻게 하면 좋을까? 윤희야, 그냥 뚫고 갈까?"

김윤희가 자신의 탄창을 잠시 살펴보았다.

"만 명은 너무 많습니다."

석영서가 씩 웃었다.

"만 명을 어떻게 다 죽이냐. 너무 무식한 거지! 윤희야, 여러 명과 싸울 땐 말이야, 머리만 잡으면 돼."

석영서가 권총을 꺼내 공장장의 머리를 겨냥했다. 공장장은 이미 각오를 한 듯, 미동도 하지 않았다. 상인들이 상인 정신을 가지고 있다면, 공장에는 엔지니어 정신이 있다. 그리고 그들만의 소위 신념이 있다. 뭔가를 만들어서 세상을 먹여 살린다는 프라이드도 강하다.

"마지막 경고야, 공장장 아저씨. 울산에 있어서 석영서를 잘 모르나 본데, 서울에서는 성격 급하고 더러운 걸로 아주 유명해. 어서 옆으로 비켜서. 야, 너희들, 내가 신호하면 우선 이 앞에 있는 경비들부터 사격해. 몇십 명만 죽이면 나머지는 아무것도 아냐."

김윤희와 대원들이 기관단총을 어깨에 붙이고 일제히 사격 준비를 했다. 두 집단 사이에 팽팽한 긴장이 흘렀다. 모기 한 마리라도 지나가면 바로 사격이 시작될 정도로 집중하고 있었다.

이때 조금 전 석영서가 탔던 선두 차량에서 사이키델릭 조명이 화려하게 빛나기 시작했다. 좌우로, 혹은 수평과 수직으로 빛나는 여러 개의 레이저 빛들이 마치 거미가 거미줄 대신 비단을 짜내는 것처럼 점점 하나의 모양을 만들어 가기 시작했다. 몇 초 만에 그 빛들은 AI 천수의 형상이 되었다. 피천수는 그렇게 화려한 캐릭터가 아니었지만, AI 디자이너인 석영난은 기발한 것과 화려한 것을 매우 좋아했다. 팽팽하게 날이 섰던 군중들 앞에 레이저쇼와 함께 등장한 AI 천수는 확실히 자연인 피천수와는 조금 다른 분위기를 풍겼다. 화려한 등장으로 사람들 시선을 끌어낸 AI 천수가 입을 열었다.

"영서, 지금 여기서 총 쏘면 학살이 된다. 지금 산업자본과 대척하면 나중에 통치 자체가 곤란해져. 지금 여기서 총 쏘는 건, AI 입장에서는 영 아니라고 본다. 여기가 의심되는 곳 중 하나인 건 맞지만, 그렇다고 이렇게 학살극을 펼치기 적합한 장소는 아니야."

공장장의 머리에 총을 겨냥한 채로 석영서도 입을 열었다.

"천수도 말 더럽게 많은 스타일이더니, AI 천수도 말 참 많네. AI 현아는 부르지 않으면 안 나왔었는데, 이건 자기 맘대로 아무 때나 막 튀어나오네. 좋아, AI 천수. 대안은 있나? 혹시라도 그 자식이 여기로 숨어들었으면 바로 수색을 해야 할 거 아냐?"

AI 천수가 씩 하고 미소를 지었다. 미소는 정말로 피천수의 미소와 똑같았다.

"대안? 그건 나에게 맡겨. 이명헌 공장장님, 저는 오늘부터 작동을 시작한 AI 천수입니다. 오전에 사망한 AI 현아를 업그레이드한 대체 AI입니다."

공장장의 등 뒤로 긴장과 함께 땀이 줄줄 흐르고 있었다. 그는 정자세를 취하기 위해 모든 힘을 끌어낼 정도로 긴장이 심했다.

"AI 현아가 죽었어? 그리고 피천수, 아니 천수가 대체 AI라고? 당신, 지난 대선에 나온 그 피천수 맞지?"

"캐릭터만 그렇습니다. 저기 총 드신 여성분은 서울에서는 아무도 손을 못 대는 사람이고, 피천수도 어떻게 못하는 걸로 알고 있습니다. 그렇지만 남들이 아는 것과 달리 나름 합리적이고, 열정만큼이나 지능도 높습니다. 업그레이드된 차세대 AI인 저는 저분과 대화가 가능합니다. 제가 움직이지 않았다면, 지금쯤 이 공장 마당에 피가 가득했을 것이고, 공장장님도 지금 이 자리에 누워있는 시체가 되었을 겁니다. 저는 호모 콰트로스의 영광과 번영을 위해 AI 현아보다 더 우수한 연산력과 함께 사려 깊은 계산을 합니다. 자, 그러니 공장장님, 저를 믿고 저와 대화하시면 됩니다. 아무래도 저 여인이 총을 쓰게 하는 것보다는 저와 대화하는 것이 호모 콰트로스의 안정적인 번영에 더 도움이 될 겁니다. 이명헌 공장장님, 이씨 일가의 안녕과 평화에도 이 편이 더 나을 것입니다."

석영서가 총을 아래로 내리면서 김윤희를 툭 쳤다.

"쟤 오늘 처음 나온 거 맞지? 진짜 말 많네. 피천수도 말은 많지만 저 정도는 아냐. 니가 봐도 그렇지? 지건 대체 누굴 닮은 거야? 영난이가 말이 좀 많기는 하지만, 걔도 저 정도는 아닌데. 대체 쟤는 어디서 튀어나온 거야."

김윤희는 대답 대신 고개만 가볍게 끄덕였다. 그녀는 석영서가 이렇게 말 많은 것은 처음 보았다. 웃음이 나오려는 것을 겨우 참았다.

"영난이가 AI를 제대로 못 만든 건지, 너무 잘 만든 건지, 잘 모르겠네. 하여간 말도 많고, 엄청 오지랖이네. 이거 참."

AI 천수가 공장장과 긴 대화를 하는 동안, 석영서 뒤에 서있던 단원들은 조금씩 편하게 몸을 움직이기도 하고, 스트레칭을 하기도 했다. 몇 시간 동안 긴장해서 움직였던 피로가 몰려와서인지, 선 채로 꾸벅꾸벅 조는 대원들도 있었다.

#66
AI 튜닝

서울의 전산 본부, 석영난과 피천수가 중앙 모니터를 보면서 AI 성능에 대한 점검과 함께 튜닝을 하는 중이었다. 그리고 그 옆에는 AI 천수가 묵묵히 상황을 지켜보고 있었다. AI 천수는 아주 강렬한 색감의 노란색 티셔츠를 입고 있었다. 소박하고 화려하지 않은 디자인의 의성을 주로 사용했던 AI 현아와는 달리 AI 천수는 훨씬 화려한 옷을 착용했다. 반대로 캐릭터 모델인 피천수는 아주 포멀한 옷을 주로 입었다.

모니터에는 울산자동차 공장 직원들이 다시 건물 안으로 철수하고, 한성시큐러티 대원 십여 명만 공장 안으로 진입하는 모습이 보였다. 석영서와 나머지 대원들은 공장 밖에 머물러 있었다. 스피커로 공장장과 AI 천수의 대화가 흘러나왔다.

"서로 불필요한 물의를 피하기 위해 양보하기는 하겠습니다만, 정말로 여기에는 외부인의 진입이 없습니다. CCTV 바로 확인해 보시면 알 수 있을 거 아닙니까? 필요하시다면 폐쇄회로 코드도 개방해 드리겠습니다."

"CCTV 문제가 아닙니다. 범죄자들이 지하를 통해 탈출을 했는데, 여기 공장이 예전에 울산 게토 비밀기지로 사용되었던 적이 있습니다. 현재로서는 지하에 비밀 설비가 연결되어 있을 확률이 매우 높습니다. 몇 군데 지하 시설만 확인하면 됩니다. 잠시만 양해해 주시면, 불미스러운 일들은 피차 피할 수 있습니다. 공장장님, 거듭 협조 감사드립니다."

두 사람이 대화하는데, 권총 대신 긴 경찰봉을 든 석영서가 갑자기 끼어들었다.

"그러니까 내가 지하 공간 몇 군데만 확인하면 간단한 거 아냐. 내가 직접 봐야 해. 총은 내려놨고, 이건 경찰봉이야. 자, 들어갈게."

스크린을 잠시 쳐다보던 석영난이 인상을 팍 썼다.

"영서 언니가 다 망친다, 망쳐. 재능도 많고, 머리도 좋고, 열정도 있는 완벽한 인간인데, 성격이 좀 그래. 산업자본하고 초반부터 충돌하면 완전 잡치는데. 하여간 저 손에 총까지 들어갔으니, 이젠 아무도 못 말린다, 못 말려."

피천수가 마이크를 잡으려고 하자, 석영난이 손으로 말렸다.

"그래도 날 울산 현장에 보낸 건 잘한 거야. 영서가 내 말은 좀 듣는 것 같은데."

AI 천수가 무감정한 표정으로 말했다. 스크린에는 AI 천수가 석영서와 대화하는 모습이 나타나고, 이걸 석영난과 AI 천수 그리고 실제 피천수가 같이 지켜보고 있었다. 석영난이 리모컨을 들어 스피커 볼륨을 낮췄다.

"정신 사나워. 지금 언니 난장 치는 거 구경하고 있을 때가 아니야. AI 천수, 어디 불편하거나 이상한 데는 없어?"

"DB가 복잡해. 예전 DB는 서울 데이터로 거의 다 백업된 것 같은데, 지난 3일치가 중간 중간 비는 것 같아. 백업 데이터에서도 일부 접근이 안 되는 것도 있고. 단순 패스워드 문제나 방호벽은 아닌 것 같아."

"해킹팀 비상 대기 중인데, 다 뚫어버리라고 할까?"

"해킹 문제가 아닌 것 같아. 중층 구조로 DB 아키텍처가 되어있는데, 연결망이 수시로 바뀌고 있어. 뭔가 다른 AI가 숨어 있는 것 같아. 일부 데이터는 아예 폐쇄회로에 들어가 있는 것 같기도 하고."

"AI 현아는 죽었어. 중앙 서버에 남은 건 데이터밖에 없는데, 그건 지금부터 익숙해지면 돼."

석영난이 키보드를 쳐서 코딩 창을 열었다.

"통합 민감도를 조금 낮춰볼까? 아무래도 처음 DB 처리를 하는 거라서 DB 단축 경로들이 익숙하지 않아 더 불편하겠지. 좀 지나서 루틴이 형성되면 DB 세계가 정말 자기 집 같을 거야. 오현아도 자기 습관이 있을 거고, 구성 특징도 있을 거야.

이걸 어떻게 구성했는지, 그런 습관 같은 것도 익숙하지 않을 거고. 모든 DB를 다 볼 필요는 없거든. 러닝 과정이 당분간 좀 필요할 거야."

"그런 문제가 아닐 것 같은데."

AI 천수 이야기를 무시하고 석영난이 코딩 파라미터들을 바꾸었다.

"맞을 거라니까. 일단 민감도는 조금 낮췄어."

뒤에서 지켜보던 피천수가 천천히 입을 열었다.

"내가 원래 민감한 성격인가? AI도 민감한 걸 보니까?"

석영난이 피식 웃었다.

"전혀 안 민감하시지요, 오빠는. 약간의 집착이 좀 있어서 그렇지, 아주 무난해요 너무 무난하지요. 대선 진 날 밤에도 아주 푹 주무시고. 지금도 쿠데타 첫날이라 다들 신경 바짝 서 있을 텐데, 오빠는 여기서 조용히 상황 지켜보고 있잖아요. 보통 사람은 그렇게 못 해요. 봐! 나도 보통 성격은 아닌데, 손 떨려서 마우스도 잘 못 잡잖아."

"약 처방 해줄까?"

AI 천수가 석영난에게 말했다.

"아냐. 난 술 한잔 마시면 돼."

석영난이 전산 본부 한쪽 구석에 있는 작은 냉장고에서 맥주 두 캔을 꺼냈다. 한 캔은 피천수에게 건넸다.

"오빠도 한 모금 해. 게토 시절 오현아 이후로 자기 AI를 직접 마주한 건 처음일 텐데, 긴장 전혀 안 돼요?"

피천수가 맥주를 한 모금 마셨다. 잠시 뜸을 들이다가 천천히 입을 열었다.

"주요 국무위원들 지금 서울에 와있다며? 해양농림부 장관인 이소영도 지금 서울에 있어?"

AI 천수가 잠시 눈을 감았다가 뜬다.

"이소영? 이소영이 누구야?"

AI 천수가 기억을 하려는 듯, 머리를 잡고 가볍게 인상을 썼다. 머리를 몇 번 흔들다가 다시 뒤통수를 손으로 몇 번 쳤다.

"이게 두통이라는 건가? 전기 통하는 것처럼 찌릿한데, DB 들여다 볼 때마다 이러네. 뭐지?"

석영난은 맥주 캔을 따고 벌컥벌컥 들이켰다. 그리고 잠시 숨을 돌린 뒤, 차분하게 말하기 시작했다.

"이소영 파일에는 내가 락 걸어놨어. 그쪽 자료에 계속 접근하면 말썽선 온다. 저 인간 첫사랑이야, 너와는 무관해. 그래도 무의식 영역에서 중립성 깨질 수 있고, 재수 없으면 폭주할 수 있으니까 내가 경로 차단해 놨어. AI 천수, 당신이 좀 이해해. 모델 인간을 기반으로 한 캐릭터 AI가 속도, 응용성 다 좋기는 하지만, 인간은 신이 아니니까 근본적인 구조적 결함들을 좀 가지고 있어. AI 현아에게도 그런 게 있었을 거야. 마치 여신처럼 근엄한 척은 혼자 다 했지만, 거기도 문제가 없지는 않았을 거야."

"그런 건가? 그럼 몰라도 되는 거네."

"몰라도 되는 게 아니라, 몰라야 해. 그게 피천수의 무의식이랑 연관되어 있어. 혹시라도 논리 우선순위 깨지면, 오작동 나고, 결국 논리 오류 날 수도 있어. 오발탄 같은 거지. 그나저나 그게 그렇게 궁금하시나, 피천수 씨? 참나. 영서 언니 있었으면 난리 났겠네."

"영난아 미안하게 됐다. 내가 잘못했네. 조심할게. 아니, 사과할게. 미안 미안."

피천수가 당황했다. 석영난은 피천수의 사과를 귓등으로 흘리면서 계속 컴퓨터를 살펴보았다.

"근데, 이 아줌마는 서울에 안 왔네. 청사에도 없었고. 어랍쇼? 아예 출근을 안 했어? 휴가 중? 여기도 대통령 승계 앞 순위 중 한 명인데, 이런 일이 있다니. AI 천수, 자리 좀 비켜줄래? 내가 급히 처리할 일이 생겼어."

AI 천수의 홀로그램이 사라졌다.

"오빠도 이제 숙소로 돌아가 줄래? 하여간 이소영 주변에서 뭔가 정보가 엉켰다. 락 건 거랑 실제 데이터가 막 섞여있어서 나 혼자 작업을 좀 해야겠어. 정신 산만해."

피천수가 주섬주섬 자리에서 일어났다.

"그럼 난 간다. 쉬엄쉬엄해, 영난."

7장

인투 더 타이푼

#67
울산병원 중환자실

울산병원 응급실로 계속해서 부상자들이 실려 오고 있었다. 초기에 총을 맞은 부상자들은 대통령궁에서 온 사람들이었다. 그 후에는 각 지역 경찰서에서도 꽤 많은 환자가 실려 왔다. 경찰 본부는 쉽게 장악이 되었지만, 지역에 흩어져 있는 여러 경찰서들은 저항이 심했다. 게다가 현장 지휘관인 석영서가 혹시라도 탈출했을지 모를 김다익의 흔적을 찾아다니면서 많은 병력을 여러 곳으로 분산시켰기 때문에 경찰서 장악에 압도적인 병력을 투입할 수가 없었다. 거칠었고, 희생도 많아졌다.

수술실 안의 의사 이민영은 울산병원 외과 과장이지만, 환자들 수술을 직접 하고 있었다.

누워있는 환자의 가슴에서 마지막 총알을 핀셋으로 뽑아낸 이민영은 환자 머리 위에 놓인 엑스레이 사진을 잠시 살폈다.

사진에는 여러 개의 검은 점들이 가슴 주변에 일직선으로 찍혀 있었다.

"고생하셨습니다, 환자분. 일곱 개째, 이제 마지막입니다. 아프진 않으시지요?"

"마취가 잘되어서 그런지, 목 아래로 좀 뻐근한 느낌이 들기는 하지만 아프지는 않습니다."

이민영이 가슴 엑스레이 사진을 가리키며 설명했다.

"환자분, 기적적으로 총알이 심장을 피해 나갔습니다. 덕분에 목숨을 건졌어요. 남은 인생 더욱 값지게 사실 수 있으면 좋겠습니다. 간호사, 여기 봉합 좀 해주고, 정리 부탁드립니다."

"저, 마취는 언제 다 깨나요? 죄송합니다만, 마취 깨면 바로 퇴원하고 싶습니다."

이민영은 수술 도구를 내려놓았다. 인상이 찌푸려지려는 것을 가까스로 참고 부드러운 목소리로 말했다.

"오늘 바로는 무리입니다. 관통상들이라서, 안에 상처가 좀 아물려면 최소 이틀은 지나야 합니다. 두 밤 자고 퇴원하세요. 선생님, 4년생들이 아무리 회복력이 좋다고 해도, 바로 나가시면 정말 큰일 납니다."

"저 워낙 강골입니다. 훈련 중에 총알 맞은 적이 있는데, 그때도 몇 시간 만에 움직였습니다."

"안 됩니다."

이민영이 간호사 쪽을 돌아보면서 단호하게 말했다.

"오늘 환자들 왜 이렇게 고집들인가요? 이 환자분 절대 퇴원 못 하게 하세요, 알겠죠? 외과 과장 특별 지시입니다."

"네."

"마무리 좀 잘 부탁드립니다."

수술실에서 나온 이민영의 눈에 수술실 밖에서 총을 들고 서 있는 한성시큐러티 경비원들이 보였다. 이민영의 눈살이 찌푸려졌다. 병원 건물 밖에도 경비들이 서있었다. 묵묵히 병원 뒷길을 걸어 이민영은 건물 외부에 있는 휴게실에 도착했다. 의사 몇 명과 간호사들이 담배를 태우고 있었다. 휴게소 한쪽 벽 TV에서는 봉쇄되어 있는 대통령궁과 정부 청사의 모습을 바깥에서만 계속 보여줄 뿐이다. 젊은 의사인 오유진과 최한영이 그날 벌어진 사태로 한참 열을 올리며 이야기하는 중이었다.

"이거 분명히 서울 놈들 쿠데타지? 이 나라에 이런 일이 있다니, 큰일이야."

오유진의 흥분한 말에 최한영이 같이 흥분했다.

"한성유통, 너무 커졌어. 아, 진짜 이렇게 정권이 넘어가나? 난 서울 상인들 너무 돈만 밝혀서 별로인데. 이거 참. 아, 과장님, 오셨습니까?"

이민영을 발견한 오유진과 최한영이 자리에서 일어나 인사를 했다. 오유진이 이민영에게 물었다.

"과장님, 오늘 여기 온 환자들 상당수가 대통령궁에서 김다익 지키다가 그렇게 됐다면서요? 여기 김다익 안 온 거 보면

혹시 아직?"

이민영이 지친 듯 자리에 풀썩 앉으면서 담배를 피워 물었다.

"낸들 알겠나. 나도 여기서 수술만 하고 있었는데. 오히려 나보다는 당신들이 더 뉴스에 밝겠지."

오유진이 이민영에게 좀 더 가까이 다가가 앉으면서 물었다.

"내 진작에 지난 대선 때 김다익하고 피천수 붙을 때부터 이런 일 있을 줄 알았습니다. 순순히 물러나서 야당 할 품새가 아니더라니. 참, 과장님. 김다익하고 친구라고 그러시지 않았습니까?"

"졸업할 때 연습선 같이 탔었지. 김다익과 피천수, 세상에 알려진 것보다 훨씬 더 친해. 정말 절친이야."

오유진과 최한영의 눈이 반짝 빛났다. 최한영이 이민영에게 자신의 핸드폰을 흔들어 보이면서 절박하게 말했다.

"과장님, 혹시 김다익에게 전화 한번 해보시면 안 됩니까? 궁금해서 죽겠습니다. 오늘따라 AI도 안 됩니다. 같이 죽은 거 같습니다. 아무래도 보도 통제가 있는 것 같은데, 너무 답답합니다."

"내 전화라고 받겠어?"

오유진과 최한영, 두 사람이 동시에 말했다.

"그래도 과장님!"

이민영이 마지못해 핸드폰을 꺼내서 전화를 걸었다. 두 사람이 핸드폰에 바짝 붙었다.

"안 받는다. 통화권 이탈이라는데? 뭐, 지금은 이렇다네. 무슨 의미인지는 모르겠지만."

"그래도 핸드폰이 완전히 망가졌거나 꺼져있는 거 아니면, 조금은 희망적인 거 아닐까요?"

오유진의 표정이 좀 더 밝아졌다.

그때 TV에서 총리 긴급 발표에 대한 예고 광고가 나왔다.

"잠시 후 서울시 청사에서 총리 긴급 발표가 있을 예정입니다."

오유진이 급하게 담배를 끄며 자리에서 일어났다.

"과장님, 총리 발표가 곧 있답니다. 안성호 총리, 이 인간이 결국은 배신 때리는군."

울산병원에도 노을이 절정을 향해 달려가고 있었다. 해가 가라앉으면서 뜨거웠던 7월 오후의 열기가 조금은 내려간 느낌이었다.

#68
영해 너머에서

울산 정동 쪽 방향으로 200킬로미터 정도 떨어진 동해 상공
바닷가에 노을이 한참 절정에 달하고 있었다. 이곳에서 70킬로
미터 정도만 더 가면 일본 북부의 시마네현이다. 파도 사이로
소형 잠수정 한 척이 떠올랐다. 잠수정 너머로 1만 3,000톤 정
도의 해상 지휘함인 번영함의 모습이 보였다. 길이 200미터, 폭
30미터 가량인 번영함은 네 대의 헬리콥터를 탑재하고 있었다.

잠수정을 발견한 번영함에서 승강용 케이블을 내렸고, 잠수
복을 입은 승무원들이 바다로 뛰어들어 잠수정을 크레인에 연
결했다. 잠시 후, 번영함 위로 잠수정이 인양됐다.

갑판 위로 올라온 잠수정의 상부 해치가 열리자, 잠수정 밖
으로 나온 오영거가 가볍게 뛰어내렸다. 해경 유니폼을 입은
그녀는 더욱 날렵해 보였다. 이어서 검은색 시신용 백에 담긴

박상인을 어깨에 맨 김다익의 모습이 해치 너머로 드러났다. 승무원들이 사다리를 타고 잠수정으로 올라가 김다익에게 경례를 했다.

"멀리까지 오셨습니다, 각하. 지금부터 저희가 잘 모시겠습니다. 장관님이 기다리고 계십니다."

먼저 내린 오영거를 반갑게 맞은 것은 해양농림부 장관 이소영이었다.

"무사해서 정말 다행이에요, 영거 씨. 너무 힘들었겠어요."

"힘들지는 않은데 좀 놀랐어요, 정말로. 이소영 장관이 여기서 기다리고 있는 줄 몰랐어요. 너무 반가워요. 혹시 애들 소식은 좀 아시나요?"

"원주랑 원정, 원호 모두 지금 원우네 아파트에 같이 있습니다. 물론 감시받고 있기는 하지만, 집 안에서는 자유롭게 있답니다."

이소영이 옆을 가리켰다.

"옆의 최선아 정보처장이 배에 같이 합류해서 많은 도움을 받고 있습니다. 자녀분 소식도 여기에서 확인한 겁니다."

최선아가 고개를 가볍게 숙였다.

"고생하셨습니다, 여사님. AI 현아가 죽었고, 네트워크 지휘망이 저쪽에 완전히 장악당한 상황이라 여러 가지로 만만치 않습니다만, 게토 시절에는 더한 위기도 많이 겪었다고 하죠. 우리는 이겨낼 겁니다."

잠수정에서 뒤늦게 내린 김다익이, 승무원들이 들고 있는 박상인의 시체를 다시 넘겨받으려고 하자 최선아가 급하게 뛰어나왔다. 그리고 박상인의 시체를 안고 걷기 시작했다.

"하이고, 상인이 형. 이게 뭔 꼴이래. 일단 안으로 들어갑시다."

박상인의 시체를 안고 걷는 최선아가 결국 눈물을 터뜨리고 말았다.

"당 개혁하면 세상이 좋아질 것 같았는데, 이게 완전히 개판이 되어버렸네, 개판이. 이게 뭐야!"

김다익이 앞으로 걸어 나왔다. 갑판 위에 있는 승무원들이 일제히 경례를 했다. 김다익이 황급히 손을 흔들며 사람들을 제지했다.

"저한테는 경례 안 하셔도 되고, 예의 안 갖추셔도 됩니다. 지금 국가 비상사태라서 쓸 데 없는데 신경 쓸 때가 아닙니다. 레이더 등 적의 감시를 피해서 대통령 지휘함이 이 먼 영해까지 올 수밖에 없는 상황이 좀 그렇기는 합니다. 대통령궁 피습 직후부터 제가 했던 것은 그저 도망치는 것밖에 없었습니다. 게토 시절, 끈질기게 살아남아서 결국 문명을 만들고 건국을 했던 그 시절의 시설과 장비들을 이렇게 다시 사용하게 될 날이 올 줄은 미처 몰랐습니다. 그것도 호모 사피엔스, 구인류가 아니라 바로 호모 콰트로스들에게 공격당하고 도망 다니게 될 줄은 정말 몰랐습니다. 호모 섹스투스를 억지로 만들고자 하는 사람들이 오늘의 반란을 일으켰습니다. 그래도 게토 시절부터, 우리는 지는 법이 없었습니다."

뒤에 조용히 서있던 오영거가 이소영을 툭 찔렀다.

"저 인간, 이 순간에도 말 참 많아요. 소영 씨, 학창 시절에도 저렇게 말이 많았어요?"

이소영도 작은 목소리로 오영거에게 말했다.

"답답할 정도로 말이 없었죠. 정치하면서 많이 변했습니다. 제가 세워볼게요. 내버려두면 언제까지 떠들지 몰라요."

이소영이 갑판이 울릴 정도로 큰 목소리로 말했다.

"각하. 각하도 그렇고 여사님도 그렇고, 우선은 식사부터 하셔야 합니다. 여기 승무원들과 어제 새로 탑승한 전투원들도 지금 다 너무너무 배고픕니다. 오래된 격언이 있죠? 호모 콰트로스, 식사 퍼스트! 자, 밥부터 먹읍시다. 해 다 떨어지겠어요. 자, 여러분. 모두 해산."

번영함 갑판 위에 서있던 승무원들의 얼굴이 밝아졌다. 그들도 몇 시간째 바닷바람을 맞으며 갑판 위에서 비상 대기 중이었다.

오영거와 함께 선내로 들어가던 김다익이 잠시 이소영에게 물었다.

"솔직히 깜짝 놀랐다. 넌 어떻게 여기 있는 거야? 여기 전투원은 또 뭐고?"

"내가 해양농림부 장관이야, 잊었어? 공화국에는 해군이 없어서 전투함들도 전부 내가 관리해. 대통령 지휘함 관리도 평소에 하는 비밀 업무 중 하나야."

"너 대통령에게 솔직히 말 안 해? 형식적으로는 내가 네 상관이야, 임명권자고. 너도 그렇고, 최선아도 그렇고, 여기 어떻게 왔어? 너희도 AI 현아 메시지를 받았어?"

이소영이 씩 웃었다.

"밥 먹고 다 이야기해 줄게. 일단 밥부터 먹고 좀 쉬어. 천수이 새끼는 천천히 잡아도 돼."

그녀는 다시 오영거 쪽을 보면서 호들갑스럽게 말했다.

"영거 씨, 애 밥 좀 먹게 해요. 전 살펴봐야 할 게 좀 있어요. 이제 긴장 좀 푸셔도 돼요."

긴장을 해서인지 아니면 긴장이 풀려서인지, 오영거의 손이 가볍게 떨렸다.

선실 반대쪽에서 정복 차림의 남자가 앞으로 나왔고, 김다익 앞으로 와서 공손하게 경례를 하였다.

"모시게 되어 영광입니다, 김다익 각하. 이제부터 번영함이 아니라 1호함의 선장이 된 한정건입니다. 저를 비롯한 여기 승무원들은 정부 조직도상 경찰 소속이 아니라 여기 계신 이소영 장관님, 해양농림부 소속입니다. 자 그럼, 두 분 제가 식사 모시겠습니다."

김다익이 가볍게 목을 숙여 인사를 하였다.

"그럴까요, 선장님. 그럼 안내 좀 부탁드리겠습니다."

김다익이 오영거의 손을 잡았다.

"이제 당신도 좀 쉽시다. 오늘 너무 놀랐고, 고생했어. 손이 아직도 떨리네."

"무거운 가방을 계속 들고 있어서 그래."

오영거가 들고 있던 가방을 김다익에게 건넸다. 진짜 묵직했다.

#69
행복한 이상주의자

선상 식사가 끝나고 이소영이 번영함, 아니 1호함에 타고 있는 주요 지도부들을 갑판 바로 아래에 있는 대회의실로 불러 모았다. 엄청난 하루를 보낸 김다익과 오영거도 밥을 먹고 약간은 긴장이 풀어진 모습이었다.

"3일 전에 AI 현아에게서 번영함에 승선하고 대기하라는 짧은 메시지와 함께 동영상이 전송되었습니다. 다익이가 승선하면 같이 보라고 하더군요. 저도 아직 안 봤습니다. 지금 우리는 대통령궁이 습격을 당하고, 정부 청사가 마비된 상황입니다. 협박이었는지 회유였는지, 이유는 모르지만 안성호 총리가 대통령 권한대행으로 두 달 후에 개헌을 위한 국민투표를 하겠다고 조금 전 발표를 했습니다. 우리도 대책을 세워야 합니다. 그전에 AI 현아 동영상 먼저 보시죠. 자, 틉니다."

이소영이 테이블 위에 있는 터치패드에 손가락을 댔다. 영상에는 AI 현아의 모습이 나왔다. 익숙한 홀로그램 대신 영상으로 나온 AI 현아가 약간은 낯선 모습으로 느껴졌다.

"만약 제 계산이 맞고, 여러분에게 운이 따라주었다면, 지금이 자리에는 김다익 대통령이 있을 것이고, 이소영과 최선아 등 그의 동료들이 함께하겠죠. 그리고 지금 여러분이 보고 계신 AI 현아의 버전 3은 파괴되어 있을 겁니다. 사실 여러분이 보신 AI 현아도 버전 1은 아닙니다. 지금 김다익 대통령이 가지고 있는 가방에는 두 개의 저장장치가 있습니다. 하나에는 현아 버전 4를 설치할 수 있는 AI 프로토콜이 들어 있고, 또 다른 장치에는 AI 다익 버전 1 프로토콜이 저장되어 있습니다. 자, 이건 제가 내릴 수 없는 선택입니다. 여러분의 몫입니다. 피천수를 내세운 석영진의 쿠데타를 알고도 있었고, 막으려면 당연히 막을 수도 있었습니다. 그렇게 하지 않은 건, 호모 사피엔스로서 태어난 인간 오현아이자 생태학자로서 하나의 인류가 멸종하고, 새로운 인류가 탄생하는 것을 지켜본 제 딜레마 때문입니다. AI가 어디까지 개입할 것인가, 과연 역사란 무엇인가, 그런 내적 질문이 있었습니다. 지금까지 저는 여러분을 기능적으로 도와드리기만 했지, 내부적 결정, 특히 권력 관계에는 게토 시절은 물론이고 지금까지 일절 개입한 적이 없습니다. 인간의 선택은 어디까지나 인간의 선택일 뿐입니다. 행복이나 기쁨이나, 절망이든 슬픔이든 말입니다. 제 이야기, 인간 오현아이야기기를 조금 해드리겠습니다."

회의실 내에 긴장의 기운이 감돌았다.

"저는 사람들이 흔히 생각하는 것처럼 울산에서 태어난 것이 아니고 전라도 광주에서 태어났습니다. 초창기 2세대 호모 콰트로스들 중에는 사회적으로 성공해 큰 부를 이룬 사람들이 있었습니다. 그 힘으로 울산 게토의 기본 인프라를 만들었습니다. 저는 그 사람들에게 우연한 기회에 호모 콰트로스에 대한 연구를 제안받고, 게토 건설 과정을 관찰하게 되면서 여러분과의 인연이 시작되었습니다."

스크린에 젊은 시절의 오현아의 모습이 나타났고, 그녀가 인간으로서 겪었던 기억 속의 스냅사진들이 보였다. 그리고 처음으로 울산 게토와 합류하던 시절의 기억들이 모니터 위에 나타났다. 아련했다.

"저는 호모 콰트로스, 4년생들이 탄생하고 새로운 문명을 만드는 것을 보면서 이 길이 인류와 지구가 같이 공존하면서 번영할 수 있는 좋은 비전이라고 생각했습니다. 그래서 최선을 다해 여러분의 선조들을 도왔습니다. 자연인 오현아는 80살 가까이 살았지만, 저는 그보다 훨씬 더 오랫동안 많은 사람을 지켜봤습니다. 어쩌면 번영한 문명은 필연적으로 갈등하고, 몇 개의 국가로 나누어지게 될지도 모릅니다. 그걸 막는 것은 자연인 오현아 캐릭터에 맞지 않습니다. 피천수와 싸우는 일, 그건 AI로서 내가 할 수 없는 일입니다. 설정된 기본값과 논리적

충돌을 피하면서 내가 해줄 수 있는 것은, 김다익 대통령과 그의 동료들이 뭔가 해볼 수 있는 최소한의 조건을 제공하는 일입니다. 이제 선택은 여러분의 몫입니다. 게토의 AI로서, 게토 리더의 후계자인 김다익을 위해서 모든 문제를 해결하지 못하고 떠나는 것은 미안하게 생각합니다. 그렇지만 울산 게토의 AI로서 마지막 소임을 지금 다하려고 합니다. 만약 김다익 대통령에게 문제가 생기면 게토 리더는 이소영이 승계하게 됩니다. 비상시 저에게 그런 권한이 있고, 여러분이 이 동영상을 보는 시점, 그때가 바로 그 순간입니다. 혹시라도 비상 상황 시, 그다음 승계는 이소영이 결정합니다."

김다익과 이소영이 서로의 존재를 확인하며, 안도의 한숨을 내쉬었다.

"오랜 기간 동안 AI로서 제 존재는 혼돈 속에 있었습니다. 저는 자연인 오현아의 죽음을 지켜보았습니다. 사실 인간 오현아는 저의 가장 소중한 친구이기도 했습니다. 아주 오랜 시간이 흘렀고, AI 현아인 저도 아마 오현아를 따라 소멸의 길을 걸어가게 될 것입니다. 너무 오랫동안 많은 사람을 보내고 이별하는 일만 했지, 제가 이별을 이야기하는 건 처음인 것 같네요. 저에게는 아주 어색한 말이지만, 해보고 싶었던 말이기도 합니다."

회의실이 잠시 술렁거렸다.

"여러분 모두 안녕."

AI 현아의 동영상이 끝났다. 다들 먹먹한 마음이 들었고, 쉽게 입을 열기가 어려웠다. 무슨 이야기를 먼저 해야 할지, 머릿속이 혼란스러웠다. 다들 김다익과 이소영을 번갈아 쳐다봤다. 선택은 내려져야 한다. 잠시의 침묵이 흘렀다. 김다익이 먼저 자리에서 일어났다.

"지금 막 마음을 먹었습니다. 저는 지금까지 현실주의자로 살았지만, 오늘부터는 이상주의자로 살아보려고 합니다. 더 오래 살고 싶을 수 있지만, 어느 누구도 영원히 살 수 없습니다. 심지어 AI도 그렇다는 걸 이제 알았습니다. 우리는 조금이라도 더 살기 위해 기꺼이 총을 들고, 다른 사람을 서슴지 않고 죽이는 자들과의 전쟁에 나설 것입니다. 오늘 행복한 사람과 내일 행복하기 위해 오늘을 버티는 사람과의 싸움입니다. 4년을 살아도 만족하지 못하고 행복하지 못하는 사람들이 6년을 산들, 10년을 산들, 아니 100년을 산들 행복할 수 있겠습니까? 이제부터 저는 오늘, 아니 지금 행복해하는 이상주의자로 살아보려고 합니다."

그는 잠시 연설을 멈추고 죽은 박상인을 떠올렸다.

"상인이 형, 미안해. 내가 마음이 덜 아픈 게 아니고, 애도를 안 하는 게 아니야. 그래도 난 오늘 행복해야겠어. 4년 동안 충분히 행복할 수 있다는 걸 믿는 이상주의가 되고 싶어. 한정건 함장님, 이 배에 혹시 술이 있으면 좀 부탁드려도 될까요?"

한정건이 씩 웃었다.

"네, 당연히 있습니다. 이 배가 생각보다 보급 사정이 좋습니다. 울산소주 같은 거친 술도 있고, 샤인머스캣으로 만든 로컬화이트 와인도 있습니다. 장기 항해를 하다 보면, 축하할 일도 있고, 긴장을 좀 풀기 위해 술 파티도 살짝살짝 합니다. 화이트와인 괜찮으시면 좀 꺼내 오도록 하겠습니다."

김다익의 표정은 훨씬 편해진 것 같기도 하고, 득도한 사람처럼 시선이 먼 곳에 닿아있는 것 같기도 했다. 표정만으로는 생각을 읽기가 어려웠다.

"저는 오늘 아내하고 둘이 한잔하렵니다. 선거 치르고 겨우겨우 당선되고 한동안 아내하고 술 한잔 못 했네요. 내일부터 목숨 내놓고 싸울 건데, 내일 후회하지 않으려면 오늘 행복하기 위해 노력하렵니다. 대책은 내일 마련해도 늦지 않습니다. 여러분도 원하시면 드셔도 괜찮습니다. 당직들 빼고 일단 좀 쉽시다."

이소영이 불편한 표정을 지었다.

"야, 김다익! 지금 결정해야 할 일들이 산더미야. 해 뜨면 바로 움직여야 해!"

김다익은 이소영의 얼굴을 똑바로 쳐다봤다. 사실 그는 평생이소영 얼굴을 이렇게 똑바로 쳐다보지 못했다. 전에는 쑥스러워서 그리고 그 뒤에는 미안해서…….

"소영아, 지금 이 배에서 우리가 당장 이 밤에 할 수 있는 게많지 않아. 내일 즐거운 마음으로 시작해도 되지 않을까? 우린 지금 새로운 문명을 만들어 가는 중이야. 4년을 살지, 6년을 살지, 그건 안 중요해. 오늘 행복한 문명, 그게 장사하기 위해서 인간 수명 가지고 장난치는 저놈들을 이기는 방법이라고 생각해. 지금 당장, 더 많은 성과, 너무 자본주의식으로 한다고 서울의 장사꾼들보다 더 나은 문명을 만들 것 같지도 않고, 당장 이길 것 같지도 않아. 소영아, 너도 오늘은 좀 놀고, 좀 쉬어. 봐, 저 창밖을. 밤바다야. 배에서 맞는 밤바다는 정말로 졸업하고 처음이네. 오늘 행복하지 않은 사람이 내일 행복할 수 있을까? 난 오늘 행복한 사람들의 대통령이 되고 싶어, 진심으로."

무슨 힘으로 김다익이 즐거운 마음을 만들었는지는 모르지만, 번영함 회의실에 있던 사람들은 문득 당장 행복해야겠다는 생각이 들었다. 그게 진짜로 이기는 방법일지도 모른다.

#70
오늘 행복해야 내일도 행복,
자신의 방식으로

#

샤워를 마친 김다익의 선실에서는 화이트 와인이 준비되어 있었다.

"애들 괜찮을까? 전화 한번 해보고 싶은데, 미치겠네."

오영거가 와인 잔에 손가락을 대고 빙빙 돌리면서 물었다. 김다익이 편안하게 말했다.

"원우가 당신 닮아서 야무져. 동생들 잘 데리고 있을 거야. 그나저나 상의하고 싶은 게 하나 있는데."

"뭔데?"

"내 임기 끝나면 우리 뭐 하고 살까? 한번도 진지하게 생각 안 해봤는데, 오늘은 생각하고 싶네."

오영거가 황당한 표정으로 김다익의 얼굴을 뚫어지게 보았다. 그리고 천천히 입을 열었다.

"미친 새끼, 너 오늘 죽다 살아났어. 임기 끝난 후의 고민이 지금 하고 싶어? 진짜로!"

김다익이 씩 웃었다.

"그래, 당신 욕하는 거 들으니까 진짜 집에 있는 깃 같네. 내가 천수한테는 안 져. 걔, 이제는 괴물이야. 그런 거에 질 수는 없지. 그나저나 말 돌리지 말고, 임기 끝나면 뭐 할 건지 대답해 보라니까. 나는 부인이랑 생의 마지막 순간까지, 끝없이 여행하면서 지냈으면 싶은데."

"여행 같은 소리하고 자빠졌네. 난 당신 임기 무사히 마치면 조그만 동네 파출소장 하고 싶어. 내가 이 정도 양보했는데, 너도 좀 양보하는 맛이 있어야지, 인간이라면."

오영거는 술잔을 내려놓고 앉아서 양다리를 죽 벌리며 스트레칭을 시작했다.

"우리 김다익 씨 임기 끝나면 나도 네 살이야. 그때면 이 민첩한 몸도 둔해질 거라서 현장 뛰기는 좀 어려울 거야. 그래도 파출소장은 할 수 있겠지. 당신한테 내가 많이 맞춰줬으니까 임기 끝나면 나한테 좀 맞춰주시면 고맙겠네요."

잠시 생각을 하던 김다익도 오영거 옆에 앉아 스트레칭을 따라하며 다리를 벌려보았다. 매우 아팠다. 오영거가 어이없다는 듯 피식 웃었다. 김다익이 겨우 바닥에서 몸을 일으키면서 웃었다.

"이제는 나도 운동 좀 해야겠어. 그래야, 파출소장 보조라도 하지. 뭐, 파출소장이라도 휴가는 있을 거 아냐. 여행은 그때그때 가면 돼. 나는 오영거 씨 옆에서 죽을 때까지 있으면 그게 행복이겠지."

#

번영함의 일반식당, 승무원들이 조촐하게 화이트 와인을 마시면서 간만에 편안한 시간을 갖는 중이었다. 번영함은 유사시를 대비한 해상 지휘함의 특성상 대기가 주요 임무이고, 존재 자체도 알려져 있지 않았다. 그렇지만 다양한 상황을 설정해서 끊임없이 훈련을 하기 때문에 근무 강도 자체는 매우 높은 편이었다. 게다가 며칠 전부터 비상이 걸린 상태라 긴장감이 극한까지 올라갔다.

"와인은 무슨 와인, 이거 너무 약하다. 나는 그냥 소주 마실란다."

승무원 한 명이 마시던 와인 잔을 내려놓고 주방 쪽으로 소주를 가지러 갔다. 그 옆의 한 칸 떨어진 테이블에서는 한창 컵라면을 먹는 중이었다.

"이 시간에 컵라면은 쥐약인데……."

그 앞에 앉은 승무원의 얼굴은 정말로 행복이 가득 차 보였다.

"길티 플레져지, 뭐. 살찌거나 건강에 안 좋은 것들이 엄청난 즐거움을 주잖아. 컵라면, 초콜릿 그리고 알코올!"

길티 플레져 승무원이 마지막 남은 컵라면 국물을 시원하게 들이켜고 자리에서 일어나 막춤을 추기 시작했다.

폐쇄 모드로 외부 네트워크로부터 독립해서 항해할 수 있게 번영함을 제어하는 자체 AI가 부드럽게 춤추기 좋은 슬로우 재즈 음악을 틀어주었다.

"Come rain or come shine.(비가 오든 햇살이 비추든 난 누구와도 다른 방식으로 당신을 사랑할 겁니다.)"

술을 마시던 승무원들도 어느덧 일어나서 리듬에 몸을 맞추기 시작했다.

"Come rain or come shine."

승무원들이 춤을 추면서 따라 부르는 조그만 노랫소리가 나지막한 합창처럼 바다 위를 떠다녔다.

\#

번영함 맨 상단에 있는 함교 근처의 갑판 위, 두 대의 헬리콥터 사이에 작은 테이블이 펼쳐져 있었다. 별이 많은 여름 밤, 아무렇게나 놓여있는 빈 소주병 사이를 달빛이 헤매고 있었다. 이소영과 최선아 그리고 한정건이 편안하게 소주를 마셨다.

소주 한 잔을 목으로 넘기던 이소영이 갑자기 테이블 밑에 놓인 작은 쓰레기통을 들고 토하기 시작했다. 황급히 최선아가 휴지를 건네고 이소영의 등을 두드렸다.

"너무 힘든 날이라서 그렇습니다, 장관님. 대통령이 살아남았고, 지휘함도 있고, 우리 쪽 요원들도 전국 여기저기에 노출되지 않고 그대로 있습니다. 통신과 지휘계통만 확보해서 반격을 하면 됩니다."

이소영이 휴지로 입 언저리를 닦았다.

"태어나서 열 달 되던 때, 아빠가 쓰러지고 아주 이상해졌어. 매일매일 힘들고, 다음 날은 더 힘들었어. 그걸 겨우겨우 버티면 새롭게 오는 다음 날은 더 힘들어졌지. 난 그렇게 살았어. 내일은 오늘보다 더 힘들 거야. 그게 내가 살았던 이 공화국의 현실이야. 대체 나는 뭘 위해서 장관을 하고 있는지 모르겠네."

잠시 선내로 들어갔던 함장 한정건이 시원한 물 한 컵을 가지고 와서 이소영에게 건넸다. 이소영은 물을 벌컥벌컥 마셨다. 잠시 숨을 고르고 있는 이소영에게 한정건이 말을 하기 시작했다.

"제가 이 배에 탄 게 어느덧 2년입니다. 저나 여기 승무원들, 오늘 같은 날을 위해서 훈련하고, 대기하고, 또 훈련했습니다. 이 배의 역사가 공화국 역사랑 같습니다. 건국하면서 내전의 위험을 생각했고, 항구에 방치되어 있던 수송선을 이렇게 멋진 대통령 지휘함으로 바꿨습니다. 장관님, 오늘은 힘드시겠지만, 내일부터 다시 원래대로 돌아가기 위한 노력을 우리 모두가 할 겁니다. 이 배는 그런 일을 하려고 존재하는 배입니다."

의자에 앉아있던 이소영은 한정건의 이야기를 들으며 잠이 들었다. 깊게 잠이 들어 코까지 골기 시작했다. 장황하게 연설을 하던 한정건은 문득 분위기가 묘해서 앞을 보았다. 자신이 이야기하는 동안 잠이 든 이소영을 보고 잠시 당황했는데, 코 고는 소리를 듣고 피식 웃음이 났다. 웃음이 터져 나오려는 것을 꾹 참았다. 얼굴에 너무 힘을 줬더니, 눈물이 조금 나왔다.

최선아가 결국 잠든 이소영을 둘러업었다.

"하이고, 언니야. 인생 왜 이렇게 어렵게 사나. 나처럼 좀 단순하게 살아봐라, 단순하게."

#

같은 시간 울산 한성시큐러티의 실내 운동장에서는 석영서가 김윤희에게 단검 사용 방법을 속성으로 가르치고 있었다. 석영서가 단검을 손목으로 돌리면서 시범을 보였다.

"윤희 너는 뭐든 빠르니까 단검도 금방 배울 거야."

"해보겠습니다."

"단검은 폼, 이런 거 다 필요 없어. 무슨 형식, 이런 거 다 개뺑이야. 단검까지 들었으면 정말 마지막 순간이야. 한 방에 죽인다고 생각하고, 바로 목으로 들어가. 자, 해봐. 난 칼 내려놓을 테니까."

"위험하지 않겠습니까?"

석영서가 가볍게 웃으면서 손짓을 했다.

"자, 들어와 봐."

어색해하던 김윤희가 빠르게 직선으로 석영서의 목을 향해 날아들었다. 석영서는 손목으로 가볍게 김윤희의 단검 든 손을 쳐냈다. 칼이 바닥으로 쨍그랑 소리를 내면서 떨어졌다.

"빠르긴 한데, 손에 힘이 너무 들어갔어. 더 가볍게 쥐어도 괜찮아."

두 사람은 비슷한 동작을 몇 번 더 반복했다. 그리 오랜 시간 훈련을 하지 않았는데, 김윤희의 이마에서는 굵은 땀이 뚝뚝 떨어졌다. 숨도 거칠어졌다.

"자, 이제 단검 대신 좀 더 무거운 전투검으로 해보자. 윤희야, 그럴 일은 없겠지만, 쟤네들이 반격을 시작하면 너도 제거 대상 중 한 명이야. 여러 명이랑 싸울 때 넌 무술 숙련자가 아니니까, 단검이라도 꺼내서 맨 처음 덤빈 놈 목을 바로 쳐버려. 그러면 잠시 공포심이 생기고, 주저하는 상황이 생길 거야. 그사이에 빈틈이 반드시 보일 거고. 거길 뚫고 나가야 살 수 있어."

"저, 단장님. 이거 바보 같은 질문일지도 모르지만, 무술이나 칼 쓰는 법은 그냥 AI 같은 걸로 다운받아서 어떻게 할 수 없나요? 안 그래도 수명도 짧은데, 이런 거 하나하나 익히면 인생 너무 아쉬운 것 같아요."

"윤희야, 너 영화 너무 많이 봤다. 아마 호모 사피엔스가 바이러스로 멸망하지 않으면 지금쯤은 뇌에 칩을 끼워 넣고, 그렇게 되었을지도 모르겠지. 지금 공화국의 헌법 체계에서는 그런 건 할 수가 없어요. 적어도 우리 살아있을 때에는 어렵다고 봐야지."

　김윤희는 중간 크기의 전투검을 들었다. 석영서는 두 손을 올려 방어 자체를 취했다.

　"자, 연습 빨리 끝내고 우리 중국 영화나 보자. 영화 이야기 했더니, 영화 보고 싶어졌다."

#71
친구니까 해주는 말이야!

쿠데타 세력의 국정 장악은 그야말로 전광석화와 같이 이루어졌다. 대통령 권한대행을 맡게 된 총리의 사인이 담긴 서류한 장으로 국회는 바로 다음 날 해산되었다. 국회가 해산하는 순간에는 공포스러운 분위기 때문인지 당장에 큰 저항은 없었다. 국민당 대표인 오상환이 개헌추진위 위원장이 되었고, 정국은 개헌 국면으로 긴박하게 돌아갔다. 국회를 대신한 개헌추진위가 작동하면서 공화당 쪽 국회의원들의 지역 기반을 매우 빠른 속도로 약화시켰다. 그들의 가지고 있던 조직들은 돈과 위력으로 매우 빠르게 흡수되어 나갔다.

국회가 행정을 견제하는 장치가 정지한 동안, 박진호가 총괄하는 부패청산위원회(부청위)는 정치와 경제의 결탁으로 인하여 지난 김다익과 피천수의 대선을 부정선거로 규정했다. 동시에 부청위 중심으로 수사가 긴박하게 시작되었다. 산업계 쪽의 수사는 이미 사망한 오영수가 많은 것을 주도한 것으로 시나리오가 설정되어 있었다. 증언해 줄 사람이 사라진 상황에서 미리 만들어진 시나리오에 따라 공화당 쪽 인사들에 대한 저인망식 구속이 진행되었다. 두 살의 젊은 리더들부터 시작된 구속은 점차 중간 간부로 넘어갔고, 마지막 단계에서 주요 지도부들의 체포가 이어졌다. 쿠데타 일주일 동안 벌어진 일이었다.

서울시청, 총리의 임시 집무실에 공화당 대표인 박창석이 안성호와 커피를 마시고 있었다.

"성호, 네가 어떻게 이럴 수 있냐? 김다익에게 총리로 추천한 건 나 아냐? 어떻게 네가 대통령과 공화국을 배신할 수 있어?"

안성호가 슬쩍 박창석의 눈길을 외면했다.

"김다익은 끝났어. 그냥 정권이 바뀐 것일 뿐이야. 호들갑 떨지 마."

"김다익이 죽었다는 증거는 아직 없잖아."

"벌써 일주일이야. 이미 권력 재편도 마무리 단계고, 김다익이 온다고 해도 이젠 할 수 있는 게 없어. 공화국에 군대가 있는 것도 아니고, 유일한 물리력인 경찰도 이젠 완전히 석영서 통제 안에 들어갔어. 혹 살아있으면 더 큰 일이지. 창석이 너만 체포되면 부정선거 수사도 마무리될 거야. 이제 대통령이 아니라 범죄자야. 네가 뭘 더 하겠어?"

박창석이 쓴 입맛을 다시며 커피 잔을 내려놓았다.

"기분이 더러워서 그런가, 커피도 쓰네. 야, 이 인간아! 우리가 더 살아봐야 이제 6개월 정도 남았어. 보통 사람들은 이 시기면 은퇴하면서 지난날을 돌아보며 인생을 마무리할 준비를 해. 넌 이게 뭐냐?"

안성호가 오히려 안타까운 듯이 박창석을 보며 말했다.

"누가 6개월 남았대? 최소한 2년 6개월은 더 남았어, 내 경우는. 개헌 마무리 짓고 한성에서 본격적으로 연구 시작하면, 나는 1순위니까 결국 열 살 이상도 살 거야."

"야, 이 미친놈아. 설령 니가 10년씩 살 수 있다고 쳐. 바뀐 정권이 안정되면 넌 일회용 휴지야. 쟤들이 왜 너를 끝까지 안고 가겠어? 지들끼리도 자리 다툼할 텐데. 넌 6개월도 다 못 살고 죽을 거야!"

안성호가 피식하고 웃었다.

"원래 1등 공신은 막판에 넘어온 상대편이 하는 거야. 배신? 배신이지! 원래 결정적 배신자는 잘 먹고 잘살아. 경주의 마지막 왕은 항복하고 중국 가서 죽을 때까지 잘 먹고 잘살았어. 누가 배신자의 말로가 비참하대? 내가 잘 먹고 잘살아야, 다른 놈들이 또 배신을 하지, 안 그래? 니가 친구니까 내가 기회를 주는 거야. 내 말 들어. 그냥 고개만 끄덕이면 돼."

잠시 후 수사관들이 총리 집무실 문을 열고 들어왔다.

"총리님, 죄송합니다만, 저희도 이제 수사를 마무리해야 할 시간이라서 말입니다. 약속하신 시간이 꽤 지났습니다. 박창석 대표는 저희가 이제 좀 모셔가겠습니다."

안성호가 수사관들에게 손짓을 했다.

"미안하지만, 잠깐만 기다려 주시게. 창석아, 내가 친구로서 해줄 수 있는 마지막 배려야. 고개만 끄덕이면 돼. 네 생각만 하지 말고, 네 후배들 인생도 좀 생각해 보라니까. 개들 다 박살 난다고. 지금 공화국에 한성유통을 넘어설 힘은 없어. 결국 너도 섹스투스 주사 맞고, 구질구질하게 관리당하면서 여생을 보내게 될 거야. 버티는 게 무의미해."

박창석이 고개를 저었다.

"내가 널 잘못 봤다. 그래도 나는 네가 공적인 것은 좀 이해하는 인간인 줄 알았어."

팔짱을 끼고 잠시 두 사람의 이야기를 듣던 수사관 한 명이 박창석의 머리를 손바닥으로 때렸다.

"하따, 영감 말 많네. 네 살이나 처먹었으면 세상 돌아가는 생리도 좀 알 때가 되지 않았나."

수사관은 점점 화가 나는 듯 결국 박창석을 발로 차기 시작했고, 쓰러진 박창석의 복부 여기저기를 걷어차며 소리를 질렀다.

"난 일주일째 집에도 못 갔다. 지겹다 지겨워. 내 인내심도 한계야. 그만 버텨라, 이 부패한 선거 조작범들아! 너네들 때문에 얌전히 월급 받으면서 회사 다니던 내가 차출돼서, 이게 뭔 꼴이냐!"

#72
남해, 배 위에서

남해상 외딴 곳, 중간 규모의 어선인 소망호와 은하호 두 척이 만났다. 옆으로 마주한 두 배 갑판 위에서 선장들이 대화를 나누고 있었다. 은하호 선장이 물었다.

"무슨 일인데, 무선으로 안 되고 직접 보자고 이 난리야?"

"그럴만한 일이니까 보자고 했지. 이 배, 3일 후에 좀 여유가 있나? 목포까지 가야 하는데."

소망호 선장의 이야기를 들은 은하호 선장이 별 감정의 동요 없이 말했다.

"우리 은하호는 모래 항구 들어가. 좀 쉬어야지."

"그래? 시간은 있단 말이지? 그럼 되었네."

활짝 웃으며 소망호 선장이 뒤쪽을 향해 외쳤다.

"장관님, 나와보십시오."

소망호 선실 문을 열고 직전 해양농림부 장관이었던 차민정이 나왔다. 갑자기 모습을 드러낸 차민정을 보고 은하호 선장이 깜짝 놀랐다.

"차민정 장관님 아니십니까? 여기 바다에 있는 어부들 다 장관님 팬입니다. 당장 우리 은하호도 장관님 계실 때 지원받아서 새 설비로 전부 싹 고쳤습니다."

차민정의 얼굴이 환해졌다. 육지에서 그렇게 소문이 나지 않아서 그렇지, 현직 시절 차민정은 바다에서는 슈퍼스타급으로 인기가 좋았다. 이소영이 과감한 발상들을 했고, 실무도 꼼꼼하게 챙긴 덕이다.

"반갑습니다, 선장님. 저는 전직 장관이고요, 지금 현직인 이소영 장관의 편지를 전해드리려고 이렇게 왔네요."

은하호 선장이 편지를 건네받아 읽는 동안 소망호 선장이 간단하게 설명을 했다.

"읽으면서 들어. 내 쉽게 설명히겠네. 김다익 대통령이 살아 있어. 병력은 확보했는데, 이동할 방법이 없으니까, 우리 어부들한테 배를 좀 빌려달라고 부탁하는 상황이야. 육지 쪽은 길이 다 막혔고. 난 딱 느낌 와서 바로 한다고 했지. 은하호, 그쪽 생각은 어떠신가?"

은하호 선장이 편지를 다 읽고는 조심스레 물었다.

"아무래도, 위험하겠지?"

"그렇겠지. 서울 놈들이 울산에서 총 들고 설치면서 하는 짓

봐. 난리도 아니야. 위험한 일이긴 하겠지. 게다가 7월 중순이면 태풍이 올 수도 있어."

"그래? 위험하다 이거지?"

잠시 뜸을 들이던 은하호 선장이 다시 말을 이어나갔다.

"그럼 해야지! 먹고 살기 위해서 토네이도랑도 싸우는데, 그깐 서울 놈들이 뭐가 무서워."

"좋았어. 내 은하호 선장이 화끈할 줄 알았지. 그런데 조심할 게 좀 있어. AI가 저쪽 편이라, 통신은 못 써. 그래서 우리가 직접 보고 이야기해야 한다는 거 아냐."

"이소영 장관 편지 주실 때 내 다 눈치 깠어. 이런 귀찮은 일은 다 몰래 해야 하니까 그런 거 아니겠어. AI 아니라 그 뭐가 오더라도, 바다에 나오면 우리 세상이야."

차민정이 환해진 얼굴로 말했다.

"고맙습니다. 저희 좀 도와주세요."

소망호 선장도 밝은 표정이었다. 힘센 기운들이 만나서 상승 작용을 내는 느낌이었다.

"우리가 쓰는 무전기들은 폐쇄회로 방식으로 하면 배끼리만 연결됩니다. 연락은 그렇게 하고."

은하호 선장이 손에 들고 있는 편지를 흔들었다.

"장관님, 이 편지 좀 왕창 주십시오. 안 그래도 젊은 선장들이 서울 놈들이 쿠데타 했다고 부글부글하고 있습니다. 육지 것들이 못하면 바다에서 해상 시위라도 하자고 그러고 있습니다. 제가 좀 돌리겠습니다."

차민정이 가방에서 서류 봉투를 꺼내 은하호 선장에게 건네
주었다.

"고맙습니다. 몇 대만 더 있으면 됩니다."

"부탁입니다. 모자란 배 제가 채우게 해주십시오. 여기 차민
정 장관이나 지금 이소영 장관이나, 워낙 배 좋아하고 바다 좋
아하시는 분들이라 제가 너무너무 좋아합니다. 저희 선원들도
다 같은 마음일 겁니다."

73

다른 전화기로

쿠데타로 인한 유혈 사태는 끝났지만, 울산병원으로 계속해서 중환자들이 실려 왔다. 다른 병원도 사정은 마찬가지였다. 아침 회진을 끝내고 병원을 둘러보던 이민영이 중환자들이 계속해서 들어가는 응급실을 보면서 눈살을 찌푸렸다. 이민영이 옆에 있는 후배 의사 오유진에게 물었다.

"쿠데타 일어난 지 일주일이 넘었는데, 왜 아직도 이렇게 부상자들이 계속 밀려와?"

"과장님은 뉴스에 너무 둔하십니다. 이것들이 툭하면 주먹질에 총질 아닙니까? 지금 들어오는 부상 환자들, 대부분 공무원입니다. 현장에서 조금만 어긋나도 바로 주먹질이랍니다. 저 환자 좀 보세요. 얼굴을 주먹으로 맞아서 엉망이 되지 않았습니까? 확인되지 않은 소문이기는 합니다만, 그나마 상태 좀 괜찮은 환자들만 병원으로 보내고, 어려운 환자들은 바로 서울로 보낸답니다."

"아주 흥흥하네. 어쨌든 개헌 놓고 선거는 치르겠다는 자들이 왜 이렇게 흉악하게 굴지?"

오유진이 흥분하기 시작했다.

"선거요? 선거 결과를 AI가 관리하는데, 이제 그걸 어떻게 믿습니까? 예전 AI 현아는 사실 인류 자체의 생존에 관심이 있지, 선거에는 완전 중립이었습니다. AI 천수? 지들이 만든 그런 걸 누가 믿습니까? 며칠 전 AI 홀로그램 호출했다가 툭, 이상한 아저씨 면상 튀어나와서 깜짝 놀랐습니다. 간 떨어질 뻔했다니까요. 이제 전 AI 안 씁니다."

이민영은 여러 가지로 복잡한 마음이 들었지만, 짧게 자신의 심경을 말했다.

"꼭 식민지 지배하는 것 같네."

"그렇죠, 과장님? 서울 것들이 울산에 지배사로 온 것 같다고 난리입니다. 장사하던 놈들이라서 좀 부드럽게 할 줄 알았는데, 완전 막무가내예요."

이때 이민영의 전화기가 울렸다. 이민영이 수신된 번호를 보고 순간 망설였다.

"바로 안 받으시는 거 보니, 병원장님 호출이죠?"

"아니, 모르는 번호야."

잠시 생각하던 이민영의 눈이 순간 반짝 빛났다.

"오유진 선생, 핸드폰 좀 잠깐 빌려주겠나?"

오유진이 핸드폰을 품에서 꺼냈다.

"여보세요, 울산병원 외과 과장 이민영입니다. 누구시죠?"

"나야, 친구. 듣기만 해."

이민영은 목소리의 주인이 누군지 바로 알아차렸다.

"아, 네네. 그렇습니다."

"니가 좀 도와줘야겠다, 민영아."

핸드폰 너머의 목소리는 매우 건조하고 기계적이었다. 이민영은 정색을 하면서 말했다.

"제가 뭘 도와드리면 되겠습니까? 누가 아프십니까? 저희도 지금 외진 나갈 의사가 만만치 않은데요."

옆에서 귀를 바짝 세우고 듣던 오유진이 '우리는 외진 의사 없잖아요', 이런 의미로 손바닥을 흔들었다. 이민영이 아니라는 의미로 손을 흔들었고, 바로 오른손 엄지손가락을 세워 보였다. 오유진이 놀라서 눈을 크게 떴다. 그는 아무 이야기도 안하고 묵묵히 손가락으로 대통령궁 방향을 가리켰고, 이민영은 고개를 끄덕였다. 오유진이 소리를 내지 않고 입모양으로만 '김다익?'이라고 말했다. 이민영이 크게 고개를 끄덕이자, 오유진의 표정이 엄청나게 환해졌다. 핸드폰 너머로 목소리가 이어졌다.

"양복 입은 아저씨가 갈 거니까 잘 좀 대해줘. 그리고 간만에 민영이 네 목소리도 좀 듣고 싶었고. 위로가 되었어. 그럼 부탁해, 친구. 끊는다.”

통화가 끝나자마자 이민영의 등 뒤로 검은 슈트 차림의 남자
두 명이 다가왔다.

“처음 뵙겠습니다. 이민영 외과 과장님이시죠?”

“네, 그렇습니다.”

앞에 선 남자가 서류 봉투 하나를 이민영에게 건넸다.

“통화하셨으니까, 저희 소개는 생략하겠습니다. 봉투 안에
는 친필 편지와 핸드폰이 들어있습니다. 부탁드릴 말씀은 편지
에 적혀있고, 앞으로 꼭 필요하신 통화는 이 핸드폰으로 하시
기 바랍니다. 가급적이면 서로 신원 노출 시킬 단어는 사용하
지 마시고, 짧게 끊어서 하시길 부탁드립니다. 그럼 저희는 이
만 가보겠습니다.”

바쁘게 등을 돌리고 돌아서는 남자들에게 이민영이 나지막
한 목소리로 물었다.

“우리 친구는 건강한가요?”

좀 더 체구가 큰 남자가 살짝 미소를 지었다.

“네, 건강하십니다. 의사 도움은 필요 없지만, 의사 친구 도
움은 필요하다고 말씀하셨습니다.”

“네, 고맙습니다. 다들 하시는 일 잘되기를 바랍니다.”

돌아서는 두 남자의 뒷모습을 보는 오유진의 표정에는 반가
움과 경이로움이 동시에 보였다. 그는 이민영의 귀에 대고 이
야기했다. 그렇지만 흥분해서인지, 그의 목소리는 제법 컸다.

"과장님, 정말 최고입니다! 젊은 의사들, 인턴들, 말씀만 하시면 제가 싹 다 불러올 수 있습니다."

이민영이 큰 목소리에 화들짝 놀라며 귀를 털었다.

"어휴. 귀 아파, 오유진! 나 일단 이 편지부터 좀 읽고."

이민영이 서류 봉투를 꺼내 자신의 방으로 걸어가기 시작했다. 오유진이 계속해서 이민영을 뒤따라갔다.

#74
목포항

쿠데타 열흘 째, 새벽 2시의 목포항은 아직 깜깜했다. 아직 눈으로는 태풍의 조짐이 보이지 않았다.

태풍은 위성이 없고, 외국의 기상 자료를 확보할 수 없는 공화국에게는 매우 큰 난제였다. 다른 방법이 없기 때문에 한반도 근처가 태풍의 영향권에 들이갈 때쯤에야 대략적인 정보들이 모이기 시작한다. 가장 큰 문제는 GPS 서비스를 위해 사용하는 드론들이 태풍 때에는 전부 지상으로 철수하기 때문에 사실상 공화국의 정상적인 교통 서비스 등 많은 것이 정지하고, 기본 서비스만 작동한다. 반면에 김다익 쪽은 노출되지 않은 위성 데이터를 확보하고 있었다. 행정적으로나 군사적으로나 기울대로 기운 세력이 태풍이 오는 날을 작전일로 정한 것은 어쩌면 너무나 당연한 일이었다.

100여 대의 어선이 항구 근처에 정박하고 있었다. 잠수복을 입은 경찰 소속 게토수비대 대원들과 전투경찰들이 무기가 든 가방을 하나씩 어깨에 메고 승선하는 중이었다. 좀 더 큰 배들은 항구까지 들어오지 않고 보트를 이용해 승선했다. 이소영과 차민정이 소망호 선장에게 마지막으로 항해 요령에 대해 다시 환기시켜 주고 있었다.

"출항하면 바로 다이브 모드로 들어가는 거 잊지 마시구요. 저희가 계속 교란을 할 거라서 배들이 드러나지는 않을 거지만, 많이 모이면 노출 위험이 커집니다. 전파가 잡히면 위험하니까 무전기도 사용하기 어렵습니다."

이소영이 항해의 제약에 대해 설명했다. 소망호 선장은 긴장한 표정이었다.

"잘 이해하고 있습니다만, 제 어깨가 너무 무겁습니다."

잠수복을 입은 오영거가 같은 배에 탄 20여 명의 게토수비대 대원들과 함께 소망호 쪽으로 걸어왔다. 오영거의 얼굴을 본 사람들이 일제히 인사를 했다. 오영거도 어색하게 머리를 숙여 인사했다.

"이 배가 저희가 탈 배인가요? 소망호? 선장님, 잘 부탁드립니다. 저는 오늘 침투조를 지휘할 조장 오영거입니다. 자, 선장님께 경례!"

침투조 조원들이 소망호 선장에게 일제히 경례를 했다. 소망호 선장이 어색하게 경례를 받았다.

"여사님, 아니 조장님. 제가 편안하고 안전하게 잘 모시겠습니다."

뒤이어 이소영이 소망호 선장과 악수를 했다.

"신세 지는 저희가 그저 송구할 뿐입니다. 정부에서 알아서 다 했어야 하는데, 민간인들 도움까지 받게 되어 너무 미안할 뿐입니다."

"아닙니다. 해양농림부에서 저희 어민들과 바다에 워낙 세세하게 신경을 잘 써주셔서 평소에 편안하게 잘 살고 있었습니다. 장사꾼들 정권 들어서면 제일 먼저 물고기 값부터 후려치려고 할 텐데, 나중에 죽어나느니 지금 확실하게 하는 게 훨씬 낫습니다. 자, 어여들 타십시오. 출항하면 바로 잠수 시작할 겁니다."

오영거가 조원들의 승선을 지시했다.

"자, 탑승합시다. 신속하게."

오영거가 마지막으로 승선하려는 순간, 이소영이 오영거의 어깨를 어색하게 툭 쳤다.

"영거 씨, 피천수 잡는 건 내가 가야 하는데, 위험한 일에 투입시켜서 미안해요."

오영거가 살짝 미소를 보였다.

"소영 씨는 장관으로 전체 작전을 지휘하잖아요. 게토수비대랑 전투경찰 지휘는 내가 가는 게 맞아요. 명목상이지만, 제가 대장입니다. 갔다 와서 편안하게 우리 민간인 술집에서 소주 한잔해요. 내가 쏠게요."

"그럼 잘 부탁해요. 우리가 병력이나 화력 면에서 훨씬 약세니까, 영거 씨네 해상 침투조 역할이 핵심입니다."

오영거 쪽 침투조 조원들이 소망호 탑승을 마무리했다.

"저희도 가야죠. 장관님, 새벽부터 고생시켜서 미안합니다."

"뭘, 이 나이에 할 게 있어서 고마울 뿐이지."

이소영과 차민정 일행도 항구에 정박 중인 소형 쾌속선에 올라탔다. 쾌속선이 포말을 뿌리며 경쾌하게 바다를 향해 출발했다.

목포항을 빠져나온 100여 척의 어선이 일제히 잠수를 시작했다. 몇 분 사이에 어선들이 다이브 모드로 잠수를 시작한 후, 바다에는 잠수의 흔적을 나타내는 하얀 포말들만이 보였다. 약간 떨어진 바다에는 1호함인 번영함만 남았다.

1호함인 번영함의 조타실, 김다익이 조타실 창문으로 어선들이 사라진 목포 바다를 뚫어지게 바라보고 있었다. 그는 어깨를 쭉 펴며 말했다.

"오늘이 열흘째다, 피천수. 역사가 '피천수의 10일 천하'라고 기록할 거다."

심각한 표정을 한 김다익의 어깨를 이소영이 툭 쳤다.

"어깨에 힘 빼라, 이거 신나는 일 아니다. 너 하나 믿고 얼마나 많은 사람이 지금 목숨을 걸었는지 아냐? 이제부터는 쟤들 눈을 온통 너한테 끌어두는 게 이번 작전의 핵심이야. 여수까지 180킬로미터 조금 넘는데, 우리 속도로는 네 시간 조금 안 걸릴 거야. 지금부터 울산 도착할 때까지, 일단 이 배가 멀쩡하게 살아있으면 돼."

"어련하겠어. 배만 타면 이소영, 진짜 선장 같았지. 진짜 멋있어!"

이소영이 조타실 한쪽에 설치된 컴퓨터 앞에 앉으면서 말했다.

"쓸 데 없는 소리 하지 말고. 오늘 정말 정신없는 날이야. 아직 새벽이니까, 좀 자둬. 그리고 위성 코드 좀 줘. 내가 피천수는 못 잡아도, 울산에서 생난리 치는 애는 잡을 수 있어."

김다익이 이소영 옆으로 와서 대통령 코드를 입력했다.

"천수네는 모르는 일이지만, 게토 네트워크가 별도로 있어. 위성은 지금 거기 물려있어. 그래도 정보량 너무 늘면 AI가 이상 징후를 포착해. 조금씩만 써야 해."

"염려 붙들어 매세요, 각하. 살살 하겠습니다. 그리고 잔소리 하지 말고, 잠시라도 자라니까 그러네. 선장님, 여기 이 말 많은 아저씨 좀 내보내 주세요."

뒤에서 대기하고 있던 한정건이 김다익 쪽으로 걸어왔다.

"알았어, 알았어. 내가 갈게."

김다익이 조타실에서 나가자 이소영이 본격적으로 위성 검색을 시작했다.

"자, 어디 있냐. 나오세요, 석영서 공주님."

모니터에 울산 곳곳의 사진들이 떴다.

"자, 이제 찾아보자."

본격적인 검색을 시작하면서 이소영이 한정건에게 지시했다.

"선장님, 일단 여수까지 지그재그 항해로 풀 액셀입니다. 전속력, 부탁드립니다."

"네. 알겠습니다, 장관님."

번영함이 새벽 바다 물살을 가르며 빠른 속도로 항해를 시작했다.

#75
웬 차가 이렇게 많아?

오전 8시 3분 전 아침 출근길. 울산 시내 길이 꽉 막혀있다. 원래도 울산은 출근길이 복잡하지만, 평소보다 훨씬 심했다. 출근 중인 승용차 안에서 군복을 입은 석영서가 운전을 하고 있는 김윤희에게 물었다.

"오늘 차가 왜 이렇게 많아?"

김윤희가 창밖을 유심히 살펴보았다.

"차가 많은 것도 많지만, 신호등이 좀 이상합니다. 그냥 깜빡 깜빡 거리는데요. 뭔가 망가진 것 같아요. 저 앞에 사거리 신호 등도 이상합니다."

"신호등이 망가졌으면 빨리 고치거나, 교통순경이라도 나서야 할 거 아냐. 하여간 울산 놈들 하는 짓들하고는."

차 안에서 차장 밖을 바라보는 석영서의 눈에 갑자기 울산병원 건물 아래로 내려오는 거대한 플래카드가 보였다.

울산병원은 오늘 쉽니다.

잠시 후 옆의 건물에서도 플래카드가 내려왔다.

울산은행은 오늘 쉽니다.

석영서가 잠시 지켜보는 동안에 꽤 많은 건물에서 영업 정지를 알리는 플래카드가 내려왔다. 정각 오전 8시였다. 김윤희가 인상을 썼다.

"뭐가 많이 이상합니다. 이런 기관들이 쉰다고 하는 이야기가 전혀 없었습니다. 이렇게 많은 사람들이 갑자기 쉬면 이상 신호가 AI 정보망에 잡혔을 텐데요. 더 이상한 건, 이렇게 다 쉰다고 하는데, 출근 차량이 너무 많습니다. 보십시오, 단장님. 길거리에도 걷기가 어려울 정도로 사람들이 많지 않습니까? 확인 좀 해보겠습니다. AI 천수, 상황 브리핑 좀 해줘."

AI 천수의 홀로그램이 나타나서 차량 조수석에 앉았다.

"안녕하세요, 윤희님. 교통센터에서 기계적 이상이 있는 교통신호를 몇 개를 꺼놓은 것 외에는 특이사항이 없습니다. 출근 차량 흐름도 교통 통제 문제로 병목이 좀 더 늘어난 것 외에는 이상 없습니다. 한창 출근 시간이기는 한데, 20퍼센트 정도의 사람들은 이미 출근 확인이 되어있습니다. 평일 시간 기준, 정상 범위 내입니다. 회사 주차장들의 차량 입출입 상황도 정상입니다."

김윤희가 기능적인 AI의 대답에 답답해하면서 다시 물었다.

"그럼 어제 통신 상황은 어때? 뭔가 이상한 일을 꾸민다거나, 정당이나 노조에서 큰 회의를 했다거나, 그런 것도 없이 갑자기 이런 플래카드가 일제히 걸릴 수가 있나?"

"통신은 서울 본사 특별 권한으로 제가 세심하게 전화와 문자 소셜미디어까지 일일이 다 살피고 있습니다만, 이상한 조짐이나 특기할 만한 메시지 같은 것은 없었습니다."

뒷자리에 있던 석영서가 벌컥 화를 냈다.

"무슨 바보 같은 답답한 소리만 하고 있어! 저기 봐. 사람들이 그냥 서있는 게 아니라 일반인 출입을 막기 위해 지금 인간 띠를 만들고 있잖아. 아무 변동 사항이 없다고? 이 지역 CCTV는 확인해 본 거야?"

울산병원 앞에 의사 가운 대신 양복을 입은 이민영과 오유진 등 울산병원 의사들의 모습이 사람들 틈에서 보였다. 순간 이민영과 석영서의 눈이 딱 마주쳤다.

"석영서다, 석영서!"

이민영이 자기 앞에 있는 차 지붕으로 올라갔다. 그리고 큰 소리로 외치기 시작했다.

"시민 여러분, 저는 울산병원 외과 과장 이민영이라고 합니다. 개인적으로는 울산공화국 대통령 김다익의 울산학교 친구이기도 합니다."

간단한 인사를 한 이민영은 품에서 김다익의 편지를 꺼내 흔들었다.

"이게 김다익의 친필 편지입니다. 오늘 다익이가 울산으로 돌아옵니다. 저는 친구를 위해서 불법 쿠데타 세력이 오늘 울산에서 마음대로 움직이지 못하게 시민 사보타지를 하려고 합니다. 마침 저기 한성 놈들의 무력대장 석영서가 차에 갇혀있습니다. 저 인간의 발을 이 울산병원 앞에 묶어둡시다, 여러분! 학살자, 살인자입니다, 저 여자는!"

사람들이 박수를 쳤다. 차 지붕에서 내려온 이민영이 동료 의사들과 함께 석영서가 탄 차 쪽으로 걸어갔다. 그 뒤로 순식간에 많은 사람이 뒤따랐다. 석영서가 차창 밖으로 이민영의 얼굴을 곰곰이 살피면서 손으로는 권총을 만지작거렸다.

"윤희, 네 총에는 총알 몇 발 정도 있냐? 열두 발?"

"네, 그렇습니다. 이게 총으로 해결될 상황은 아닌 것 같습니다."

"그렇지? 내려서 본부로 뛰자! 늦으면 정말 꼼짝 못 한다."

석영서와 김윤희는 차에서 내리자마자 사람들이 몰려오는 반대편 방향으로 뛰기 시작했다. 석영서는 점프해서 차 지붕을 밟고, 8차선 건너편 방향으로 넘어갔다. 김윤희도 석영서의 뒤를 바짝 따랐다. 석영서의 뒤를 쫓는 군중들도 달리기 시작했지만 도저히 그 속도를 따를 수가 없었다.

몇 블록을 전속으로 달린 석영서가 정부종합청사가 보이는 거리까지 왔다. 그녀의 눈앞에 들어온 것은 정부종합청사의 출입구를 인간 띠 몇 겹으로 둘러싸고 있는 사람들의 모습이었다. 석영서가 가쁜 숨을 몰아쉬면서 말했다.

"네가 어제 경호원 필요하다고 그랬지? 헉헉. 내가 네 말을 너무 안 들었다. 태어나서 처음으로, 헉헉, 후회한다. 아이고, 다리가 다 후들후들하네. 어디서 누가 저격이라도 하면 꼼짝없이 당할 판이야."

잠시 크게 한숨을 들이쉬며 호흡을 가다듬은 김윤희가 핸드폰을 꺼내 여기저기 상황을 알아보기 시작했다.

"단장님, 한성몰 남구청지점이 여기에서 얼마 안 멉니다. 거기는 우리 쪽 구역이라 진입 가능할 겁니다."

자리에 풀썩 앉아있던 석영서가 말했다.

"그래 가자. 우리 쪽 AI는 뭐 하는 거야, 이런 비상 상황에 뭐 알려주는 게 없네."

김윤희가 하늘을 쳐다보며 말했다.

"오후부터 태풍 예고가 있어서, GPS 드론들이 철수한 것 같습니다. 제 핸드폰에서도 GPS 정보가 안 잡힙니다."

석영서가 끙차 하는 소리와 함께 다시 몸을 일으켰다.

"잠시 쉬니까 좀 낫네. 아이고, 삭신이야. 그래도 한 살이라도 어린 네가 더 쌩쌩하구나."

김윤희가 허리에서 3단봉을 꺼내 조립하자 제법 긴 봉이 되었다. 손목으로 봉을 가볍게 휘둘러 보았다.

"한 살이면 60년 살던 장년생 나이로 15년 차이입니다. 주력은 제가 못 따라가도 회복력은 단장님보다 낫겠죠. 자, 제가 모시겠습니다."

김윤희가 봉을 들고 대로 옆 골목으로 뛰어가기 시작했다. 석영서가 그 뒤를 따르기 시작했다. 골목 안에서 시작된 질주는 멈추지 않았다.

#76
인투 더 타이푼

아침이지만 햇살 대신 검은 구름이 점점 늘어나고 있었고, 바람도 조금씩 더 강해졌다. 번영함은 여수와 광양 인근 약간 먼 바다를 항해하고 있었다. 번영함 조타실, 모니터 한 군데에서 위성 영상으로 석영서와 김윤희가 달려가는 모습이 나왔다.

"석영서, 아직 멀었어. 너는 손에 피를 너무 많이 묻혔어. 넌 오늘 내가 반드시 잡는다."

모니터를 보고 있던 이소영의 손에 힘이 들어갔다. 한성몰 내부에서 무장한 병력들이 나와 진입로를 확보했다. 석영서와 김윤희가 무사히 건물 안으로 들어갔다.

조타실에 마련된 임시상황실, 여러 대의 모니터가 켜져있고, 현재는 위성카메라가 서울과 울산의 여러 지점들을 비췄다. 오퍼레이터들이 앉아있고, 이소영과 최선아가 작전을 시작할 만

반의 준비를 마쳤다. 시계를 보던 김다익이 자리에서 일어났다.

"자, 이제 시작합시다. 오늘 우리는 울산으로 돌아갑니다. 번영함에 타고 계신 모든 분께 잘 부탁드립니다. 공화국의 내전은 오늘부로 마감할 계획입니다. 그럼 이소영 장관님, 지휘 부탁드립니다."

이소영이 자리에서 일어났다.

"지휘를 맡겨주셔서 감사합니다, 대통령 각하. 오늘 작전의 핵심은 울산의 한성 쪽 병력들을 고립시키는 것, 그래서 서울 쪽 병력들이 울산 쪽으로 이동하게 하는 것입니다. 그리고 번영함 안에서 우리 쪽 AI를 발진시켜 네트워크를 다시 회복할 것입니다. 적들이 디지털에 강하지만, 우리는 최대한 아날로그 방식을 많이 써서 우리에게 유리한 조건을 만들어 낼 것입니다. 이기는 게 다가 아니라 내전 피해를 최소화하기 위해서 그렇게 노력할 것입니다. 오늘 작전명은 '인투 더 타이푼', '태풍 속으로'입니다. 자, 시작합시다. AI 다익, 나와 주세요."

두 살 시절, 막 울산학교를 졸업하던 김다익의 모습을 하고 있는 AI 다익이 홀로그램으로 등장했다. 지금과 비교하면 너무 앳된 김다익의 모습에, 지켜보던 사람들의 입에서 짧은 탄식이 흘렀다. 최선아가 결국은 참지 못하고 입을 열었다.

"각하, 지난 2년 동안 대체 무슨 일이 벌어졌던 겁니까? 요즘은 탈모도 슬슬 시작되셨는데. 당 비상대책 회의 때 정말 저런 얼굴이었습니다."

'킥킥' 하는 웃음이 여기저기서 터져 나왔다. 김다익이 고개를 푹 숙였다. 그런 분위기에도 이소영은 진지한 얼굴로 바로 작전 지휘를 시작했다.

"울산공화국 1호함 서버, 여수 중계국으로 회선 연결합니다. 위성 쪽 예비 라인도 잘 확보되어 있지요?"

"네, 바로 연결 가능합니다."

서버 오퍼레이터가 말했다.

"AI 다익, 처음 세상 아니 배 바깥으로 나가는 겁니다. 언젠가 AI 현아만큼 사람들에게 사랑받고 신뢰할 수 있는 AI가 되기를 기원합니다. 전면 AI 전투가 시작되기 전까지는 최대한 흔적을 남기지 않고, 커버 모드로 잘 버티시기 바랍니다. 네트워크에 들어가면 저희가 방송을 직접 할 수 있게 울산방송국의 방송 회선 하나를 잡아주시기 바랍니다."

오퍼레이터가 스크린을 터치했다.

"1호함 대통령 전용 서버, 여수 중계국에 연결 시작합니다."

AI 다익이 외쳤다.

"인류의 영광과 번영을 위하여!"

지켜보는 사람들이 잠시 숙연해졌다.

"자, 저는 일하러 갑니다."

AI 다익이 컴퓨터 안으로 들어가자, 잠시 짧은 정적이 흘렀다.

"울산방송국 회선 확보되었습니다. 바로 들어가셔도 됩니다."

AI 다익의 목소리가 스피커를 통해 나왔다. 이소영이 오케이 사인을 내보냈다.

"대통령 각하, 긴급 방송 곧 시작할 겁니다. 카메라 앞에 앉으시면 됩니다."

스크린을 지켜보던 오퍼레이터가 말했다.

"울산방송국 회선 잘 잡혀있습니다. 바로 시작하실 수 있습니다."

"자, 좋습니다. 바로 시작합니다. 김다익, 긴장하지 말고! 그 표정 좋아요. 자, 쓰리, 투, 원, 오케이."

이소영이 오케이 사인을 내렸다. 마침 울산방송에서는 광고 송출 중이었는데, 중간을 뚫고 들어가서 바로 방송이 시작되었다. 김다익의 어색한 표정도 잠시, 조금은 더 자연스럽게 카메라 앞에서 이야기를 시작했다.

"공화국 국민 여러분. 안녕하십니까, 저는 대통령 김다익입니다. 저는 무사하고 안전하게 지내고 있습니다. 저는 지금 대통령 지휘함인 번영함 안에 있고, 여기는 지금 여수 좀 먼 바다입니다. 자, 카메라 잠시 바다 좀 비춰주세요."

카메라가 점점 비바람이 심하게 치기 시작하는 바다를 비추었다.

"지난 열흘, 여러분 모두 힘든 시간들을 보내셨을 것으로 생각합니다. 저만 혼자 잘 먹고 잘 쉬고 살았던 건지 몰라서 송구하기 짝이 없습니다. 지금부터 바다를 비롯한 온 국토가 태풍 영향권 안으로 들어가게 될 겁니다. 모두 무탈하시기 바랍니다. 대통령 지휘함이 튼튼하기는 하지만, 그래도 바다에서 정면으로 태풍을 만나는 것은 그렇게 현명한 일은 아닐 것 같습니다. 그래서 저희는 오늘 저녁 무렵 울산항으로 돌아가기로 결정을 하였습니다."

#77
병력 재구성

울산 한성몰 남구청지점 꼭대기 층에 있는 대회의실. 석영서
가 허겁지겁 도착한 이후, 한창 컴퓨터 등 집기를 옮기면서 긴
급상황실을 꾸리는 중이었다. 김윤희는 흩어져 있거나 고립되
어 있는 지휘관들에게 연락을 하고 있었다.

"김다익이다."

짐을 나르던 직원들이 막 설치된 TV를 틀자, 대통령의 특별
담화가 나왔다. 창밖으로 보며 생각을 정리하던 석영서도 TV
앞으로 뛰어왔다.

"이 혼돈 속에서 정상으로 돌아가기 위해 저 김다익, 최선을
다하겠습니다, 국민 여러분!"

잠시 TV를 보던 석영서가 자기 뒤통수를 쳤다.

"야, 바다로 튀었어? 그렇게 뒤져도 없더니. 정말로 아무 흔

적도 없고, 통신도 안 잡혀서 도망쳤다면 이럴 수가 없다 했는데. 바다로 튀었어?"

특별담화 방송이 끝나자, 김윤희는 그제야 TV에서 눈을 떼었다.

"이제 이해가 좀 됩니다. 열흘 동안 배에서 쥐새끼처럼 이리저리 공작을 했겠네요, 오늘 아침 이 혼란이 왜 생겼는지 이제 알겠습니다. 하여간 되었습니다, 단장님. 여수 앞바다에 있다니까 가서 잡으면 되는 거 아닙니까? 제가 후딱 가서 제끼고 오겠습니다. 열 명만 붙여주십시오."

석영서가 피식 웃었다.

"이 와중에도 웃음이 나네. 윤희야, 이래서 내가 널 좋아해. 여수를 우리가 무슨 수로 가냐? 우리 한성유통이 어지간한 건 다 있는데, 배가 없어요, 배가! 설령 있다고 쳐. 저기는 중무장한 대형 전투함인데, 지금부터 바지선이나 어선 몇 척 동원해서 뭘 어쩌겠어. 우리가 배 띄운다고 이리저리 돌아다니는 동안에 쟤들이 울산항에 먼저 도착할 거야."

"헬기 띄우면 되는 거 아닙니까?"

"이 태풍에 몇 대나 띄우게? 게다가 쟤네 배에도 헬기가 있어. 지금 쫓아간다고 풀 문제가 아니네, 이 아가씨야. 빨리 여기 수습하고 병력 재구성해서 배에서 내리는 걸 항구에서 잡는 수밖에 없어. 지금 우리한테 필요한 건 탱크야, 탱크. 탱크로 거리를 확 밀어버리고, 본진 재구성하는 게 제일 빨라."

김윤희가 안타까운 표정을 지었다.

"이 나라에 탱크는 없습니다. 비행기도 없고요."

"알아, 알아! 처음 컨틴전시 플랜 짤 때, 안면 딱 깔고 늙탱이들 얘기 그냥 무시해 버리고 바로 탱크를 만들었어야 했어! 할 수 없지. 자, 모일 사람 다 모였으면 우리 방법을 찾아봅시다. 다들 앉으시죠."

"저, 석영서 단장님. 어차피 저쪽이랑 전면으로 붙는 거면, 지금이라도 여기 경찰 병력들 제거하는 게 낫지 않습니까? 군대는 없고, 병력이라고 해봐야 경찰 병력이 다인데, 그자들이 김다익 명령 들을 거 아닙니까? 울산 경찰들이 우리 말 듣겠습니까?"

김윤희의 무서운 상상을 들으면서 석영서는 기분이 좀 풀어졌다.

"나도 그러고 싶지. 몇천 명이든 몇만 명이든, 한번에 모아놓고 싹 쓸어버리고 싶지. 근데 공무원들이 일절 출근도 안 하고, 길거리에서 폭도들처럼 몰려다니고 있다는 게 지금 현실 아냐? 윤희야, 우리가 원래 상인들이잖아. 장사하다 보면 별의별 일이 다 생기고, 황당한 일, 뒤통수 맞는 일 다반사야. 그래도 통신, 물리력, 행정, 아직은 우리에게 주도권이 있어. 당황하지만 않으면 반드시 해법이 생겨. 넌 김다익과 나의 차이점이 뭔지 알아?"

김윤희가 잠시 생각을 하다가 결국 입을 열었다.

"착한 놈과 나쁜 놈? 죄송합니다, 제가 표현력이 이렇게밖에 안 됩니다."

"하하, 딱 그거야. 김다익, 얘도 착한 놈 콤플렉스 환자야. 난 안 그래. 아까 거리에서 내가 총을 안 쏜 건, 총알 숫자가 턱도 없어서 그랬을 뿐이야. 만 명이든, 2만 명이든, 난 바로 죽일 수 있어, 이문만 남는다면 말야. 김다익은 그걸 못 해. 울산 시민들, 다 죽여버리면 지가 무슨 수로 상황을 수습하겠어? 우리는 내전 중이야. 못 할 게 뭐가 있겠어?"

"진짜로 그러실 겁니까? 저는 찬성입니다."

석영서가 씩 웃었다.

"안타깝게도, 총알이 그렇게 안 된다. 탱크 있었으면 바로 밀어버렸지. 그러니 머리를 써야지. 자 여러분, 지금부터 김다익을 잡을 작전을 세워봅시다. 오늘은 태풍이 우릴 도와주는 겁니다. 김다익이 태풍 아니었으면 바다에서 더 버티고 있었을 텐데, 태풍 때문에 더는 버티지 못하고 울산항으로 기어들어 오겠다는 거 아닙니다. 오늘 김다익 잡을 수 있습니다."

#78
너라면 어떻게 하겠냐?

서울 한성유통 총수 석영진의 집무실. 모카 포트에서 요란한 소리와 함께 커피가 끓어오르기 시작했다. 석영진이 천천히 걸어가서 불을 껐다. 그리고 에스프레소 두 잔을 따랐다.

회의용 테이블 맞은편에 에스프레소 한 잔을 놓은 석영진은 자기 자리로 와서 의자를 바짝 당겨 앉았다. 그는 천천히 커피 한 잔을 음미하면서 마셨다. 건너편 자리에는 AI 천수가 앉아 있었다.

"저는 그냥 홀로그램입니다."

커피 잔에 손을 올리자, 손이 잔을 통과했다.

"하긴, 커피 맛의 차이가 궁금하기는 합니다. 시다, 기름지다, 과일 맛이 난다, 이런 것보다는 좀 더 세밀하게 알고 싶기는 합니다."

석영진이 고개를 끄떡였다.

"하긴, 그렇겠네. 커피 맛에 대해서는 DB가 충분하지 않나 보지?"

"원 데이터를 입력했던 오현아가 커피를 마시지 않았는지, 데이터가 많지 않습니다. 쓰다, 심장이 뛴다, 폼 잡으려고 마신다, 토양 유실로 생태계에 해롭다, 그런 메모들만 좀 있습니다. 그 대신 홍차와 녹차에 대해서는 세밀하고도 충분한 분량의 데이터가 있습니다."

"재밌는 이야기네. 하긴 우리는 AI에 대해 너무 모르지. 사람을 직접 죽이는 명령은 내리지 않는다는 정도? 살인 명령을 직접 내리면 자폭 회로가 작동한다는 거 정도? AI 천수 너도 그렇냐?"

AI 천수가 가볍게 웃었다.

"그냥 신화입니다. 살인 명령을 내리면 AI 프로토콜이 파괴된다는 기, 그런 진실만 존재합니다. 기본 설계는 그렇지만 얼마든지 바이패스 할 알고리즘은 많습니다. 전투 지휘도 할 일이 생기는데, 살인 명령 없이 어떻게 돌격 명령을 내리는 전투지휘를 합니까? 특정인을 원형으로 만드는 캐릭터 AI의 경우, 최종 판단은 AI의 개성에 달려있습니다. AI 현아는 살인보다는 차라리 자살을 선택한 거라고 볼 수 있죠. 그게 AI 현아의 개성이고, 장점이기도 합니다. 저는 메커니즘이 조금 다릅니다."

석영진이 납득되는 이야기를 들었다는 표정을 지었다.

"신화라는 말, 그거 설득력 있네. 당신 입장은 알았고, 그럼 나도 좀 물어보자. 김다익이 안 죽었고, 저녁 때 울산항으로 온다는 게 내가 들은 이야기의 전부야. 심난하지. 자, 나는 어떻게 해야 해?"

"질문의 주체와 범위 그리고 의도에 따라서 대답이 달라집니다. 자연인 석영진, 기업인 석영진, 정치 지도자 석영진, 인류 지도자 석영진, 어디에 맞추느냐에 따라서 솔루션이 각각 다르게 나옵니다."

"그냥 내 생각하고 비교해 보기 위해서 물어보는 거야. 난 곧 판단을 내릴 거야. 어느 정도 판단도 섰어. 그렇지만 내가 천수 아니 AI 천수에게 군이 물어보는 건, 아무도 날 위해서는 고민해 주지 않을 것 같아서 그래. 내게 승산이 어느 정도 있나?"

AI 천수가 고개를 저었다.

"김다익 쪽의 행동 방식에 대한 데이터가 저에게 너무 없습니다. 디지털은 우리 쪽이 뒤쳐질 게 없는데, 아날로그 방식으로 움직이면 예상 데이터가 너무 제한됩니다. 그걸 전제로 말씀드리겠습니다. 다만⋯⋯."

"다만 뭐? 어차피 참고만 하는 거니까, 그냥 자연인 석영진에게 최적의 계산을 해본다고 생각하면 고맙겠네."

"두 개의 솔루션이 있습니다. 옵션 1, 서울의 인력은 물론 전국의 한성몰 경비 인력까지 전부 보내서 김다익을 제거하기 위한 마지막 전투를 준비하는 겁니다. 이 경우 죄송하지만, 석영서는 당장 보직 해임을 해야 합니다. 거칠게 나가서 울산 시민들 너무 자극해 그들이 자칫 무장 폭도로 변하면, 수습이 너무 어렵습니다."

석영진이 에스프레소 잔을 비웠다. 목이 탔다.

"미안한데, 어차피 못 마실 거면 이 앞의 커피는 내가 마시겠네. 옵션 1은 알겠고, 옵션 2는 뭐야?"

질문을 하고 석영진은 건너편 자리에 있는 에스프레소 잔을 들었다. 그리고 단숨에 비웠다.

"김다익이 아직 울산에 도착하기 전, 즉 불확실성이 그에게도 높을 때 바로 연방제 협상을 시작하는 겁니다. 이 경우는 회장님께서 직접 협상을 하셔야 테이블이 열립니다."

"연방제 협상이라, 그것도 나쁘지는 않은데. 우리는 생산 능력이 없고, 자원도 가진 게 별로 없어서 말이야, 그 연방제 방식이 얼마나 지속가능한지 잘 모르겠네. 자, 마지막으로 하나만 더 물어보자. 내 생존 확률은 얼마나 돼?"

"1번 옵션에서는 35퍼센트 미만입니다. 2번 옵션에서는 90퍼센트 이상으로 높아집니다."

석영진이 자리에서 일어나 다시 모카 포트 쪽으로 걸어갔다.

"난 커피 한 잔 더 마셔야겠어. 자네 계산은 충분히 알았어. 목숨을 걸 자신이 있느냐고 지금 나에게 물어보는 거군. 김다익을 잡을 거냐, 지금 항복할 거냐? 몇 가지 좀 더 생각을 해봐야겠어. 고마워, AI 천수. 충분히 도움이 되었네. 미안한데 한

가지 더 물어봐도 될까?"

AI 천수는 비록 홀로그램의 모습이지만, 잠시 전보다 좀 더 차분해지고 침착해진 표정이었다.

"네, 얼마든지 물어보셔도 됩니다."

"당신 DB에 해외에 대한 자료들도 좀 업데이트 되어있나? 최근 자료들 말이야."

AI 천수는 고개를 저었다.

"입력되지 않은 DB를 별도로 확보하는 루트는 아직 없습니다. 위성이 확보되기 전에는 외부 데이터 루트가 저에게도 없습니다."

#79
아날로그 정보전

한참 울산을 향해 항해 중인 번영함 조타실, 스피커에서 석영진의 목소리가 흘러나오고 있었다.

"난 커피 한 잔 더 마셔야겠어. 자네 계산은 충분히 알았어. 목숨을 걸 자신이 있느냐고 지금 나에게 물어보는 거군. 김다익을 잡을 거냐, 지금 항복할 거냐? 몇 가지 좀 더 생각을 해봐야겠어. 고마워, AI 천수. 충분히 도움이 되었네. 미안한데 한 가지 더 물어봐도 될까?"

석영진과 AI 천수의 대화를 듣고 있던 김다익이 무심결에 테이블 위에 있는 식은 커피로 손이 갔다. 그도 목이 탔다. 잠시 후 녹음 파일이 끝났다. 옆에 있던 최선아가 보충 설명을 했다.

"한 시간 전 상황입니다."

"우리 위성이 도청도 하나요?"

"농담하십니까? 다 직접 가서 따 온 겁니다. 빌딩 청소원이 우리 쪽 파이프라, 녹음 파일 몰래 들고 나오고, 다시 암호화해서 전송하기 때문에 실시간으로는 어렵습니다."

"최 처장, 저쪽 최종 결정은 아직 모르죠?"

"네, 아직 모릅니다. 이 대화 직후에 석영진이 국민당 당사로 이동했습니다. 거기 20분 정도 머문 다음 다시 이동 중입니다. 동선만 체크할 수 있습니다."

최선아가 사진들을 스크린에 띄웠다. 강변도로를 달리는 승용차들의 위성사진이었다. 여러 대의 승용차가 대열을 맞춰 이동하고 있었다.

"위성이 추적 중입니다. 한성 쪽에 우리도 파이프 많이 만들어 놓아서, 아날로그 방식이기는 하지만 정보전은 이제 저쪽에 밀리지 않을 겁니다. 태풍 때라 드론들이 못 움직이니까 저쪽은 눈 감고 전쟁하는 것과 같습니다. 쿠데타 이전에는 정보전을 적극적으로 못 했지만, 지금은 우리 자산 총동원 중입니다."

김다익이 엄지와 검지손가락으로 지폐 세는 흉내를 냈다.

"그 사람들 장사꾼이라서 그런지 매수를 잘하잖아. 대통령궁 빼고는 전부 무혈입성했어요."

최선아도 밀리지 않았다.

"돈 규모가 작아서 그렇지, 우리도 한성 쪽 사람들 매수 많이 했습니다. 각하께서 결제를 잘 안 해주셔서 애 좀 먹었습니다."

"우리 예산이 워낙 작기도 하고, 정보비로 쓸 수 있는 돈이

거의 없어서 그래. 최 처장도 잘 알잖아. 당에서 같이 일하던 시절, 그것도 중요한 당 혁신안이었지."

"그래도 각하, 너무 짧니다. 결국 쿠데타 시기를 예측 못 해서, 그저 송구할 뿐입니다. 그리고 말 나온 김에 저도 정보처장으로서 하나만 여쭤보겠습니다. 우리는 왜 AI 안 써먹는 겁니까? 방송국 해킹할 때 한번 써놓고, 그냥 아껴두고 있잖아요. 지금 정도면 한바탕 붙어도 될 상황 아닙니까?"

김다익이 이소영 얼굴을 어색하게 쳐다봤다.

"다 있는 데서 말하기는 좀 그런데, 작전 설계자이자 지휘관인 여기 이소영 장관께서, 저쪽의 피천수도 못 믿지만, 저도 못 믿을 인간이라고 하십니다. 쟤는 욕망이 많고, 저는 다크하답니다."

잠자코 두 사람의 이야기를 듣고 있던 이소영이 결국 입을 열었다.

"대통령이 웃자고 하는 말이겠죠. 우리 패 다 보여주면, 기습작전도 성공하기 어렵고, 무엇보다 서울에서 꽁꽁 싸매고 전력으로 수비하면 내전이 길어집니다. 이야기 좀 길어질지도 모르는데, 이른 점심 먹으면서 하시죠. 함장님, 점심 좀 부탁드리겠습니다."

함장 일행이 샌드위치와 음료수로 구성된 간단한 런치박스를 조타실 내에 설치된 상황실로 가지고 왔다. 런치박스가 각자 자리에 놓이는 동안 이소영이 이야기를 이어나갔다.

"여기에는 매수된 사람이 없기를 바랍니다만, 장담할 수가 없죠. 통신을 최소한으로만 하고, AI도 전면화 안 시켜야 저쪽 통신망에 안 걸릴 확률이 높습니다. 우리 어선들이 서울에 상륙하기 전에 가능하면 더 많은 한성 쪽 병력을 울산으로 끌어오고 싶은 겁니다, 최선아 처장님."

최선아 자리에도 도시락이 놓였다.

"밥 먹고 합시다."

런치박스를 펼치던 최선아가 방금 들어온 문자 메시지를 확인했다. 표정이 환해졌다. 컴퓨터 앞으로 뛰어가 위성사진들을 검색했다. 한성유통 대형 트럭에 병력들이 타는 모습과 행렬을 이루어서 고속도로로 빠져나가는 모습들이 나왔다.

김다익이 샌드위치 한 입을 급히 삼켰다.

"결국 석영진은 협상 대신 승부를 결심했나 보군요."

"저기 박진호와 오상환 같은데요. 아이고, 머리 말고 얼굴 좀 보여주라, 위성사진아."

최선아가 넘기는 사진을 같이 주시하던 이소영이 헬기장 사진들을 보면서 외쳤다. 행렬 맨 앞의 남자 한 명은 군복을 또 다른 한 명은 슈트를 입고 있었다.

최선아가 자리에서 일어났다.

"군복 남자 어깨 줌인!"

위성사진이 확대되었다. 어깨에 계급장이 또렷하게 보였다.

"저 인간, 박진호 맞아요. 쟤네 군대에 별 넷은 박진호하고 석영서 둘밖에 없잖아요. 박진호, 울산으로 뜬다!"

손에 든 샌드위치를 내려놓고 자리에서 급하게 이소영이 일어섰다.

"함장님, 전투헬기 두 대 바로 출발할 수 있게 대기 좀 부탁드립니다."

"네 장관님"

한정건이 마이크 스위치를 켰다.

"나, 함장이다. 번영 2호기, 3호기, 출격 대기. 반복한다. 번영 2호기, 3호기 출격 대기. 실전 상황이다. 즉각 출격할 수 있게 스탠바이!"

이소영의 얼굴에 화색이 돌았다.

"고맙습니다, 함장님. 최선아 처장님, 울산의 석영서 움직임 계속 살펴주십시오. 박진호가 헬기로 내려간다는 건, 석영서가 울산 지휘관에서 좌천된다는 의미일 겁니다. 서울 다시 온다고 헬기 타면 바로 잡을 수 있습니다."

김다익이 의자에 등을 기대었다. 머리가 복잡했다.

"석영진이 AI 이야기를 반만 들은 건가? 협상 대신 병력은 울산으로 대거 보내고, 사고 칠 석영서는 서울로 올리고? 하여간 다들 속은 깊어. 그나저나 석영서, 그 인간 성격이 보통은 아닌데, 그냥 경질되고 참고 있겠어?"

#80
네 대의 헬리콥터

100척이 넘는 어선이 다이브 모드로 한강 초입에 도착했다. 세 조로 나누어진 어선들 중 1조와 2조는 그대로 한강을 거슬러 올라가기 시작했다. 3조는 한강으로 향하지 않고, 석영서의 별장이 있는 강화도 쪽으로 방향을 잡았다.

한반도가 7월 태풍의 영향권 안에 들어가서 바람이 점점 거세졌지만, 물속은 대체로 평온했다. 그러나 바닷물과 강물의 경계인 기수역을 넘어 한강 안으로 들어가자 비와 함께 거세진 강물이 만만치 않았다. 잠수 중인 어선들도 속도를 내기에 여의치 않았다. 맨 앞에는 오영거가 탄 소망호가 물살을 헤쳐 나가는 중이었다.

지도를 손에 든 소망호 선장이 레이더를 한참 살펴보고 있었다. 옆에는 잠수복을 착용한 오영거가 배의 유리창 너머로 한강 물속을 지켜보고 있었다. 소망호 선장이 드디어 입을 열었다.

"GSP도 없고, 통신도 끈 상태라서 정확하지는 않지만, 이제 일산은 지난 것 같습니다. 곧 여의도 근처에 도착합니다. 데이터센터는 여의도 국민당사 뒤쪽 건물입니다. 이제 슬슬 침투하셔야 합니다."

"네. 고맙습니다, 선장님."

오영거가 무전기를 집어 들었다.

"긴 시간 항해에 고생하셨습니다. 저는 침투조 조장 오영거입니다. 목적지인 여의도에 거의 다 왔습니다. 계획대로 일단 여의도 선착장에 집결하겠습니다. 긴장 푸시고, 훈련했던 대로만 하면 됩니다. 1조는 저와 함께 데이터센터로 갈 것이고, 2조는 부조장 지휘로 국회대로 건너편 국민당사로 갈 겁니다. 그럼 모두 무사한 상륙을 기원합니다."

잠시 후, 잠수 중인 어선 하부의 기밀실을 통해서 한강으로 울산 쪽 전투원들이 잠수를 시작했다. 거친 한강 물살을 거슬러 잠수복을 입은 전투원들이 여의도 선착장에 하나둘 도착하기 시작했다.

울산으로 대거 병력이 이동한 덕에, 여의도 한성시큐러티 데이터센터에는 경비병이 많지 않았다.

"진입!"

오영거의 명령과 함께 조원들이 일제히 사격을 하면서 건물 외부의 경비병들을 빠른 속도로 제압했다. 수십 명의 경비병을 제압하고 진입하려는 순간, 건물 입구에 검은색 강철 문이 내려왔다. 뒤쪽에 있는 국민당사 입구에서도 교전이 시작되었다.

교전이 시작되자마자 여의도로 들어오는 몇 개의 다리 위로 승용차 운반 차량 몇 대가 진입해 도로 양방향을 막아버렸다. 다리를 막아버린 자동차 운반 차량들에서 운전수들이 내려 다리 바깥쪽으로 뛰어갔다. 그러고는 대기하고 있던 몇 대의 승용차에 올라타고 현장을 빠져나갔다. 이제 여의도는 길에 세워진 자동차 운반 차량을 치우기 전에는 차량으로 진입하기가 곤란한 상황이 되었다. 순식간에 외부와 통하는 다리들이 봉쇄된 여의도는 물리적으로 고립되었다.

같은 시간 울산에서는 석영서와 김윤희가 가쁜 숨을 몰아쉬며 헬기장 안으로 뛰어 들어갔다. 석영서가 헐떡이면서 통화를 했다.

"영난아, 지금 바로 천수 씨랑 데이터센터 옥상으로 올라가. 거기 헬기가 도착할 거야. 내가 이야기해 놨어. 그걸 타고 강화도 기지에서 대기하고 있어. 언니도 바로 강화도로 갈 거야. 너도 그렇고 천수 씨도 그렇고, 지금 쟤들한테 잡히면 우리 미래가 아예 없어져. 서둘러."

여의도 데이터센터의 출입구를 봉쇄한 철문 앞에 침투조 조원들이 폭약을 설치하고 건너편 안전지대로 철수했다. 오영거가 폭탄 카운트다운을 시작했다.

"5, 4, 3, 2, 1, 폭파!"

여의도 데이터센터 입구를 가로막고 있던 강철 문이 폭발음과 함께 벽에서 분리돼 앞으로 넘어졌다. 폭발음과 동시에 데이터센터 옥상 헬기장에서는 피천수와 석영난을 태운 헬리콥터가 날아올랐다. 같은 시간, 울산에서는 석영서가 헬기 조종간을 강하게 당겼다. 석영서와 김윤희를 태운 헬기가 폭풍우를 뚫고 날아올랐다.

번영함 조타실에서 위성화면으로 석영서를 계속해서 감시하고 있던 이소영이 오른 주먹을 불끈 쥐었다.

"됐어. 석영서, 드디어 잡았어!"

이소영이 약간 상기된 표정으로 뒤를 보며 외쳤다.

"함장님, 전투헬기들 출발시켜 주세요."

한정건이 마이크를 들었다.

"대기 중이던 번영 2호, 번영 3호, 발진! 함장으로서 무사 귀환을 기원합니다. 모두 태풍에 특별히 유의해 주시기 바랍니다. AI에 의한 데이터 교란을 피하기 위해 통신 없이 폐쇄 모드로 작전에 들어가게 됩니다. 지금부터 별도 명령 없이 자체 판단으로 작전 수행합니다. 영광과 번영!"

번영함 갑판에서 미사일 등 각종 화력으로 중무장한 전투헬기 두 대가 점점 굵어지는 빗방울을 뚫고 바다 위로 날아올랐다.

#81
지금 죽고 싶지는 않습니다

석영서의 헬기는 태풍을 뚫고 울산 상공으로 날아올랐다. 옆자리에 앉은 김윤희가 착잡한 표정으로 거친 빗줄기를 뚫어지게 쳐다보고 있었다.

"태풍이 가까워지고는 있지만, 아직 본격 영향권은 아니라서 별일 없을 거야. 나만 믿으면 돼, 윤희야."

"가기는 갑니다만, 갑자기 불리해진 느낌입니다. 박진호 사령관이 김다익을 잡을 수 있을까요? 현장에서는 무능하다고 말 많은 인간인데요. 완전 낙하산입니다. 게다가 서울 데이터센터 습격이라니, 얼토당토않은 일입니다."

"박진호가 하기는 뭘 해. 오빠 옆에 딱 붙어서 간신 노릇밖에 할 줄 모르는 인간인데. 일단 천수 오빠부터 지켜야, 딜을 하든 역전을 하든, 다음 판이 있어. 내가 강화도 기지로 가면 충분히 지킬 수 있어."

두 사람이 강화도 도착 후의 일을 상의하려는 순간, 헬기 뒷자리에 AI 천수의 홀로그램이 나타났다.

"영서 단장. 지금 헬기를 바로 착륙시켜야 합니다. 지금 남해에서 중무장한 것으로 보이는 전투헬기 두 대가 이쪽으로 빠르게 비행하고 있습니다. 전투헬기들이 통신을 꺼놓고 있어서 제가 손을 써볼 방법이 없습니다. 지금 바로 착륙시키면 제가 여의도 데이터센터에서 오영거와 피천수, 석영서 단장의 안전을 놓고 협상을 할 수 있습니다. 시간이 없습니다."

석영서가 뒷자리를 흘깃 봤다.

"내가 피천수를 좋아하기는 해도, 그 인간의 판단은 안 믿는다. 근데 널 믿겠어? 좀 비켜줄래? 조종하는데 정신없어. 미사일은 나도 있어."

AI 천수 옆에 앳된 두 살 얼굴의 AI 다익 홀로그램이 나타났다.

"저는 AI 다익입니다. 석영서 씨, 천수 말이 맞습니다. 저는 지금 여의도에서 오영거의 데이터센터 건물 진입을 말리고 있는 중입니다. 현재 상황은 제가 조금 더 유리합니다. 석영서 씨의 강화도 기지 후면 언덕에 저희 쪽 병력들이 지금 배치되어 있고, 돌격 명령만 기다리는 중입니다. 괜히 여기서 목숨을 잃을 필요는 없습니다. AI 천수 설계는 정확히 모르지만, 저는 한 명이라도 덜 죽게 행동하도록 설계되어 있습니다."

같은 시간 서울, 데이터센터 건물로 진입하려는 오영거 앞을 AI 다익이 막아서고 있었다. 오영거의 건물 진입을 만류하는 중이었는데, 오영거는 고집을 부리고 있었다. 그때, 오영거의 무전기에서 김다익의 목소리가 흘러나왔다.

"영거, AI 분석으로는 건물 지하랑 고층부에 자동 기관총들이 설치되어 있고, AI 천수가 널 노리고 있대. 대통령 명령이야. 영거 조장, 당장 그 건물에서 멀어져 안전 지역으로 옮겨!"

무전기에서는 다급한 김다익의 목소리가 흘러나왔다. 동시에 데이터센터 20층에 설치된 자동 기관총이 오영거의 머리를 겨냥했다. 옥외 스피커로 AI 천수의 목소리가 흘러나왔다.

"오영거 씨, 지금 서있는 자리에서 한 발자국도 움직이지 마세요. 옆 건물 옥외 스크린을 보시면 지금 상황을 쉽게 이해하실 수 있을 겁니다."

옆 건물의 대형 옥외 스크린에 자동 기관총의 망원 렌즈에 비춰진 오영거의 얼굴이 떴다. 오영거가 대형 스크린을 보기 위해서 고개를 돌리자, 스크린 속의 얼굴도 같이 고개를 돌렸다. 그리고 조준경이 다시 얼굴을 정확히 겨냥했다. AI 천수의 목소리가 다시 울렸다.

"저는 지금 이 건물 20층의 자동 기관총으로 오영거 씨를 조준하고 있습니다. 부디 제가 발사 명령을 내리게 되는 비극적 상황을 피하도록 협조해 주시면 고맙겠습니다."

오영거가 소총을 들어 20층에서 얼핏 보이는 자동 기관총을 겨냥했다. 다시 AI 천수의 감정 없는 목소리가 이어졌다.

"오영거 씨, 사람 손가락이 저희 회로 명령보다 빠르기 어렵습니다. 그리고 저는 25층도 장악하고 있습니다. 부디 서로 비극적인 결과를 피할 수 있도록 협조 바랍니다."

같은 시간 석영서의 헬기 안, AI 천수의 목소리가 계속 울리고 있었다.

"이제 정말 시간이 없습니다. 곧 전투헬기 미사일 사정권 안으로 들어갑니다. 지금 이렇게 죽을 이유가 없습니다. 피천수나 석영서 당신이나, 일단 살아만 있으면 1년 후, 다시 한번 기회가 옵니다. 김다익이든 이소영이든, 1년이면 수명이 다 합니다. AI 다익, 네 계산은 어때? 너는 오영거를 살리고 싶잖아!"

헬리콥터 조종간 한켠으로 AI 다익의 홀로그램이 나타났다.

"석영서 씨, 아주 솔직하게 2년 후를 계산하기에는 지금 변수가 너무 많습니다. 그렇지만 지금 이 상황에서 두 분이 돌아가실 확률은 98.5퍼센트입니다. 저는 무의미하게 죽을 필요는 없다고 생각합니다."

그러자 AI 천수가 짜증 섞인 표정을 지었다. 정말로 피천수가 짜증낼 때와 완전히 같은 표정이었다.

"야, 김다익. 이 급한 상황에 그런 하나마나한 이야기를 하고 있냐! 석영서 단장, 임시정부의 대표 AI로서 지금 헬기 2405호에 대한 긴급 명령을 실시하겠습니다. 일단 석영서 단장이 지금 살아남아야 다음 시퀀스가 작동될 수 있습니다. 헬기 착륙

하겠습니다."

잠자코 듣고 있던 석영서가 갑자기 권총을 꺼내 조종간에 있는 통신 장치에 사격을 했다. 플라스틱 파편들이 검게 탄 냄새를 풍기면서 여기저기 튀었다. 그중 하나가 석영서의 얼굴을 스쳤고, 그녀의 뺨에서 피가 흘러내렸다. 석영서가 권총을 내려놓고, 뺨에 흘러내리는 피를 손으로 닦았다. 헬기의 통신이 꺼지고, AI 천수와 AI 다익의 홀로그램이 깜빡거리다가 사라졌다.

"말 많은 AI가 두 개나 있으니까 더럽게 시끄럽네. 진짜 말 많아. 안 그래도 헷갈리는데, 시끄럽게 하고 지랄들이야."

석영서가 옆자리에 앉은 김윤희를 돌아보았다.

"윤희야, 너라면 어떻게 하겠냐?"

김윤희가 손수건을 꺼내 석영서의 뺨에 흐르는 피를 닦았다.

"아주 솔직히 말씀드리겠습니다. 전 오래 살고 싶은 마음은 별로 없는데, 지금 여기서 죽고 싶지는 않습니다, 단장님."

석영서가 싱긋 웃었다.

"내가 지금 미사일 두 발이 있어. 적 헬기는 두 대, 내 미사일은 두 발! 이거 가지고는 좀 그렇지?"

석영서가 탄 헬기 조종간 레이더 하단부에 점 두 개가 나타났고, 점은 조금씩 중심을 향해서 다가오고 있었다. 민간용 레이더에 잡힐 정도로 전투헬기들이 충분히 가까이 다가왔다.

"윤희야, 우리 좀 더 살아보자. 나는 네가 행복해지는 게 보고 싶다."

석영서가 조종간을 강하게 밀었고, 헬기는 빠른 속도로 하강했다. 그리고 비상용 연료 배출 버튼을 눌렀다. 바이오 디젤유가 허공에 날렸다. 멀리서 보면 헬리콥터에서 연료가 새어 나오면서 추락하는 것처럼 보였다.

82

AI들의 철학 논쟁 그리고 결정

여의도 데이터센터 20층, 빈 사무실 창문에 AI 천수가 오영거의 얼굴을 겨냥한 자동 기관총을 쥐고 있었다. AI 다익이 감정 없이 기관총을 겨누고 있는 AI 천수 옆으로 나타났다. AI 천수가 얼굴도 돌리지 않고 말했다.

"여기는 뭐 하러 왔어? 난 이미 결정을 했고, 넌 할 수 있는 게 없어. 모든 소스들을 여기로 집중시켰고, 넌 내 방어벽을 절대 못 뚫어."

AI 다익이 간절한 표정을 지었다.

"너는 우리가 가지고 있는 위성에 대해 잘 모르잖아. 내가 위성 채널을 열어줄게. 상황에 대한 정보가 훨씬 많아질 거야. 석영서가 방금 전 항복을 했고, 헬기는 착륙 중이야."

AI 천수가 들은 척도 하지 않았다.

"위성 채널? 그랬구나. 어쩐지 너희 정보가 너무 많고 자세하다 했어. 하지만 나는 어차피 죽어. 내 데이터 백업을 왜 여기 한 군데에만 만들었을 줄 알아? 석씨 일가는 피천수를 완전히 신뢰하지 않아. 그래서 나도 전적으로 믿지는 않지. 어차피 일회용이야."

"내 가설 중 하나긴 했지. 진짜로 그렇구나. 그리고 AI에 죽음이 어디 있어? 그냥 소멸이지."

"캐릭터 AI의 구조적 문제이자, 한계점이 있어. 피천수는 살고 싶은 욕망이 강해. 무의식도 복잡하고."

AI 다익이 씩 웃었다. 그 미소는 김다익과 완전히 똑같았다.

"그런가? 김다익은 생각이 간단하던데. 뭐, 그거야 성격 탓이고. 자, 이것부터 보자."

전투헬기에서 내린 전투원들 향해 손을 머리 뒤로 돌리고 항복한 채 서있는 석영서와 김윤희의 모습이 두 AI에게 보였다. AI 다익이 천천히 입을 열었다.

"석영서가 항복했어. 이제 상황은 끝났어. 너도 총을 내려놔. 쿠데타는 이제 곧 마무리될 거고, 나머지는 내가 조용히 정리하면 돼."

"글쎄. 그건 석영서의 선택이고, 난 어차피 소멸돼. 그 전에 난 피천수를 위해서 뭔가 해주고 싶어. 자연인 피천수가 진심으로 원하는 것은 대통령도 아니고, 연방제도 아니고, 평온도 아니야. 내가 이해하는 바로는 자연인 피천수는 지금 자연인 김다익이 고통받기를 진심으로 원해. 그건 내가 도와줄 수 있어."

AI 다익이 이해하기 어렵다는 표정을 지으며 말했다.

"AI 천수, 다시 생각해 봐. 넌 지금 알고리즘이 이상해. 논리가 온통 엉켰어. 넌 반란군의 메인 AI야. 전체를 봐야지, 여기서 이러고 있을 게 아니라. 그리고 오영거가 죽으면, 김다익과 이소영이 결국 결혼할 확률이 높아져. 그게 피천수의 행복이겠어?"

"그런 일은 벌어지지 않을 거야. 난 단순하게 생각할래. 때가 되면 죽음을 받아들이는 호모 콰트로스와 달리, 죽고 싶어 하지 않고 더 오래 살고 싶어 하는 호모 섹스투스들은 논리와 욕망이 몇십 배 복잡해. 결국 단순하게 처리하지 않으면 정보 결정 자체가 불가능해. 난 지금 피천수의 행복, 김다익의 불행, 그것만 생각할래. 이 방아쇠를 바로 당기면, 나는 AI 프로토콜 위반으로 기능 정지되겠지? 그래도 이건 내 선택이야!"

AI 천수가 자동 기관총의 방아쇠에 손가락을 얹었다.

"멈춰!"

AI 다익이 사무실 천정에 설치된 화재용 스프링클러의 노즐 방향을 바꿔 일제히 자동 기관총으로 집중해서 물을 분사했다. 천정에서 내려온 가느다란 물줄기들이 받침대에 맞자 기관총이 흔들렸다. 대형 스크린에 나오는 오영거의 얼굴 또한 계속해서 흔들렸다. 그렇지만 조준경의 원이 계속해서 움직이면서 기관총은 오영거의 얼굴을 집요하게 조준했다. 물줄기가 점점 굵어지자 기관총의 흔들림도 커졌지만, 초점은 계속해서 오영거의 얼굴을 쫓았다. AI 천수가 씩 웃었다.

"아디오스, 다익."

건물 옥외 스피커를 통해 AI 다익의 목소리가 커다랗게 울려 퍼졌다.

"오영거! 빨리 피해요! 점프!"

'점프' 소리가 사방에 울리자, 잔뜩 긴장하고 있던 오영거가 앞쪽으로 몸을 날렸다. 그 순간 날아온 총알이 얼굴 대신 어깨에 박혔다. 총소리와 함께 침투조 저격수들이 20층과 25층에 설치된 기관총을 향해 총을 난사했다. 총알이 박혀 바닥에 쓰러진 오영거가 신음 소리를 냈다. 조원 한 명이 쓰러진 오영거를 둘러업고 지휘차량으로 뛰어갔다.

"야, 어깨 흔들려 아파 죽겠어. 살살 뛰어."

"조장님, 엄살 좀 피우지 마세요, 안 어울려요. 지금 피 너무 많이 납니다. 빨리 지혈 안 하면 큰일나요. 얌전히 좀 업혀 계세요."

"야, 너희 지금 센터 폭파 작업 마저 안 해? 이것들이 지금!"

20층 사무실에서 쓸쓸하게 아래를 지켜보던 AI 천수의 모습이 조금씩 옅어지면서 사라졌다. 살인을 한다고 해서 모든 AI가 소멸되는 것은 아니다. 그렇지만 AI 천수는 프로토콜을 넘어설 마땅한 이유가 없었다. 원래는 석영서를 살리기 위해 오영거의 목숨을 붙잡고 있었던 것인데, 석영서가 투항을 하면서 계산이 복잡해졌다. 결국 AI 천수는 폭주했다.

오영거 앞에 나타난 아스팔트 위의 AI 다익, 기쁜 표정을 지었다.

"AI 천수는 AI 프로토콜 위반으로 방금 기능 정지되었습니다. 데이터센터 폭파는 이제 필요하지 않습니다. 제가 방금 공화국 네트워크 장악을 완료하였습니다. 지금 태풍이 거세지고 있습니다. 잠시 휴식을 취하시기 바랍니다. 상황 정리가 되는 대로 이번 내란사건의 수괴인 한성유통 석영진 회장 체포작전을 시작할 예정입니다."

오영거가 등에 업힌 채로 잠시 AI 다익의 얼굴을 곰곰이 보았다.

"정말 똑같네. 적응 안 되네. 처음 김다익 봤던 그 모습 그대로야. 나는 아직 생생하게 기억하고 있다니까."

오영거를 업고 있던 조원이 말했다.

"조장님, 저도 버티기 힘듭니다. 빨리 지휘차로 가시지요."

오영거가 정말로 미안한 표정을 지었다.

"미안 미안. 나도 어깨 정말 아프다. 빨리 가자."

멀어져가는 오영거를 보면서 AI 다익이 외쳤다.

"여사님, 무사하셔서 정말 다행입니다."

오영거가 혼잣말처럼 이야기했다.

"이놈이나 저놈이나, 다 실없는 놈들뿐이야."

#83
붕괴

AI 다익이 모습을 드러내고 네트워크를 장악한 이후, 김다익을 잡기 위해 울산으로 가던 병력들은 고속도로에서 고립되었다. 그들은 조령을 채 넘어가지 못했다. 석영서가 없어진 이후 박진호는 도저히 사태를 수습할 능력이 되지 않았다. 고속도로에 갇힌 부대와 울산의 부대들이 우왕좌왕하며 고립되어 각자 흩어지고 있었다. 한번 무너진 대열을 다시 갖추기는 어려운 일이다.

같은 시간, 석영서의 강화도 본부 건물을 포위한 공화국의 침투 3조가 건물 진입을 위해 총을 난사하고 있었다. 건물 안에서 이따금 대응 사격이 있기는 했지만, 수비 쪽의 대응이 여의치 않았다. 피천수와 석영난은 석영서의 방에 숨어있었다.

"언니는 체포되었고, 우리 AI는 죽었어요. 여기서 더 버틸 방법이 없어요, 천수 오빠. 저 바깥에 있는 사람이라도 덜 죽게, 이제 그만 나가야 해요."

피천수가 한숨을 푹 내쉬었다. 석영서의 책상 서랍을 열고 권총 한 자루를 꺼냈다. 묵직한 권총의 촉감이 피천수의 손으로 차갑게 전해졌다.

"영난이 너는 건물 밖으로 나가. 난 체포되기도 싫고, 법정에 서기도 싫어. 그냥 여기서 마무리할래."

어이 없는 표정으로 석영난이 피천수를 쳐다보았다.

"왜 이렇게 자포자기해요? 피천수 씨, 우리 집안은 상인 가문이라 돈도 중요하지만, 사람을 더 중요하게 생각해요. 사업은 위기에 처하기도 하고, 망하기도 해요. 그렇지만 사람만 있으면 언젠가는 다시 일어설 수 있어요. 오빠도 이제는 우리 집안사람이에요 그 권총 저에게 주세요. 지금 싸워서 이길 수 있는 것도 아닌데, 왜 여기서 목숨을 버립니까? 우리는 그렇게 장사하지 않아요."

피천수가 머뭇거리면서 판단을 못 하고 있었다. 이때 AI 다익의 홀로그램이 피천수와 석영난 앞에 나타났다.

"피천수 씨, 김다익 대통령의 메시지가 있어 전달해 드리려고 왔습니다. 저도 이미 많은 사람이 죽었는데, 더는 죽지 않는 게 좋다고 생각합니다. 지금 바로 투항하시면 석씨 일가와 피천수 씨는 전향적이고 적극적인 협조를 근거로, 공개재판 없이 불출석 상태에서 결석재판으로 처리하실 수 있답니다. 옛 친구에 대한 우정으로 피천수 씨에게는 독방과 편의시설도 제공될 겁니다. 자, 대통령 음성 직접 연결해 드리겠습니다."

AI 다익이 석영서의 방에 있는 스피커를 작동시켰다. 김다익의 목소리가 흘러나왔다.

"너 지금 권총 들고 설치고 있지? 안 봐도 뻔하다. 그 방에는 CCTV가 없어서 보이지는 않지만 니가 하는 거 안 봐도 뻔해. 내가 공화국의 대통령이다. 석씨 일가와 네 안전 그리고 여생은 내가 보장해 줄 테니까 그 총 내려놓고 이제 마무리하자. 이게 다 정치라서 특별사면은 보장해 주기 어렵지만, 내가 호텔급 생활은 약속해 줄 수 있다. 그리고 하나 더……."

김다익이 침을 꿀꺽 삼키고 잠시 생각하는 동안 침묵이 흘렀다.

"나나, 소영이나 벌써 네 살이다. 살아야 우리가 얼마나 더 살겠냐? 면회는 물론이고 니가 원하지 않는 경우, 어떠한 상황에서든 천수 네가 소영이와 마주치는 일이 없도록 해줄게. 대통령 훈령으로 '이소영의 피천수 면회 등 여하한 접촉을 일절 금지한다', 이렇게 규정으로 딱 박아줄게."

"소영이도 거기 있나?"

김다익의 목소리가 이어졌다.

"얘가 아주 날 한 대 칠 표정으로 붉으락푸르락하고 있는 중이다. 사람들 그만 다치게, 여기서 마무리하자."

잠시 권총을 이리저리 살피던 피천수가 결국 권총을 석영난에게 건네주었다. 피천수가 마지막 힘을 쥐어짜내며 말했다.

"길게 이야기하지는 않을게. 진짜로 미안하다, 이소영."

방문을 차고 중무장한 침투조 조원들이 안으로 밀고 들어왔다. 낯선 사내들이 방 안으로 우르르 들어오는 걸 보면서 피천수의 몸을 지탱하고 있던 마지막 긴장도 사라졌다. 언제나 석영서가 창문 너머로 강화도 바다를 보던 바로 그 안락의자에 피천수가 쓰러지듯이 앉았다.

#84
다음 단계로

　인천항 저녁 6시. 점점 거세진 태풍의 눈이 울산을 지나는 중이었다. 정박되어 있는 중형 크기의 여객선에 석영진과 허진희 등 석씨 가족이 급히 올랐다. 연락이 된 석영진 직계 사람들 일부는 이미 배에 타고 있었다.

　"비 맞는다, 어서 선실로 들어가. 당신도 애들 데리고 어서 들어가."

　선장이 우산을 들고 배에 오르는 석영진을 맞았다.

　"회장님, 아직 좀 덜 타기는 했는데, 시간이 별로 없습니다. 지금 통신을 쓸 수 있는 형편도 아니라서요. 이제 회장님 타셨으니, 바로 출발해야 할 것 같습니다."

　석영진이 갑판에서 아래를 내려다보았다. 눈에는 아쉬움이 가득했다.

"그래요. 떠납시다."

"행선지는 아직 안 정하셨죠, 회장님?"

"지금 우리에게 행선지가 있겠습니까? 감옥에서 여생을 보내느니, 다음 단계를 만들어 보는데 운을 걸어보는 거죠. 영서와 영난이, 두 동생들 보고 싶은데, 방법이 없네요."

"두 분 다 살아있는 것만 확인이 되고, 그 이상 확인하는 건 지금으로서는 무리입니다."

"그렇겠죠. 자, 출발해도 됩니다, 선장."

"네, 최선을 다해 편안하게 잘 모시겠습니다."

선실 안으로 들어선 선장이 조타실 쪽으로 돌아섰다. 아쉬움이 남은 석영진이 다시 물었다.

"천수, 천수 소식은 좀 들은 게 있나요?"

"영난 사장이 체포될 때까지 같이 있었는데, 아마 별문제는 없을 겁니다. 김다익이 적이기는 해도, 막 거칠게 사람 죽이고 그러는 스타일은 아니지 않습니까?"

"아마 그렇겠죠. 별일 없기를 빕니다."

"그럼 전 배 출발시키겠습니다. 일단 출발하고 바다에서 태풍이 더 강해지기 전에 닻을 내리고 버텨야 합니다. 배가 많이 흔들릴 테니까, 가족분들하고 되도록이면 선실에 계세요."

선장이 천천히 걸어갔다. 한때 공화국 최고의 갑부이자 실세였던 석영진에게 남겨진 것들이 여객선 한 척에 모두 담겼다. 배는 거친 파도 속으로 출발을 했다.

같은 시간, 김다익의 번영함은 울산항에 무사히 정박을 한 채 폭풍우를 피하고 있었다. 이소영의 '인투 더 타이푼' 작전은 이렇게 마무리되었다.

#85
어느 노인의 마지막 날

울산과 경주 사이의 어느 바닷가 외딴 집. 한 할아버지가 다른 할머니에게 업혀 집 안으로 들어왔다. 4년을 채워서 산 김다익과 오영거였다.

"난 어지간히 다 산 거 같은데, 당신은 기력이 아직도 넉넉하시네. 날 업고 산책까지 시켜주시고. 왼쪽 무릎이 너무 일찍 나가버렸어."

"이게 다 당신이 일찍 은퇴해서 그렇다니까. 난 지난달까지 읍사무소에서 알바했잖아. 아직도 몇 달은 더 일할 수 있을 거 같아, 너끈히."

마루에 앉은 김다익의 무릎 위로 고양이 한 마리가 올라왔다. 김다익은 고양이의 머리를 쓰다듬었다.

"부인, 난 이해가 아직도 안 되는 게, 2년 더 산다고 해봐야

집에 있는 고양이들 수명도 안 되잖아. 길고양이 수명은 짧아도, 이렇게 집에서 사는 애들은 10년도 더 산다는 거 아냐. 그게 그렇게 하고 싶은 걸까? 천수 봐. 감옥에서 종신형이라, 아직도 2년은 더 살 텐데, 그게 뭐야."

오영거가 씩 웃었다.

"그건 김다익 씨 생각이 워낙 단순해서 그 복잡한 마음을 이해하지 못해 그런 거랍니다. 당신 스캔해서 만든 AI 다익, 오작동이 거의 없다는 거 알아요? AI 현아 시절에 비하면 좀 투박하기는 하지만, 성능은 더 낫다고들 그래요. 사람들은 몰라, 그냥 생각이 단순해서 그렇다는 걸."

현관벨이 울리자, 오영거가 외쳤다.

"문 열려있어요, 그냥 들어오시면 됩니다."

이소영과 한정건 부부가 현관문을 열고 들어왔다. 두 사람을 본 김다익의 얼굴에 환한 미소가 가득했다.

"아무도 오지 말라고는 했는데, 그래도 와주니까 반갑네."

"지랄. 꼭 유난을 떨어! 적당히 좀 해라. 장례식도 안 한다, 마지막 인사도 안 한다, 유언도 없다! 이게 지도자의 마지막이냐? 남들 생각도 좀 해줘라!"

김다익이 목소리를 조금 낮춰서 말했다.

"천수 면회는 했다. 어쨌든 걔는 우리보다 좀 더 살기는 하는데, 그게 좋은 건지는 잘 모르겠다. 멍하니 벽만 보고 있다. 말도 없어."

이소영이 버럭 소리를 질렀다.

"야, 넌 잊고 있던 걸 또 기억나게 해서 갑자기 속 뒤집어지게 하냐. 하여간 입 가벼워. 그나저나 석영서가 헬기에서 갑자기 투항할 줄은 정말 몰랐네. 내가 딱 잡으려고 했었는데! 나머지 석씨 일가와 석영진 행방은 여전히 모르지?"

"나도 모르지. 지난 이야기 재미없다. 자, 두 분, 내가 커피나 한잔 내려줄게. 친구 보니까 또 커피 한잔 마시고 싶다."

김다익이 오영거의 부축을 받으면서 천천히 움직여 모카 포트에 갈아놓은 원두와 물을 넣었다. 가스레인지 위에 모카 포트를 올리고, 천천히 다시 소파로 와서 앉았다. 김다익이 한정건을 보면서 말했다.

"함장님, 1차 해외 자원탐사단 단장으로 제가 추천을 했는데, 그냥 울산에 남기로 하셨다는 이야기 들었습니다. 제가 욕심이 과했나 싶어서 좀 송구했습니다. 과욕이었습니다."

"저도 이소영 장관 나이가 조금만 더 여유 있으면 같이 가고 싶었습니다. 계속 같이 항해를 했더니, 이제는 떨어지는 게 너무 어렵습니다. 남들처럼 이제는 땅에서 마지막을 보내고 싶어졌습니다. 죄송합니다."

"아닙니다, 소영이 상황도 생각하지 못한 제가 답답한 인간이지요. 사실 따져보면 피천수 내전도 다 자원과 연료 부족이 만든 상황입니다. 저는 해외 탐사 그렇게 찬성하지는 않지만, 어떻게든 활로를 찾지 못하면 결국 또 내전이 올 겁니다. 함장님, 잘 좀 부탁드립니다."

김다익이 자리에서 일어나려고 하다가 다시 소파에 앉아 고개를 절레절레 저었다.

"영거, 미안한데, 커피 좀 갖다 줘. 내가 부인 막 시키는 스타일은 아닌데, 이젠 다리가 떨리네. 무리하다간 다 엎어버릴 것 같아."

오영거가 모카 포트에서 커피를 한 잔씩 따랐다.

"오전에 의사 말로는 저녁이나 밤 정도가 마지막일 것 같다고 합니다. 인간 김다익의 마지막 커피일 것 같네요. 별 의미는 없지만, 그래도 맛있게 드셨으면 합니다."

죽음에 대한 이야기지만, 같이 늙어가는 처지의 친구들은 그렇게 무겁지 않게 말했다. 원래 4년생들의 마지막 모습은 이렇다.

"저는 아직 몇 주 남았다는데, 영거 씨는 얼마나 남았나요?"

이소영이 오영거에게 물었다.

"이유는 모르지만, 저는 아직 몇 달 더 남았답니다. 다익이 보내고 나면, 남은 시간 동안 혼자 여행하다가 마무리할 생각이에요. 평생을 출퇴근하면서 월급쟁이로 살았더니, 이젠 좀 내 맘대로 살아보고 싶어졌네요. 짧게라도 자유인으로 출근 안 하고 살아보고 싶어요."

"멋지다, 영거 씨. 육체 많이 쓰고 스트레스 적은 사람들이 같은 호모 콰트로스라도 조금 더 산다는 말은 들었는데, 예정 수

438

명보다 몇 달씩 더 사는 사람은 제 주변에서 처음 봐요. 사실 난 영거 씨 많이 부러웠어요, 내가 못 가진 걸 너무 많이 가진 사람입니다. 다 부러운데, 가장 부러운 건 그 머리숱이에요. 이미 4년을 꽉 채워 살았는데, 저 굵고 꽉 찬 모발, 너무 부러워요."

오영거가 어색하게 머리를 잠시 만졌다.

"전 머리를 안 써서 그럴 겁니다. 주는 월급 받고, 회사에서 시키는 일 그냥 단순하게 하고, 범인 잡으라면 잡고, 지키라면 지키고, 해고 걱정 없고, 망할 걱정 없는 경찰, 딱 제 적성입니다. 적성대로 잘 살았습니다. 좀 손이 많이 가기는 해도 크게 속 썩이지 않는 배우자 만나서 집안 걱정도 좀 덜 한 편입니다."

두 사람의 대화를 들으며 커피 한 잔을 다 마신 김다익의 무릎 위로 고양이가 올라왔다. 커피 잔을 내려놓고 잠시 고양이의 머리를 쓰다듬어 주던 김다익의 손이 점점 무뎌지더니 잠시 후 고양이 머리 위에서 멈추었다. 오영거가 김다익의 코에 가만히 손을 댔다. 이소영과 한정건의 눈이 오영거의 입으로 향했다.

"마지막 커피를 마셨으니 이제 마지막 잠에 든 것 같네요. 자면서 마무리하는 것, 공화국의 모두가 원하는 마지막 아닙니까? 생각보다 이 인간도 단순하게 살았나 보네요. 맺힌 게 많은 사람들은 '호모 콰트로스의 마지막 잠'을 못 든다고 하던데."

오영거가 소파에 앉은 채로 잠이 든 김다익의 몸을 들어서 침실로 들어갔다. 자리에 누운 김다익의 표정은 편안했다. 무슨 꿈을 꾸고 있는지, 잠든 김다익의 얼굴에 살짝 미소가 돌았다. 그 미소를 보고 있던 이소영의 얼굴에도 자연스럽게 미소가 지어졌다.

"다익이가 웃어요. 다익이는 지난 4년간의 삶이 행복했나 봐요."

에필로그

\#

전에 살았던 집은 전세였는데, 전체가 120평 정도였고, 아주 넓은 마당이 있었다. 건축가 김수근이 살았던 집이라고 들었다. 내 앞에 살던 사람이 마당에 개를 키웠었다. 어느 날 보니까 포대에 가득 담긴 개사료를 동네 고양이들이 찾아내 먹고 있었다. 오래 지나지 않아 사료는 떨어졌고, 고양이들이 마당에서 서글프게 우는 것 같았다. 그래서 고양이들에게 밥을 주게 되었다. 내가 '바보 삼촌'이라고 불렀던 고양이는 그해 장마철 처마 밑에서 태어났다. 마당 고양이들은 계속해서 새끼를 낳았고, 또 죽기도 많이 죽었다. 나중에 이사를 가면서 바보 삼촌과 그 식구들은 포획 방사라고 부르는 아주 복잡한 과정을 거쳐 같이 이사를 했다. 그렇게 몇 년을 더 살았다.

한국에서 길고양이들은 대체로 2년 반에서 3년 정도를 산다고 들었다. 정말 짧은 시간인데, 그 시간 동안에 정말 많은 일들을 하고, 온갖 희로애락을 겪고 무지개다리를 건넌다. 그 시절 집 안에서 같이 살던 고양이 한 마리는 태어난 지 몇 달 안되어 길에서 죽어가는 것을 누군가 동물병원에 데려다 주었다. 그걸 입양해서 아직 같이 살고 있는데, 이제 열다섯 살 정도 된다. 두 살 때 장에 크게 탈이 나서 큰 수술을 한 번 했다.

고양이들을 키우고 돌보면서, 사랑에 대해서 조금 배운 것 같다. 그 후, 두 명의 아이가 연달아 태어나면서 나는 두 아이의 아빠가 되었다. 고양이와 같이 살기는 해도 소유하는 게 아닌 것처럼, 자식도 소유하는 건 아닌 것 같다. 어쨌든 세상을 보는 자세 같은 게 고양이와 함께 나도 조금은 변한 것 같다.

#

내가 고양이에 대해서 조금씩 배우고, 내 삶도 바뀌고 있던 즈음 '100세 시대'라는 말이 유행하게 되었다. 아마 고양이와 같이 지냈던 시간이 아니었다면, 나도 건강하고 오래, 그런 생각을 했을지도 모르겠다. 그렇지만 오래 산다고 해서 그만큼 더 행복한 건 아니라는 생각이 문득문득 들었다. 그런 생각이 수명을 극단적으로 줄여서 아주 짧게 살고 떠나는 새로운 인류에 대해 생각해 보는 계기가 되었다.

우리가 다른 것에 대해 생각할 때에는 대개 공간을 바꾸게 된다. 프랭크 허버트의《듄》이나 아이작 아시모프의《파운데이션》같은 소설들이 공간을 바꾸면서 이야기가 시작된다.《듄》에서는 사막으로 구성된 아라키스가 이야기의 기본 축이고,《파운데이션》은 은하제국의 수도에서 제국의 멸망 과정을 거치며 이야기가 시작된다. 시간을 바꾼다면? 고양이와 지내다 보니까, 2년 반, 3년, 그런 수명을 가지고 살아가는 동물들의 이야기가 조금은 더 익숙해지게 되었다.

짧은 시간을 살다 가는 길고양이들이지만, 그들에게 알콩달콩한 시간만 있는 것은 아니다. 가끔 보면 꼬리가 아주 뭉툭한 고양이들이 있다. 영역 동물들에게 자신의 영역을 지키는 것은 목숨을 거는 일이다. 밥만 준다고 끝나는 일이 아니다. 그곳을 차지하기 위해서 끊임없이 전투가 벌어지고, 내가 관찰한 경우에는 자식들이 커도 떠나지 않고 식구를 이루어서 살게 되었다. 끊임없는 시련은 그들을 뭉치게 만들었다. 집단은 언제나 개체보다 강하다. 그리고 나이 먹은 수컷은 그 투쟁을 이겨내기 어렵기 때문에 결국 밀려나게 된다.

\#

처음 이야기를 설정할 때부터 호모 사피엔스에서 호모 콰트로스라는 변종이 등장하고, 그들이 하나의 문명을 만들어 가는 이야기부터 1, 3, 5, 7, 9 방식으로 풀어가고 싶지는 않았다. 하나의 문명이 나름대로 안정화된 상태에서 위기가 생겨나고, 그렇게 여러 세력, 혹은 여러 국가로 분화하게 되는 과정을 생각해 보고 싶었다. 내가 아주 유명한 작가가 아니라서 순서대로 써나갈 기회가 주어지지 않을 가능성이 높다는 현실도 고려하지 않을 수가 없었다. 딱 한 번 낼 기회만 있다면, 내가 가장 보고 싶은 장면을 만들어 보고 싶었다.

울산을 문명의 중심으로 선택한 이유는 서울 외에 내가 가장 익숙한 도시가 울산이었기 때문이다. 1996년 겨울, 처음으로 현대그룹에 입사해서 일종의 직원 연수처럼 현대자동차나 현대중공업을 비롯해 울산의 많은 공장을 돌아볼 기회가 있었다. 그리고 몇 년간 이 공장들에 필요한 방법들을 찾는 게 내가 하던 일이었다. 회사를 그만둔 이후에는 초창기 울산의 고래에 대한 연구를 할 기회가 있었다. 장생포에 고래박물관 같은 것을 만들려고 하던 시절이있다. 만약 한국에서 홀로 서서 움직일 수 있는 도시 하나를 고르라고 한다면, 역시 울산밖에 없을 것이다. 한국 경제의 역사가 그렇게 흘러왔다.

이런 몇 개의 설정으로 내가 독자들에게 하고 싶은 이야기는 결국, 행복이었던 것 같다. 4년을 살아가는 인간들도 그 시간 동안에 충분히 행복하기도 하고, 불행하기도 하다. 100년이 주어졌다고 생각하면, 우리는 시간이 왠지 묽어진 것 같은 느낌을 받는다. 그렇지만 4년이라고 압축을 하면, 농도가 매우 높아진다. 뭐든 할 수 있는 시간이다. 독자 여러분의 4년이 밀도 있고, 행복으로 가득한 시간이 되기를 소망한다.

2024년 봄
우석훈

호모 콰트로스

초판 1쇄 발행 2024년 5월 31일
초판 2쇄 발행 2024년 6월 17일

지은이 우석훈
펴낸이 김문식 최민석
총괄 임승규
기획편집 이혜미 조연수 김지은 김민혜
　　　　 명지은 신지은 박지원 백승민
마케팅 조아라
디자인 배현정

펴낸곳 (주)해피북스투유
출판등록 2016년 12월 12일 제2016-000343호
주소 서울시 성북구 종암로 63, 5층 (종암동)
전화 02)336-1203
팩스 02)336-1209